鹿島
鍋島家

鹿陽和歌集

翻刻と解題

島津忠夫 監修
松尾和義 編著

和泉書院

鍋島直朝（祐徳稲荷神社蔵、部分）
〈喜多元規筆、1677年千獃性侒讃〉

鍋島直條（個人蔵、部分）
〈月潭道澄(徵)讃、絵師・成立年代不詳〉

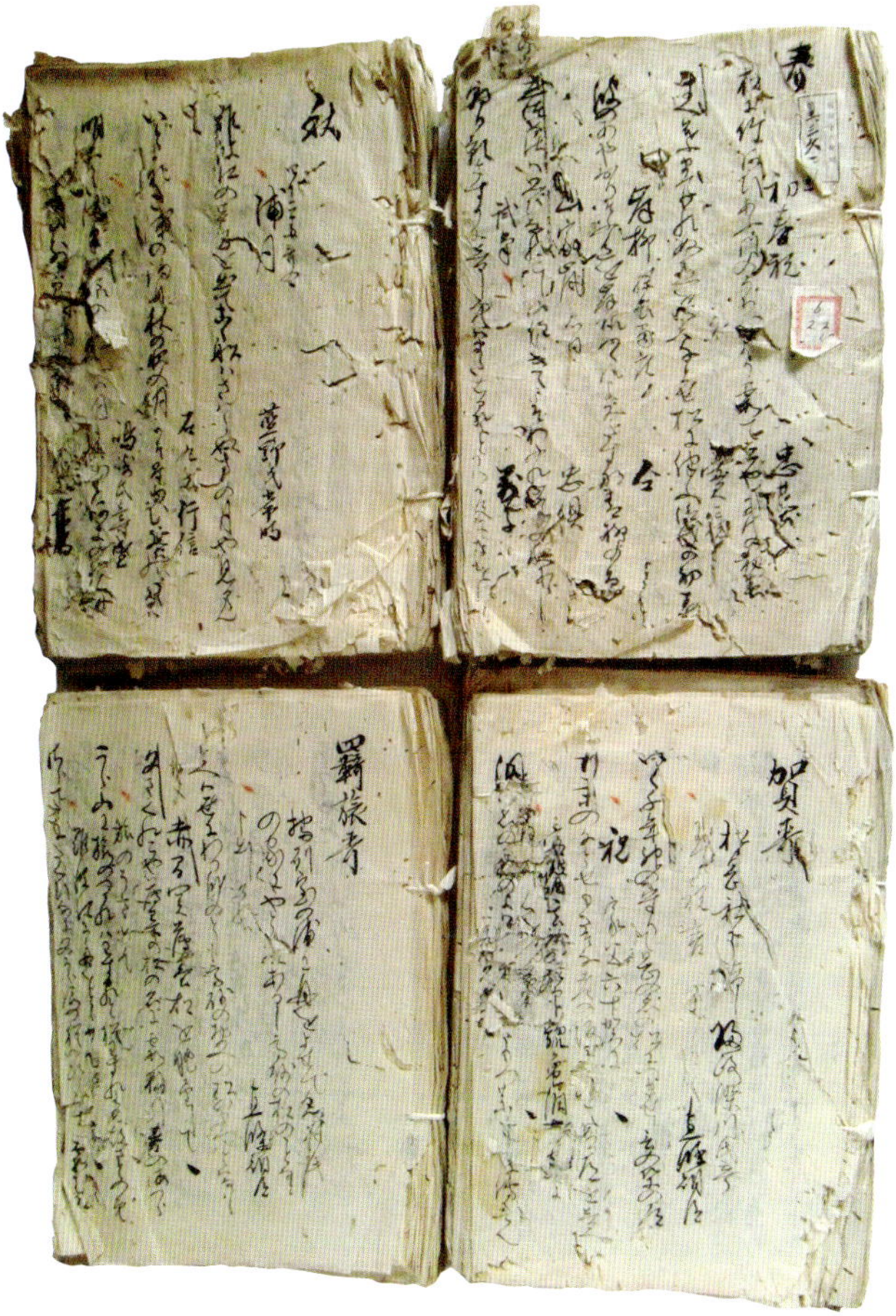

『鹿陽和歌集』原本　「春」「秋」「賀歌」「羇旅歌」の各巻頭
（祐徳稲荷神社蔵鹿島鍋島家「中川文庫」）

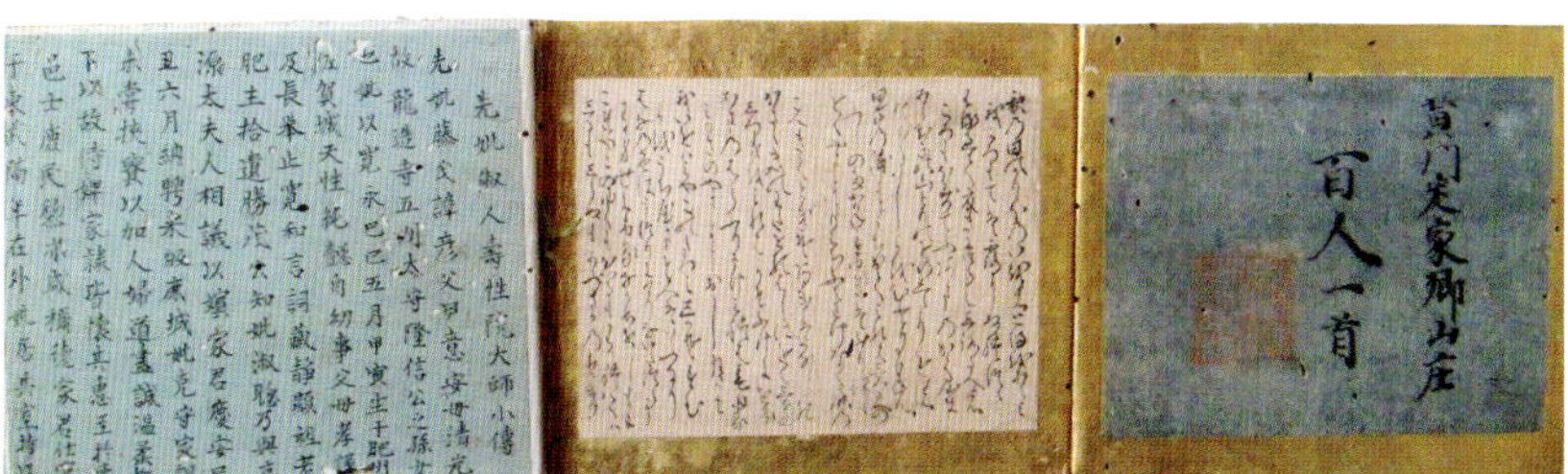

寿性院（鍋島直條・格峯の生母）筆とされる「百人一首」（架蔵）
〈表紙裏に直朝の落款・末尾に直條の跋を付す〉

『鹿陽和歌集』の翻刻に寄せて

大阪大学名誉教授　島津忠夫

もう五十年も前のことである。中川文庫の厖大な書籍を、祐徳稲荷神社のお蔵から、かなり離れた建物の二階の大座敷に運んでは悉皆調査をしたことがあった。早くに目録が出ていてそれまでもまったく知られていないわけではなかったが、目録に掲載されていない重要な本も多く、当時佐賀大学に勤めていた私は、九州大学の中村幸彦先生のご指導のもと、九州大学の大学院生や佐賀大学の多くの学生たちの協力を得て、最終的には貴重書目録を作るまでに漕ぎつけたのであった。その佐賀大学の学生の中に、松尾和義君もいた。この蔵書は、質量ともに優れていて、それは鹿島鍋島家歴代の藩主の好学を示すものであった。中でも、三代藩主直朝、四代藩主直條、六代藩主直郷の功績が大きい。祐徳稲荷神社に近い鹿島市古枝に住んでいた松尾君は、卒業論文に「鍋島直條の文事」を取り上げ、年譜なども作成した。その一部は私と連名で新資料の『楓園叢談』の紹介を「佐賀大学文学論集」七号（昭和四十一年二月）に発表している。その後、長く高校教員をしていたが、縁あって祐徳稲荷神社の博物館に勤務する身となり、日々、鹿島鍋島家の歴代と触れる生活を続け、平成十六年には、当時の佐賀大学教授井上敏幸氏と共著で『西園和歌集』

を翻刻して世に出している。今度は、博物館勤務の傍ら、一年あまりの歳月を費やして、『鹿陽和歌集』の翻刻に取り組み、永年祐徳稲荷神社に勤務した使命感のようなものを感じて世に出したいというのである。

翻刻・解説などの原稿と、一部の複写資料とを送って来て、私に序文をとのことである。私は、やはりこうした資料は再び刊行をすることはむつかしいので、翻刻には正確を期すべきだと思い、あえて全文の複写資料を送ってもらって検討することにした。草稿本であって、虫損・欠損等の多いこの読みにくい本を、さすがに長らく取り組んで来ただけあって、よく読んではいたが、目を変えてみれば、気のつくことも多く、どうしても私も原本調査をすることの必要を感じたのである。今年（平成二十四年）十一月、松尾君も会員である、「ひのくに」短歌会の九十周年記念大会があり、招かれて佐賀に行ったついでに、久しぶりに祐徳稲荷神社を訪れ、博物館で、松尾君と原本調査をした。あわただしい時間であったが、疑問点はほぼ解決できたと思う。あとは、虫損である。

この本は、草稿本であるためか、もともと無題で、「鹿陽和歌集」というのは、他と区別するために、井上敏幸氏が命名したとのことである。松尾君の解説にもあるように、鹿島藩の直朝・直條・直郷を中心として、そのゆかりある人たちの歌を、部類して、一つの撰集を試みたものである。もともと清書本があったのが現存しないのか、草稿本のままに終わったのかは断言できないが、おそらくは後者であろうと私は思う。近世和歌の厖大な資料群の中で、広い視野でとらえようとする動きがようやく学会でも注目されて来たこのごろである。さしずめこの『鹿陽和歌集』は、地方の各地域に即した和歌文化の生成を考察する上にはきわめて貴重な資料となるといってよい。それに、当時の大名が参勤交替ということによって、江戸および各地の歌壇と接触しているのである。『鹿陽和歌集』の詞書から多くのことが知られる。日野弘資・日野資茂・飛鳥井雅章・武者小路実陰らの中央の公卿や、望月長好・山本春正・原安適（迪）らの地下の宗匠と、贈答歌を交わしたり、加点を受けたりという形での影響も顕著に知ることができる。その上で、直條の歌には、

山深き谷にならひし鶯はまれにうき世の人来とや鳴

影やどす浪こゝもとにさそはれて月もよりくる志賀の浦風

など、いかにも洗練された歌風が見られるのに対して、直郷の歌には、

さみだれに水かさまさりて湊田のありとも見えぬ浪のうねく〳〵

といった、変化に富んだ歌が見られ、直郷周辺の歌には、直條の時代とは異なった時代の変化が如実に感じられる。私は、これらの歌を読みながら、かつて何度も手にして見た直條や直郷の書体までもが思いうかべられてなつかしかった。石丸秀安夫婦が花頂山桜峯をめぐっての帰りに、豊嶋沖庵の隠れ家を訪ねて、妻の歌二首を見せられたのを見て、直條の頃の人の沖庵は、「女性の歌田舎にてはいとめづらかに、ことに一ふしあり」として、二首の歌を記し、それに感じて沖庵も一首の歌を詠んでいるのに対して、時代が下って、直郷周辺では幾人もの女性作者が見られることも注目させられる。

本書は、鹿島藩の文事を考える上にきわめて重要であるばかりではなく、ひろく近世和歌の研究者にも利用してほしいと思うのである。

目次

口絵
『鹿陽和歌集』の翻刻に寄せて　島津忠夫　i
書誌　一
凡例　三
鹿島藩藩主鍋島家関連の系図　七
本文
春　一
夏　五五
秋　九〇
冬　一三七
賀歌　一六七

離別歌……二〇二
哀傷歌……二一〇
羇旅歌……二二八
雑……二五五
神祇歌……三一八

解　説

本書の概要、成立について……三二七
鍋島直朝の文事……三三〇
直朝の人物について……三三七
直條略年譜……三四〇
初句索引……三五三
人名索引（歌の作者索引／詞書・注記の作者索引）……三七七
あとがき……三八三

祐徳稲荷神社蔵「中川文庫」の草稿本『鹿陽（ろくよう）和歌集』についての書誌を記す。

書誌

所蔵　祐徳稲荷神社

書型　四冊本（現状）。各冊約縦二四・三糎、横一六・六糎。

装幀　『鍋島直郷「西園和歌集」翻刻と解説』（平成十六年、風間書房刊）の著書の中で、その解説に井上敏幸氏が記されている一文を引用する。「現在中川文庫に編纂段階の草稿断簡が、二百十余葉ばかりばらばらの状態で残されており、少なく見積もっても二千数百首が収められていたことがわかる。この書の書名ももちろん不明であるが、まさに近世初中期の鹿島藩四代のかたみの歌集であったといってよく、現在仮りに「鹿陽和歌集」と呼んでいるが、外題も整った完本の出現が切望される。」とあるように、最初は二百数十余丁の草稿断簡の状態であったものを、現状は井上敏幸氏によって、口絵に見るように四冊本に編纂され、綴じられている。
紙捻による上下二ケ所括り。その後、整理のラベル『昭和十八年、第三、三六二番六／二二／三三六二』貼付あり。

表紙　なし。

外題　なし。

料紙　楮紙。

丁数　全二四三丁。（内二一〇丁は遊紙）

構　成　第一冊「春」三八（二）丁。「夏」一八（一）丁。
第二冊「秋」三四（二）丁。「冬」二一（二）丁。
第三冊「賀歌」二五（一）丁。「離別歌」六（三）丁。「哀傷歌」一九（二）丁。
第四冊「羇旅歌」一二（三）丁。「雑」四三（〇）丁。「神祇歌」七（四）丁。
（　）内は遊紙。
序・題等　序・目録・内題・尾題・跋文・奥書等一切なし。
編著者　不明。
行数および字数　一一～一二行。約二四～二五字。
筆　跡　一筆。ただし筆者不明。
蔵書印　なし。

凡　例

一、本書は、肥前鹿島藩に伝わる藩主（三代鍋島直朝（なおとも）、四代鍋島直條（なおえだ）、六代鍋島直郷（なおさと））とそのゆかりの人たちによって詠まれた和歌集を収録したものである。

一、本書は、題名をもたない和歌集であるが、便宜上、井上敏幸氏により『鹿陽（ろくよう）和歌集』と仮に命名されている。以下、『鹿陽和歌集』と称する。書名「鹿陽」の根拠は、『鹿陽四十二番歌合』の書名など「鹿島」の別称として用いられることからの命名という。

一、本書は、『鹿陽和歌集』本文の翻刻と解説（直條の略年譜を付す）、初句索引、人名索引より成る。

一、本書は、草稿本であり、浄書本の所在は不明であるが、その草稿本全文をできる限り忠実に翻刻した。

一、対校本として、個人歌集で対校できる歌については対校した歌もあるが、対校本はそれぞれの略称とその歌番号で、該当歌の脚注に示した。

直條の場合、左記の三本（①②③）のみにとどめた。また、直條に関係する歌集としては③に示すように、『鹿陽四十二番歌合』がある。この歌集には直條も初めて加入し、入集しているが、本書には直條の歌は所収されていない。直條以外の作者の歌については、対校本としてとりあげ③のように記した。直郷と堅明の歌はそれぞれ④と⑤の歌集で対校した。

○直條の歌①『蒙山和歌集』は脚注（以下同じ）に「蒙山」と記した。

○直條の歌②『蒙山拾遺和歌集』は「拾遺」と記した。

○『鹿陽四十二番歌合』の直條以外の作者の歌
③『鹿陽四十二番歌合』は「四十二番歌合」と記した。
○直郷の歌④『西園和歌集』は「西園」と記した。
○堅明の歌⑤『板部氏堅明詠草』は「堅明集」と記した。

〔対校本の解説〕（写本は全て「中川文庫」）
①写本『蒙山和歌集』に拠った。
鍋島直條の歌集。直條十五歳から三十六歳ごろまでの和歌集で、自跋がある。元禄三年（一六九〇）の成立。

直條三十六歳。歌数一四三八首。
②写本『蒙山拾遺和歌集』に拠った。
鍋島直條の歌集。①の『蒙山和歌集』の「拾遺和歌集」で全歌集の歌数四〇三首。成立は①に同じ。
③写本『鹿陽四十二番歌合』に拠った。
直條（女房とある）をはじめ、侍臣十一人（合計十二人）で歌を番えた四十二番の歌合。判者は板部忠道（月鑑）、
成立は寛文六年（一六六六）。
この年、直條弱冠十二歳。
④刊行本『鍋島直郷「西園和歌集」の翻刻・解説』（風間書房・平成十六年刊）に拠った。
『西園和歌集』は明和八年（一七七一）成立。歌数一一九三首（長歌二首含む）。
⑤写本『板部氏堅明詠草』に拠った。
序跋文なし。「春」「夏」「秋」「冬」「恋」「釈経」「哀傷」の順序で編まれている。全歌数五一三首。成立年

不明。

一、解説にあたっては、人物関係の助けとして藩主関連の系図を掲げた。

一、翻刻にあたっては、次の方針に従った。

⑴本文は、仮名は現行の字体に改め、仮名遣い、送り仮名も表記は原本通りとした。

⑵漢字の字体は、原則として通行体に改めた。ただし、次の漢字は以下に示すように、一部は通行体とせず、原本通りの漢字とした場合もある。

靏↓（一部は鶴に）　哥↓歌に。　舟、舩↓船に。　煙↓烟に（一部は煙に）　臺↓台（一部は臺に）　嶋↓（一部は島に）　枩↓松に（一部は枩に）　萬↓万に（一部は萬に）　瀧↓滝に。　盧↓芦に。　峯↓峰、嶺に（一部は峯に。人名「格峯」）　濵、濵↓浜に。　鳫↓雁に。　栁↓柳に。　澤↓沢に。　龍↓竜に（一部は龍に。「人名「紹龍」「猶龍」）　千鳥↓鵆に（一部は千鳥に）　園と薗、籬と笆、波と浪などは区別した。

⑶読みが難しいと判断したものに限って、最小限、漢字また漢語句の右傍に〈　〉を付し平仮名で読みを施した。

⑷歌・詞書の濁点は私に施した。

⑸詞書は原本の記載形式に関わりなく四字下げとし、左注は五字下げとした。長い文章には句読点を付した。歌題は詞書とは改行して示した。

⑹歌は一首一行の原則に従った。

⑺歌には、通し番号を算用数字で付した。脚注に示した他本の草稿本も通し番号で示した。しかし、他本の草稿本にない場合は「ナシ」と記した。

⑻歌題や詞書また歌に傍線が施されるものについては、抹消の場合は、「賀ニ有」「後ニ出」とあれば、〔「賀ニ有」と注記。詞書、歌ともに合点で抹消〕とか、〔「後ニ出」と注記。詞書、歌ともに合点で抹消〕と脚注に記した。

抹消かどうか不明の場合、即ち歌の初句のみ、作者、歌題のみの傍線の場合は（初句、（作者、歌題）に「――」）などと脚注に記した。なお、傍線、朱点の加筆者も不明である。また、朱点を施した歌には歌の右傍に◎印で示した。欠損などで不明の場合は不明と記した。

⑼虫損や欠損により判読不明の文字は□で示した。虫損は脚注に「虫損アリ」と記した。また、欠損は脚注に「欠損アリ」と記し、虫損と欠損は区別した。また欠損・虫損の場合でも、対校本で判明する場合や前後関係で辛うじて推しはかれる文字については右傍に（　）カとして示したものもある。

⑽丁付は十巻十部立てのそれぞれについて、」1オ・」1ウ（1丁の表、1丁の裏を示す）の形で示した。

⑾本書における訂正は主として、その訂正された形に従った。また歌に挿入の字がある場合も訂正した形で示した。

⑿本書に「丶」記号「、、」記号で示されたものは、下に（　）で注記した。作者名の「、」記号で示されたものは、前出の作者名とした。

⒀踊り字は仮名一字の「丶」の場合、例えば「野の」を「野丶」と仮名の一字に用いているものは、脚注にその旨を示した。仮名二字の「〱」の場合、濁点となる場合は濁点を付した。また漢字一字の場合の「々」「〻」も特別な使用の場合に限って、脚注で示した。

⒁本書に対する校異は、該当歌の脚注に略称名並びに番号と、本書との異同を歌題（詞書）あるいは歌「…」の形で記した。

⒂本書及び対校本の「重出」「注記」「加点」「抹消」「傍記」「誤記」「脱字」「御除」「見せ消ち」などについては、脚注にそれぞれについてその旨記し、誤記は当該箇所に（ママ）と付し、訂正を記した。

鹿島藩藩主鍋島家関連の系図

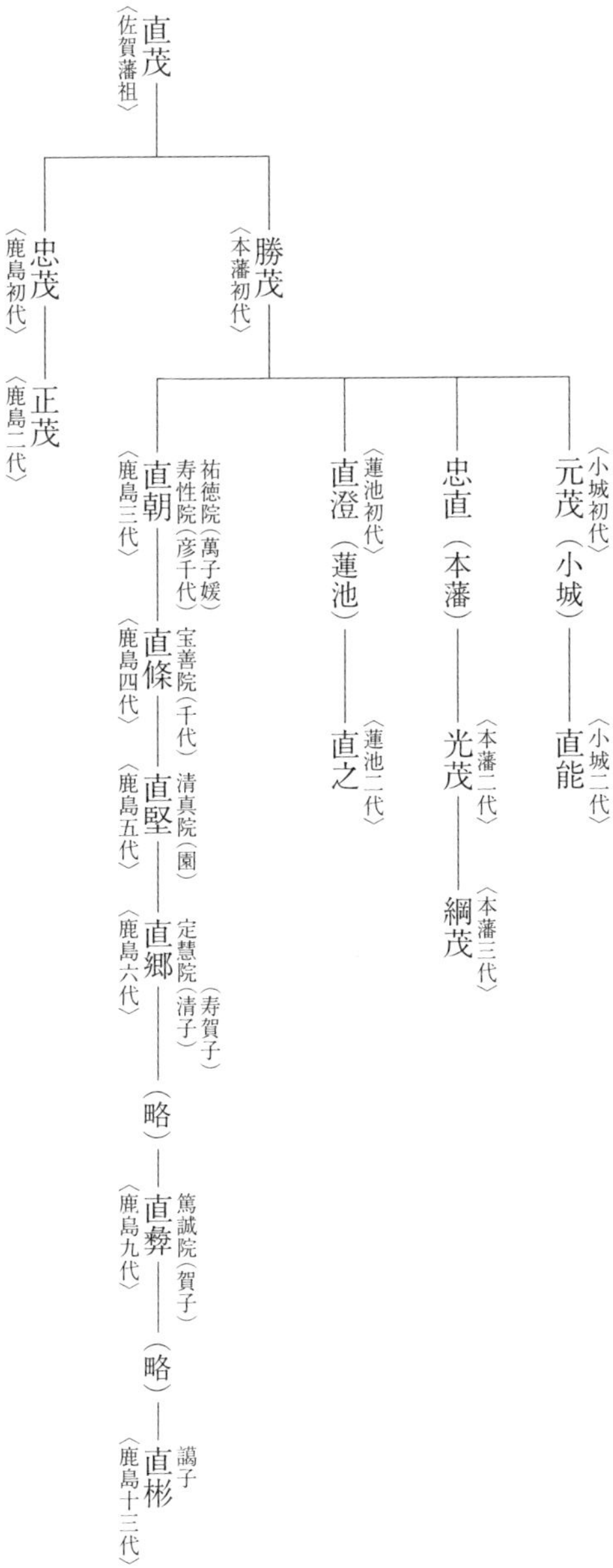

本文

春

乙丑

賀ニ入　初春祝　忠基

1 松に竹あひあふ門のうち外より霞て立や千代の初春

右同　実房

2 すへ葉までもれぬ恵をいく千とせ松に伴ふ御代の初春

岸柳　探題当座　同〔実房〕

3 ◎波のあやおりそふ色を岸根ふく風よみだすな青柳の糸

雑ニ入　山家嵐　右同　忠倶

4 しづけさは思ひなれこし山住もきゝこそわぶれ峯の夜あらし

試筆　萬子

5 ◎朝日影さすがにしるし空はまだはるぞとかはる色もなけれど」1オ

正月十五日より、さくらのみねに御とうりう

に、殿様御こしの節　萬子

6 ◎咲出る花の色香も植し世の春にかへるや庭の梅がえ

ラベル貼付あり。「乙丑」と注記あり。

「賀ニ入」と注記。初句に合点で抹消。

初句に合点で抹消。

「雑ニ入」と注記。歌題、初句に合点で抹消。4と5の歌の間に付箋アリ「草の字面ノ字ナラ□」、この付箋は本来102番の歌に付されていたものか。

花を手折て人につかはすとて　猶龍

7 桜花たをる一枝は見せばやとおもふこゝろの色かともしれ

返し　原忠俱

8 心ざし深き色香もおのづから手折る一枝の花にぞ見えける

暮春の比、草花をいけし花がめに短冊をそへられて　荻原主面

9 咲つぎし春の千種のいろ〳〵につきせぬ花のかたみとやみむ

同じ花の内春菊に　愛野常知

10 秋にきく花よりも猶色はへてにほひも深し草の一もと

同じく美人草に　同人〔常知〕

11 むかした□（れ）カ面影とめしゆかりとて花もえならぬ名をとゞめけむ

虫損アリ

天満宮奉納　草庵集題百首和歌の中に

沢若菜　秀実

12 若菜つむ人になれてや沢にゐる鶴も千年の春やしめけん

同じく若草　〔秀実〕

13 かしこしなこと葉の種もゝえ出し夢もむかしの池の水草

└1ウ

└2オ

同じく初花　　、〔秀実〕

14 ◎待えても夢かこてふのおもかげにほの〳〵匂ふけさの初花

同じく翫花　　、〔秀実〕

15 ◎花やしるなれし心の色深く春にいくしほ思ひ染しを

初春の心を　　前断橋（だんきょう）和尚

16 ◎氷とく古郷のあしのかりの庵結ぶと見るやまだき春風

若菜の心を　　、〔断橋〕

17 ◎里の子のつみこし野辺の初わかなねながら今日は見るぞ侘しき

、〔断橋〕

18 雪間そふのべをもよそにたれこめてけふの若菜を□（心）にぞつむ　　虫損アリ

遠山の霞といふことを　　〔断橋〕

19 ◎遠近の色をわけつゝすみにきもおもはぬ山の春霞かな　　「2ウ

霞間の月を　　藤原胤元

20 ◎春の夜のあやなき闇のそれならでかすむ木の間も月ぞもりくる

春月　　大蔵常時　良栄

21 ◎老らくはいつもおぼろの影ながら猶春の夜の月ぞ霞める

梅を　　藤原忠重

22 佐保姫の春のうわさの花衣そめも残さで匂ふ梅が香
、〔忠重〕

雨中の梅を

23 春雨のしづくや花の玉すだれ隙求てもにほふ梅が香

紅梅に雨のふりければ　大蔵常督

24 紅にふる雨にしもあらねどもぬれてぞまさる梅が一枝

└3オ

古寺鶯を読給うける　□□（前和）泉守直朝（なおとも）公

虫損アリ

25 年ふれどその声ばかり老もせず名のみ高津の宮の鶯

題しらず　藤原忠充

26 さ□（ぞ）カな世の梅は咲らし春風のかばかり軒に匂ひ渡れば

欠損アリ

帰雁の歌とて読る　前和泉守直朝公

27 帰る雁とこ世もつい（ゐカ）の住家かは何いそぐらん雲のいづこに

前栽に飛鳥河と云椿の有ければ　藤原忠充

28 玉椿名を聞からに飛鳥川定めなき世に咲もたがはず

返し　大蔵常督

29 玉椿名こそ飛鳥の河ならめ八千代を込る色なかわりそ

└3ウ

花一枝にそへて直朝公に奉り給ふける

30 ◎住すてし人に見せばや古郷の春にけたれぬ花の色かを　前備前守直條公

御返し　前和泉守直朝公

31 ◎古郷の春にけたれぬ一枝を詞の花にならべてぞ見る

花の名残を　大蔵常督

32 □(天)◎津風つらくもさそふ花なれば雲井ぞ春の名残也けり

虫損アリ

冬二入　歳内立春　堅明(かたあき)

33 ◎たち渡る霞に見せて春や来る日数は冬のままの継はし

堅明集6　「冬二入」と注記。詞書、歌ともに合点で抹消。

」4オ

立春　堅明

34 ◎天の道行てはかへることはりをあらたに見せて春や来ぬらん

堅明集2

賀入　春たつ日をそれながらも君を祝し奉てよめる　、〔堅明〕

35 かさぬべき千年の春の一年とかぞふるけふぞ君にうれ□(し)き

堅明集10　「賀入」と注記。詞書、歌、合点で抹消。虫損アリ

六十三歳の春　、〔堅明〕

36 ◎かぞふればむそぢにそえてみつしほの老の浪そふ春は来にけり

堅明集18

山家鶯　、〔堅明〕

37 ◎山里やあるじいとはぬ鶯の心ならひに人くとやなく

堅明集26

残雪

38 かくぞ猶きえずもあれな朝日影かすむ高根にのこるしら雪　〻〔堅明〕

月前梅

39 影うつす月のひかりも紅にさく色ふかき庭の梅が枝　〻〔堅明〕

是は十五歳の時、高松なにがし庭の紅梅さかりなるを見てよめる、直條公かへすぐ〵御称美遊ばし、はじめの五文字、もとはこの宿のとせしを、今のごとく御直し給へしなり

紅梅

40 紅のかゝる色をばむらさきもえやはかはらむ花の梅が枝　〻〔堅明〕

柳

41 さほ姫の柳の髪のうちとけてたれになげけるすがた見すらん　〻〔堅明〕

花後春月

42 しのぶぞよ老いよりさきの春の月それもかすみし光ながらに　〻〔堅明〕

初花

43 まちし間の心のうちの俤はにるべくもあらぬ花の一枝　〻〔堅明〕

山家花

」4ウ

」5オ

堅明集32「かくてなを」

ラベル貼付アリ

堅明集35

左注アリ

堅明集39

堅明集43

堅明集52　歌題「老後春月」

堅明集60

44 さく花の色香につくす心もや入し山路のほだしなるらん

堅明集75

尋花　洵美〈よしとし〉

45 桜花とめこし山のかひありて匂ひもふかき峯の白雲

45から49の歌の番号の上にひとまとまりを示す傍線を施す。

見花　、〔洵美〕

46 のどけしな色にめでける春のうちはひとのこころも花に匂ひて

杜間花　、〔洵美〕

47 例〈ため〉しあれば花のさかりも長かれといのりをかくるもりのしめ縄

」5ウ

山花　、〔洵美〕

48 しらきぬにつゝむとばかり見えわたる遠山まゆの花のさかりは

古寺花　、〔洵美〕

49 夕ぐれは花の外なる鐘のをとに花もかすめる小はつせの山

初句に「――」

初春鶯　直郷〈なおさと〉

50 つみたむる袖の若菜にはるの色を見しやそれとか鶯の声

西園10

青柳風静　此園

51 にぎわへる里のわたりの柳風なびく煙にみどり色そふ

実房

52 春風の吹ともみえぬのどかなる露もみだれてなびく青柳

」6オ

待花　　　　　　　　　　　　常知

53 消残る雪ある山に同じ色の真の花のさかりまたれ□（て）カ　　虫損アリ

閑居花　　　　　　　　　豊嶋氏

54 ちりはてし後いかならん花にだに人めまれなる宿の夕暮

並木氏昌純、山家に尋来て暮ゝ（る）まで花を見て

帰らんとせられければ　　　、〔豊嶋氏〕　　「暮る」を「暮ゝ」と「ゝ」で記す。

55 いかにぞよ春の山路に尋来て立帰るべき花の色かは

返し　　　　　　　　　昌純

56 いざさらば花にむすばん草枕その百とせの夢の世中

雑ニ入　元禄六辛酉水無月終一日夢の中に「色にそむ

心をかねてさ□（は）らずは法のまことをいかでし　　虫損アリ

らまし」と見て夢さめぬ不思議におもひ書と

めて格峯老和尚へ御めにかけゝればあそばし

くだされける御歌　〔格峯（かくほう）〕

57 心もてさとりとしらば色よりもふかくやそまん法のいつはり

「6ウ

「雑ニ入」と注記。「雑」に入れたので、詞書以下、歌まで墨で抹消。

出家の後山家に春をむかへて

豊嶋氏

58 四方に吹風もさはらぬ柴の戸に春ぞしらるゝ軒の梅が香

ある山寺に詣で侍りて花を手折けるに、ある
じとがめければとりあえず　、〔豊嶋氏〕

59 家づとに手折ばゆるせ山桜ひとり見るべき花の色かは

初春待花　、〔豊嶋氏〕

60 身につもる月日もしらぬ白雪のまだ消なくに花ぞまたるる

試筆　、〔豊嶋氏〕

」7オ

61 いとまある人の心ののどけさもわれにてしりぬ初春の空

海辺霞　沖庵（ちゅうあん）　出家黙翁

62 又たぐひなみ路かすめる難波がたけふこそみつの浦のあけぼの

胤元会　松上霞　、〔沖庵〕

63 絵師もやはいかゞうつさん夕日影霞色どる三ほのうら松

池辺花　、〔沖庵〕

64 鳰鳥のあしもやすめよ池にうつる花のにしきも中やたえなん

静見花　、〔沖庵〕

65 あかず見ん世のことわざも身のうさもおもひ出べきはなの色かは

五十四の年の初に　、〔沖庵〕

66 おどろけと身をぞいさむかつく鐘の半の数にとしをむかへて
早春鶯　　、〔沖庵〕
67 谷の戸は春ともしらで積りそふ雪にことはる鶯の声
朝霞　　、〔沖庵〕
68 朝日影さしものどけき空の海にたつや霞の波も音せぬ
見花　　、〔沖庵〕
69 花もしれ見るたびごとに千ゝの秋ひとつの春にむかふこゝろを
松残雪　　朝良
70 春来ては花かとこれや深山なるまつのしづ枝の雪のむら消
長盈
71 いつはとはわか枝の松もこれぞ此つもれば花の雪ぞのこれる
梅花之芳　　常知
72 いとふかき雪の内より咲きそめて春かけて猶匂ふ梅がか
遠峰花　実陰卿点　　堅明
73 うすみどりゐがくばかりの山の端に白を後と花やさくらん
立春　同　　、〔堅明〕
74 掉姫も心にこめて花の色のかすみの衣春やたつらん

」7ウ
」8オ

歌の全体を「合点」で抹消。

堅明集ナシ
「武者小路実陰卿点」と注記あり。
73〜80まで。

堅明集ナシ

春たつ日雪ふりければ　同　、〔堅明〕

75 ◎来る春や道もまがはぬ雪は今朝ちりかひくもる花と見えても　　堅明集ナシ

梅風　同　、〔堅明〕

76 ◎風過る花は一木の梅がかにいく里□□(かけ)て袖にほふらん　　堅明集ナシ　欠損アリ

山里に梅の咲たるを見て　同　、〔堅明〕

77 ◎身におはぬ色香をしるや山がつのかこふ垣根にさける梅が枝　　堅明集ナシ

」8ウ

名所花　同　、〔堅明〕

78 ◎みよし野や世ゝ(々)のことばの花までも筆をそへける山のさくらは　　堅明集ナシ　「世々」を「世ゝ」と記す。

帰雁　同　、〔堅明〕

79 ◎はるがすみ八重にかさなる雲井にもこしぢいとはず雁や行らん　　堅明集ナシ

試筆　同　、〔堅明〕

80 ◎四方の海おほふ霞の袖広し恵ある世の春やたつらん　　堅明集ナシ

名所立春　柳園

81 ◎長閑なる春たつた山よしの川氷も雪も解や初らん

花の歌の中に　堅明

82 おもひねの花をよすがら見る夢のさむるうつゝや嵐なるらん　　堅明集ナシ　初句に「――」

暮春　、〔堅明〕

83 行春のこゆらむ山のさねかづらまたくりかへす日数とも哉 ⌋9オ 堅明集ナシ

冬二入 年内立春 忠通

84 さほ姫の霞の衣うすけれどとしの内なる春の一しほ 「冬二入」と注記。初句に合点で抹消。

花契万春 読人不知

85 万代の春もかはらぬ亀の尾の山のかひある花のいろ哉

題しらず 昌阿 原氏愛利

86 ちるあとを見しだにゆゝし花の宿さこそ盛の庭のよそほひ

返し よみ人しらず

87 ちる花をおしむこと葉の玉くしげ二たび庭の盛をぞ見る

雨のふりける日一えだを手折て (中山)カ □□氏 常良 虫損アリ

88 たれこめて春をばよそにすぐすともことの葉そえよ梅の一枝 「そへよ」の「へ」に「え」と傍記。

かへし 中山氏 常賢 ⌋9ウ

89 来て見よといはぬばかりぞふる雨に咲そふやどの梅の花がさ

題しらず 納富□□ 虫損アリ

90 何人の袖も匂へと此花の色香にふかき心とはしれ

鎮嶺閣の花を見て 沖庵

91 とこしなへに君にちぎりて山ざくら花もときはの色ぞ見えける

鎌山

92 名もたかき軒端に匂ふ桜木の花のありかはしる人ぞしる

鎌山

召によりて桜嶺によぢのぼりて花を眺て

沖庵

93 □(う)れしとて山路わけつゝ糸桜君がひかずはけふは見まじや　欠損アリ

鎌山

└10オ

94 □も□(ち)ぎりあらしの花の宿とこ世の国はよそにやはあ□(る)　欠損アリ

95 折得てものぼる麓の雲とみしもたなびきにけり花の白妙

謙山

桜花を床にいけをきし宿のあるじを祝せし
こゝろにて

謙山

96 折えてもなをさかりなる花の宿咲ば咲ほど散ばちるほど

返し

忠利

97 折得つる心はしらず桜ばなさけばさかりとおもふばかりぞ

花の盛と聞つれど伴ふ人もなく見ず侍りしに
けふ原氏隠公の御宿を尋けるにいけをきし花

を見よともてなしける心をせつにおもひてか
へるさに　（不明）

98 花にだにすてられし身もけふこそは君のなさけに咲出しかは　10ウ

返し　あるじ塩が□(ま)にかはりて　（不明）　虫損アリ

99 君こそは花をもすてじ心なき草木は人をおもふものか□(は)　虫損アリ

広平といふ山中に行、かへる□に川ぎはの梅　虫損アリ
心なくちりしを見て　鎌山

100 散しるは庭の面にもにしき河香をとめて見ん花のしがらみ

桜の峯より山々のはなを見て　忠利

101 うつすともゑしやあらまし足引の山また山に霞む桜を

庭の花に付て実嵩庵主のもとへをくりける　森安芸

102 山里(秋カ)はたれかことゝふ庭の(面)草の花のものいふよにしあらずば

春のころ山ざとにまかりてたらちねのすみ侍　11オ
ふかき□(心カ)を見るに植置し桜の咲みだれたるを　虫損アリ

見て　月鑑

103 時しあれば花にもぬるゝ袂かな昔のはるを思ふなみだに
同妻浄雪

104 あかで見んのきの青葉も色そへて君をいく世の行末の春
始聞鶯　十三日ニ　直條公

105 ◎色ならばうつるばかりぞ鶯の梅に木づたふ今朝の初声
初春　十四日ニ　、〔直條〕

106 ◎名取川氷りし波も埋木もけふあらはるる春の初風
池上花　十四日ニ　、〔直條〕

107 ◎陰うつす砌の池のうき□（草）に青葉まじりの初桜かな
重出
早春霞　十五日ニ　、〔直條〕

108 風の音おさまる春の山口のしるきひかりや世にかすむらん
山霞　、〔直條〕

109 ◎花はまだ遠山鳥の尾上より□（にほふかすみ）や春の初しほ
試筆　瑞鷹

110 ◎へだてなく春は来にけりすみ染の衣手かろき草の庵にも
山里にて鶯をきゝて　〔直條公〕

初句に「——」

初句に「——」

拾遺20

拾遺8「波の埋木も」

蒙山233「うき草に」虫損アリ

」11ウ

蒙山33「山口（やまぐち）」「重出」と注記。詞書、歌とも合点で抹消。

拾遺15「にほふかすみや」欠損アリ

111 山深き谷にならひし鶯はまれにうき世の人来とや鳴

鶯　　　　　　　　　　　　　、〔直條〕

112 うつる日の影にこがねの衣手もかゞやく枝の鶯のこゑ

春曙　　　　　　　　　　　　、〔直條〕

113 ◎花鳥の色香の外の春ぞとは今やながめんあけぼの、そら（山）

庭のさくらのさかりなりけるを□友別春たづ

ね来りければ　　　　　　象山

114 ◎里はあれぬ見し世の友にとはれぬるはなの心もけふやうれし□

又□□□花をよめる　　　　、〔象山〕

115 ◎うへし世のはるやむかしとかたり出んふるき軒端の花にむかひて

御返し　　　　　　　　　別春

116 ◎われのみぞとひ来て嬉しこの殿の花も心はかつしらねども

湖上霞

青山亭会兼題十首の中に　　茂継公

117 ◎八重霞たてども湖の波路ふく風をみどりの志賀の浜松

雪中鶯　　　　　　　　　　、〔茂継〕

118 ◎ふりつもる枝ふみならす鶯の声の匂ひや雪にかすらん

12オ

蒙山77　112の歌題「鶯」の下に111の詞書と歌を小さく補入。

拾遺18

蒙山174「明ぼの、やま」

欠損アリ

虫損アリ

欠損アリ

夜梅

119 ◎吹送る風にちぎりて幾夜かは夢路をよその庭の梅がゝ　〔茂継〕

雲間帰雁

120 ◎帰る雁とこ世もつゐのすみかかは何いそぐらん雲のいづこに　〔茂継〕

12ウ

春月

121 ◎軒をあらみ梅がゝそへてもる月にむかししのぶも露しるき□　〔茂継〕　欠損アリ

関路花

122 ◎打もねぬ関守なれや逢坂の花のにほひてやみてらしぬる（ぞにほひの人とゞめぬるカ）　〔茂継〕

庭花

123 ◎もてはやす人を待えて庭の面の花もおもひ出の春にあふらん　〔茂継〕

落花似雪

124 ◎わけ入し人めも花にうづもれて雪のゝ（の）にほふみよし野ゝ（の）奥　〔茂継〕

湖上霞　右同　忠通

125 ◎湖（ママ）の海や霞吹とく春風に梢ながるゝ志賀のはま松　「湖」は「鳰」の誤カ。

雪中鶯　〔忠通〕

126 ◎□（打）はふ□□□風に猶寒て雪ふる里にうぐひすの鳴　欠損アリ

夜梅

茂継公御詠に　、〔忠通〕

127 □(た)カ◎が里もわか□(ず)カやかよふ春の夜の□に□□□遠の梅が、　」13オ

欠損アリ

雲間帰雁　、〔忠通〕

128 かへ◎る雁そなたの空の名残さへはてはこしぢの雲に消□□

欠損アリ

春月　、〔忠通〕

129 諸友◎にあはれと思へはれやらぬ心に似たる春の夜の月

関路花　、〔忠通〕

130 越◎やらで花にくらせばおのづから関もる人と人や見るらん

庭花　、〔忠通〕

131 桜◎花ちらぬかぎりはとふ人の□□れし物を庭のしら雪

虫損アリ

落花似雪　、〔忠通〕

132 山◎桜梢に冬やかへるらん消せぬゆきと花のふりくる

池辺花　茂継公

133 は◎つ桜あらしもきかず影落て露にやどかる池のうき草　」13ウ

夜花　忠通

134 思◎ひねの夢に夜すがら見る花はさむるうつゝやあらしなるらん

82の歌と「花」と「夢」が入れかわるが他は同じ。但し、作者は異なる。

花のもとにて　茂継公

135 ◎みやこ人かへさわすれよ東路のはにふのこやの花の契に

返し　（長嘯門弟）春正

136 ◎この殿にやどりはすべし花盛はにふのこやといひはなすとも

承応二年二月朔日

梅花盛　光茂亭会兼題　茂継公

137 ◎ちりもせずけふひとしほの梅が枝に色かのほかのにほひそへつゝ

忠通

138 ◎けさまでは残る片枝の咲そひてにほひも八重の梅の□風

紅梅　同当座　茂継

139 ◎朧夜の匂ひを梅のひかりぞと軒端の風のわれにつげゝん

忠通

140 ◎匂ふより□も□（わ）かれて梅の花やみのうつゝは心にぞみる

帰雁　茂継（雅章卿直し）

141 ◎つれなくもかへるならひと神代（そのかみに）よりたれおしへけん春の雁がね

関鶯　忠通

142 ◎行かよふ人のこころの関なれや逢坂山のうぐひすの声

承応二年三月十四日光茂亭会兼題

14オ

春正は「木下長嘯子」の門弟と記すが不詳。

欠損アリ

欠損アリ

「飛鳥井雅章卿の直し」の注記あり。三句は雅章卿の直し。

柳風　　　　　　茂継

143 春の色はおなじみどりの池水に風やあや織青柳の糸　」14ウ

利永亭会兼題

海辺霞　　　　　　、〔茂継〕

144 船よする入江の浪にたつ鳥の見えぬやかすむ春を見せけん

忠通

145 春がすみしきつの浦半吹風に浪よりほかの浪ぞたちける

春月　　　　　　茂継

146 月ぞまづ霞をこめて匂ひ出る桜はまだきやどの梢に

忠通

147 大空の霞に匂ふ春の色は花ともいはじ朧夜の月

同春当座

霞隔富士　　　　　　茂継

148 ふじのねも見えずなり行八重霞へだつるけふや春□□□□　欠損アリ

茂継亭会当座　　　　　　、〔茂継〕

149 はつせ山ひらの山風吹たえて入あひのかねに声かすむ也　」15オ

忠道

150 紅の色に□□□もたつた山夕日うつろふ峯のかすみは　欠損アリ
春月　茂継
151 さのみこよひあくがれはてし我心又こん春の月もある世に
茂継亭会当座
夕花　〔茂継〕
152 花に聞入あひのかねのひゞきこそ匂ひのこしてちる嵐なれ
月前花　〔茂継〕
153 花のうへに落くる月の影とめて霞む桜のもとの宿もり
目黒にて当座
花　茂継
154 露のいのちかゝりしかひもこの春の花見るけふぞさらにしり□□　欠損アリ
忠道
155 ちりてこそ身にぞかへらめ山桜花にとゞむるけふのこゝろは
社頭花　忠道
156 神がきや花のしらゆふかけてだにおもはぬ色をけふは見しかな
寛文八年正月廿九日光茂亭会当座
毎家楽春　直朝

15ウ

157 ◎おさまれる御代の道にしくる春やたが里わかぬめぐみなるらん

暮春　此園

158 ◎暮て行春の名残ぞおしまるゝいづくの空もおなじこゝろに

萬女（まんじょ）

159 ◎くれて行春のかたみとをそ桜さかりはつかの色を残して

柳園

160 ◎藤かづらくるといはまの岸根より行春いかに花のこゝろは

」16オ

庭前の花盛をよめる　信金

161 ◎こゝろあらば尋て来ませ我宿も花は盛の春のひかりに

御夢想歌字冠句和歌の中に

江上暮春　柳園

162 ◎春はけふさかひの入江あはれてふことをなごりに霞む色哉

翫花　花十五首の中に　長盈

163 もてはやす心づくしやこの比は日数もしらぬ花の下陰

冬ニ入

歳中立春　此園

164 へだてなく年のうちより春たちて鶯来鳴梅の花垣

〔此園〕

歌題、歌ともに墨で消す（見せ消ち）。抹消のつもりか。

「冬ニ入」と注記。詞書・歌ともに合点で抹消。

165 ふゆながら春やこがらし音かへて霞になびく空の初風
水菜　長露

166 今日はまづつもらぬ岩にとふる雪に心いそぎの磯なつまゝし
柳園

167 引芹の根にあらはれて山鳥の尾長き御代や手にも□□
竹間鶯　、〔柳園〕

168 有明の月にかはりて今朝はまた竹の葉もらす鶯の声
柳辺風　忠康

169 春風のさそふまに〳〵をく露もみだれそめなん青柳の糸
賀二入　初春祝　長盈

170 御代やけふ千尋のはじめかけまくもかぎりしられぬ宿の初春
春月　実房

171 霞むとも雲なかへしそ月影の朧はあかぬ春のならひに
初花　猶龍

172 思ふぞよ一木よりまづ咲初る花は心のまつもしるやと
柳園

173 咲出る花はけふよりさし櫛のあかぬなげきの初めなるらし

」16ウ

」17オ

164と166の歌の間に後補。初句に「――」

欠損アリ

歌題の下に補入歌あれども不明のため立項せず。「賀二入」と注記。詞書・歌とも合点で抹消。

曲水宴　　　　　　　　忠康

174 陰◎うつる花もゝてふ名におはじながれ尽さでめぐる盃

款冬　　　　　　　　長露

175 咲◎匂ふ花のしづくやくち葉色もそれとしいはねの岸の山吹

実房

176 花◎にをく露やこぼれて此峰の雫も匂ふ岸の山吹

五宮奉納百首和歌の中に

早春雪　　　　　　巻頭　直郷

177 雪◎に明る山はしらゆふかけまくも神代の花の春や立らん

古郷梅　同　　　　　　了性

178 古◎さとは梅の匂ひを此庭のさかりの花に思ひ出ぬる

春草短　　　　　　　　柳園

179 □(さ)◎き分てそれとみどりのうへわかみ根にもえいづる雪□

霞春衣　　　　　　　　猶龍

180 春◎の色をぬきとたてとに佐保姫やそらにかすみの衣をるらん

杜款冬　　　　　　　　了性

181 森◎の名はいはでもしるき春の色をしばしとめて□(や)咲る山吹

」17ウ

西園75　歌題「早春雪」なし。「巻頭」なし。

欠損アリ

沢若菜　忠亮

182 ◎誰為とまだしら□（雪）カも消あへぬ野沢のわかな濡やな□はん　虫損アリ

孤島霞　観礼

183 ◎長閑さはたぐひまれ□るの匂ふ霞に　└18オ　欠損アリ

池余□（寒）カ　常知　欠損アリ

184 ◎池波の花とも是や夕風にふる二月の雪の寒け□　欠損アリ

澗落桜　実房

185 ◎せきとめよ散しく桜も今しばし花の名残を匂ふ谷水

嶺早蕨　猶龍

186 ◎これも又春のものとや峰□かみ花よりさきにもゆるさはらび　虫損アリ

花満山　秀実

187 ◎此ころの花は奥まで咲そひて峰に□□くの雲や立らし　虫損アリ

古寺藤　実房

188 ◎紫のゆかりもよゝをふる寺の軒端にかゝる池の藤□　欠損アリ

朝□衣　観礼　└18ウ

花染の心残□□今朝は□□　188と189の中間の歌、上の句のみ記し、下句は空白。歌題・作者名（観礼）ともに墨で消す。（立項せず）

春のはじめ東都より御帰邑をまち奉りて

189 まち〳〵て年のへだてとあまの戸をあけてぞちかき逢坂の関　朝良

初春

190 長閑しな今朝来る春に君がへん千代のさかへをかぞへはじめて　萬女

初春祝

191 時しぞとむかふ岩井の水鏡うつるも久し萬代の春　義山

青柳風静

192 吹風のしづけき道に打はへていともてよれる春の青柳　観礼

雨中花

193 雨にいまの□花をう□　鉄叟

元禄十四□一月廿六

梅盛開

194 さほ姫の春のうすきぬはれ衣そめものこさで匂ふ梅が枝　月鑑

195 よそとてもさかりのほらやしらるらんにほひもあまる庭の梅が枝　常時

196 待しうさちらん名残も咲つくすけふのもろえの梅にわすれて　胤元

└19オ

欠損アリ

欠損アリ

「さを姫」の「を」に「本」と傍記。さらにまた「ほ」と傍記。

はづれ雪といふつゝじいつしか庭のさかりも
うつろひかはるよしなどとなりなる人のもと
へつかはすとて　鉄叟

197 ◎心にはうつろひはづれ雪ならで庭にふりしく花の名残に

19ウ

辞類ニ入べし　宝春院殿いまそがり給ひしおほん世のほどは
よつの時の花、色ごとに匂ひえならぬさもこ
そあらめ、しづが屋のいぶせき夕がほの花迄
もらさずもてはやさせ給ひける中に、名にし
おふ野田の藤とて、いろもいくしほこきむら
さきなるを、みその丶池の汀にうつし植させ
給ひたりけるが、世をはやになりゆかせ給へ
る、此うたをのが時とてかはらぬ色に咲たれ、
たが心なき草木ながらもいまさら恨めしくあ
やにくげ□(に)ておらぬ袖□□ぬれまさりけれ
ば　鉄叟

198 ◎さく藤の色だに□見し人のあとにかはらぬ花も□□□

20オ

（不明歌あり）

□きたる所、歌を奉れとありし時

「辞類ニ入べし」と注記。

虫損アリ

欠損アリ

198と199の間に書き入れの歌あり。欠損多くて読めず、立項せず。

199 立ならぶちさともなびく青柳のをのがすがたや花とうつらん　　沖庵

初句に「――」

桜の花を折て木下氏常令の許にやるとて　　、〔沖庵〕

200 ◎心なき身となおもひそ山ざくら風よりさきに手折てぞやる

返し　　常令

201 ◎山ざくらちりははつとも今爰に手折し人ぞ花こゝろある

天満宮奉納三十首和歌の中に

朝霞　　沖庵

202 ◎打はへて今朝はのどけし佐保姫の霞の衣折（ママ）をたがへず

早春鶯　　、〔沖庵〕

203 ◎山川の氷れる水はうぐひすのねにあらはれて春は来にけり　」20ウ

元禄十七年二月、庭前の梅を折て直朝公へ奉りければ御歌　　〔直朝公〕

204 ◎色も香も猶いやましの梅の花老せぬ宿の菊とこそ見め

御返し　　沖庵

205 ◎見ればなを老せぬ菊におとらめやいくとせなれし宿の梅がえ

宝永二年、木下氏常順もとへまかりければ、
庭前の桜咲けるに歌一首と所望せられて
、〔沖庵〕

206 ◎たれも見□むれつ□（る）カ宿の初桜花にあるじの心をぞしる　虫損アリ

返し　常順

207 ◎君ならで誰□はつざくら□□□しる人ぞしる　欠損アリ

」21オ

漸盛　沖庵

208 ◎桜花いそぐ心に咲のこる梢ありとも□□□（さかり）とや見□　欠損アリ

宝永二年二月庭前の梅花を折て紹龍公へ奉る
とて　、〔沖庵〕

209 ◎幾千代も色香をそへよ春毎に君が為にと手折梅が枝

御返し　〔直朝公〕

210 ◎とし〳〵に猶いやましの梅が枝にこと葉の花のひかりさへそふ

花の比、格峯尊師より給りし　〔格峯〕

211 ◎此春は袖の色さへ墨染になしては花もおもかはるらん

御返し　沖庵

212 捨◎し身は花より外はとばかりもかひなくかすむわが涙かな
心あまりて詞たらずとや申侍らん
」21ウ

左注アリ

213 ほ◎のかすむ月のあはれは秋になをまさきのかづらくるゝ夜の空
春月秋にまされりといふことをよめと、人の
いひし時　、〔沖庵〕

214 吹◎風に我身をなさばすみどころいづくはいはじ青柳の本
柳　、〔沖庵〕

庭落花　、〔沖庵〕

215 ち◎ればけふ庭に□（跡カ）のいとはれてとはれずとはぬ花のしら雪
花頂山桜のさかりによみて送られし
重達

虫損アリ

216 桜◎花風よりさきに尋こぬ人のこゝろののどけさぞしる
返し　黙翁〔沖庵〕

217 た◎づねぬも□しれ山桜花もや老をうとみ□ん
」22オ
□花盛なる比、折て紹龍公へ奉りける
時つかはし給りける、梅の花送りし許へ当座
とりあへず〔沖庵〕

欠損アリ

欠損アリ

218 としごとに色香そひける梅の花君がこゝろにならべてぞ見る

御返し

桜花を奉りしに、御詠歌あそばし給ける、い
とも有りがたくながめ入、御かへしもおそれ
おほき事ながら、たつとからずして高位にま
じはる□（が）是和歌の徳なりといへることにまか
せて

黙〔沖庵〕

219 うれしてふかぎりしられず花よりも目がれせずみる君のことの葉

花頂山にて散花を　、〔黙翁・沖庵〕

220 桜花とてもちりなばおもかげを人のこゝろにのこさずもがな

」22ウ

賀ニ入

初春祝　柳園

221 池水にさゞ波見せてけふよりは千代のあやある春は来にけり

垂柳乱風　寛斎

222 風になびき四方に乱て真髪ふるいとくしけづる庭の青柳

池款冬　観礼

223 ちぎりをかぬ色をことしもみする哉こゝろもふかき池のやまぶき

花勝前年　、〔観礼〕

欠損アリ

「賀ニ入」と注記。詞書・歌ともに合点で抹消。

224 ◎こぞのはるみなれぬ庭の梢までけふぞたなびく花のしら雲

子日をよめる　田中利長

225 ◎行末の生さき見ゆれ子日する野辺の二葉の松のちとせは

鶯を　相良常□　虫損アリ

226 ◎鶯の声も□(渡)カ□□(や)カ朝露のかゝれる梅の枝うつりして　虫損アリ

」23オ

花　於林

227 ◎咲匂ふ一木の花のひもときてあかぬ詠の春の日くらし

梅薫風　於市

228 ◎春風の匂ひ吹いる釣簾(こす)のひまもれて嬉しき梅の初花

四時題詠　船中百首和歌の中に

岡春曙　直郷

229 ◎わかえさす岡べの草のつま〴〵にのこるながめやはるのあけぼの　西園ナシ

おなじ

惜暮春　、〔直郷〕

230 なれもまたことしのそでもとぢめけりけふ鳥がねのわかれおしさは　西園ナシ 初句に「――」

花手向　、〔直郷〕

231 ねこじせし柳にかへて山ざくら折て手むくる三輪の神垣　西園ナシ 初句に「――」

羇中慰心詠二十首和歌の中に
早春鶯　　　　　　　　　　〻〔直郷〕
232 けさははや松としきかばかへりみんはつ音の野辺のこぞの鶯
└23ウ
西園ナシ

春雨　　　　　　　　　　〻〔直郷〕
233 ふる音はそらにしられぬ賤がやに花の香そゝぐ春雨のくれ
西園ナシ
初句に「──」

延享元仲夏
船中慰心春十五首和歌の中に
田家春雨　　　　　　　　　〻〔直郷〕
234 いそげ賤けふふる雨にはるの田をかへすぐ〳〵も時しまち得て
西園ナシ

山花盛開　　　　　　　　　〻〔直郷〕
235 匂ひにぞ分入山の花の雲風のまに〳〵いろもわかれて
西園193
初句に「──」

若菜　　　　　　　　　　　〻〔直郷〕
236 けふにつむ磯なわかなの種〳〵のおものも春のしづこゝろかな
西園106「磯なはまなの」

雑ニ入　十一にならせ給ふとし喪にこもりける春門松
も常よりはしるしばかりに見えければ
　　　　　　　　　　　　　〻〔直郷〕
└24オ
237 門松のしるしばかりに有ながらいはひの事はいく代ともなし
西園ナシ
「雑ニ入」と注記。詞書・歌ともに合点で抹消。

238　同春花ざかりの比　　　　、〔直郷〕
庭桜今は青葉に成にけりまた来る春をまちにやはせん

西園ナシ
初句に「――」

239　梅花久芳　　　　、〔直郷〕
◎とこしへの風をうつして見はやさんながく〵春ににほふ梅がゝ

西園ナシ

240　春色柳咲知　　　　、〔直郷〕
玉すだれかゝぐる日毎のどかなる柳になびく風ゆるくして

西園137　詞書「柳」とのみ記す。
初句に「――」

241　待花　　　　観礼
◎花はいまさかん比だにわきて待花が心のことはりもしれ

242　花をよめる　　　　了性
◎春の色は東よりくる青柳のいと目くるめく花の此比

24ウ

243　雑ニ入　五十にならせ給ひし試筆に　直條公
旅枕粟かしぐまの（かりねに見ゑし）夢ならで五十年おどろく春は来にけり

蒙山ナシ
「雑ニ入」と注記。詞書・歌とも合点で抹消。本書2077に重出。

244　沖庵法師　花の一枝におもひよそへられたる心こと葉のうれしさはいはでたゞにやとて　　　　、〔直條〕
◎我ためのこゝろこと葉のいく入〈しほ〉もこの一枝の花に見せけり
〔直條〕

蒙山ナシ
「沖庵法師」書き入れか。

245 かはらじな春のひかりの玉椿花をためしにちぎる千とせは　蒙山ナシ

春の歌の中に　　　、〔直條〕

246 ◎山のはに春は明ぼの花の雲にたる物なくにる時もなし　蒙山ナシ

落花のころ沖庵たづね来り侍りけるに　　、〔直條〕

247 ◎とひ来るは心の友よはなの雪散しく庭にあともいとはじ　蒙山ナシ

〔直條〕

248 花の色庭にやあとのいとはれんおなじ心の友しとはずば　蒙山ナシ

└25オ

花十五首の中に

落花　　　直郷

249 ふきはらふ西かげつらしさゞ波や志賀の花薗比良のおろしに　西園ナシ　初句に「――」

正月十七日雪ふりければ　　直條朝臣

250 ◎春にいまふるはつもるもかつきえて残るは去年の庭のしら雪　蒙山91

立春　　　、〔直條〕

251 ◎おさまれる世は浪風もしらぬひのつくしの海に春や立らん　蒙山1

天満宮奉納の中に

立春　　　、〔直條〕

252 ◎一夜明て春はきたの、神垣に名におふ松の風ものどけし　蒙山2　詞書「天満宮奉納百首」

試筆　三十歳元旦　、〔直條〕

253 ◎なす業もなき名のみしてたつ門の松もはづかしけさの初春　蒙山7

25ウ

初春　、〔直條〕

254 ◎一えだの梅をかざしのはじめにて咲つぐ花の春は来にけり　蒙山16

大神宮奉納五十首におなじ心を　、〔直條〕

255 ◎いすゞ川こほりとけ行神風にひかりやはらぐ春は来にけり　蒙山24

森岡山五宮三十首和歌に同じこゝろを　、〔直條〕

256 ◎神のます森のしめ縄ながき日のはじめをいはふ春は来にけり　蒙山25

初春霞　、〔直條〕

257 ◎にほふ也そらのみどりも花の春霞を今朝の初入〈はつしほ〉にして　蒙山26

、、〔初春〕雨　、〔直條〕

258 ◎ふる雨の恵みある世の春はけさ心にねざす花に来ぬらん　蒙山29

、、〔初春〕鶯　、〔直條〕

259 ◎春といへば馴〈なれ〉もことばの花にけさにほひそめたるうぐひすの声　蒙山30

26オ

早春

260 吹からに心にねざすことの葉の花にやはらぐ春の初風　〻〔直條〕〔直條〕　蒙山31　初句に「――」

261 時しるや関のひがしの春にけさめなれし富士の雪もかすみて　〻〻〔早春〕霞　〻〔直條〕　蒙山32

262 風の音おさまる春の山口のしるきひかりや世にかすむらん　〻〻〔早春〕鶯　〻〔直條〕　蒙山33　「山口（やまぐち）」

263 時しるや千里にきくも世は春のめぐみへだてぬ鶯の声　　蒙山38

朝霞

264 春の色は山のみどりに立そひてあさくもみえぬ朝霞かな　〻〔直條〕　蒙山41

夕霞

265 夕からすひとつふたつやうつし絵の墨がきうすくかすむ山本　〻〔直條〕　蒙山42

山〻〔霞〕　〻〔直條〕

266 雪消る山のみどりにかすむ也まだ年さむき松のけぶりも　蒙山44

暮山〻〔霞〕　〻〔直條〕

267 夕まぐれねにゆくからす二三かすかにみえてかすむ山かな　蒙山47

稲佐といふ山にあそびて　〻〔直條〕

26ウ

268 ◎たぐひなや此山水のめうつしに海ばらかすむ春のうら浪　蒙山48
原上、〔霞〕　、〔直條〕

269 ◎その原やおふるはゝ木ゝありとしもみえぬやふかき霞なるらん　蒙山50「その原に」
江上、〔霞〕　、〔直條〕

270 ◎いづくにか舟は入江の西東岸の柳も霞へだてゝ　蒙山53
海上、〔霞〕　、〔直條〕

271 ◎春風の浪は吹どもはらひえぬかすみにくもる海こしの山　蒙山55
海辺霞　、〔直條〕

272 ◎三熊野やうらにおふてふ浜ゆふの百重にかすむ春の海づら　」27オ　蒙山58
〔直條〕

273 ◎伊勢の海人のかづくみるめも忘貝清きなぎさは春にかすみて　蒙山62
湖上霞　、〔直條〕

274 ◎潮ならぬ海もくもりてさゞ浪やかすみゝちくる志賀の辛崎　蒙山65「唐崎」
浜、〔霞〕　、〔直條〕

275 ◎めにちかく海見やらるゝ浜松のみどりの色にかすむ浪哉　蒙山67
旧巣鶯　、〔直條〕

276 ◎春来ても雪のふる巣の谷かげにまづきくひなのうぐひすのこゑ　蒙山68

277 ◎咲梅の花も南の枝よりや朝日にほへる軒のうぐひす
朝、〔鶯〕　、〔直條〕
蒙山70「朝日にうつる」

278 ◎一村のまがきの竹のよばなれてすめる友とや鶯のなく
閑中、〔鶯〕　、〔直條〕
蒙山76

279 ◎田鶴のすむ沢辺のわかなすゑ遠き春を千とせの数につまゝし
若菜　、〔直條〕
蒙山80

27ウ

280 ◎日影さす春の野沢のうす氷とくるかたより若菜つむ也
沢、、〔若菜〕　、〔直條〕
蒙山86

281 ◎ぬれつゝもゆきてつまばや春雨のふる野ゝ(の)わかなけふはもえなん
雨中、、〔若菜〕　、〔直條〕
蒙山87「ふる野の」「野の」の「の」を「ゝ」と記す。

282 ◎春風は枝にふくとも片岡の松かげさえてのこるしら雪
松残雪　、〔直條〕
蒙山95

並木昌純子はじめて歌読みける祝として催しける□(会)に
梅始開　、〔直條〕
虫損アリ

283 ◎時を得てさくや此花此やどに色香そひ行言の葉もみん
譬梅　、〔直條〕
蒙山98　詞書「催しける会に」

284 ◎心とく軒端の春に咲くや此花の香たぐふ釣簾（こす）の追かぜ　蒙山101

夕、〔梅〕　、〔直條〕

285 ◎夕ぐれの月は霞て池の面に水いさぎよく□□（うか）ぶ梅が香　└28オ　蒙山107　虫損アリ「うかぶ梅が香」

雪中梅　、〔直條〕

286 咲にけりまがひし枝の白雪もにほひにきゆる梅の初花　蒙山108

梅薫袖　、〔直條〕

287 ◎立よればわが袖ながらいひしらぬ匂ひおどろく梅のした風　蒙山114

、〔梅〕薫風　、〔直條〕

288 ◎難波津や今もむかしの春の風代ゝ（々）にふりせぬ梅が香ぞする　蒙山119「代ゝに」

紅梅　、〔直條〕

289 ◎佐保姫のこぞめ衣のくれなゐを花にうつしてさける梅が枝　蒙山124

岸柳　、〔直條〕

290 ◎小舟さす入江の岸の西東めぐるもあかぬ青柳のかげ　蒙山127

、〔岸〕露　、〔直條〕

291 ◎あさみどり染る花田のいとはやも春の色そふ露の青柳　└28ウ　蒙山131

故郷柳　、〔直條〕

292 ◎里はあれぬみしよの春の池水につばめあそびてなびく青柳　蒙山135

293 谷川や枝こす浪の白ゆふをかけてめづらし青柳の糸
河、〔柳〕　、〔直條〕

294 春の夜はたがならひよりうれしさをつゝむ霞の袖の月影
春月　、〔直條〕

295 よばなれてすめるむぐらの宿からや哀もふかくかすむ月影
幽栖、、〔春月〕　、〔直條〕

296 立鳥の羽音もそらにしめるまでふかきかすみの衣はるさめ
春雨　、〔直條〕

297 あげまきのうしを野がひのかへるさにもゆるわらびを今や折らん
早蕨　、〔直條〕

298 野を遠みかすみのひまにみすもあらず見もせぬ駒のいばふ春風
野春駒　、〔直條〕

299 今はとてかへるぞつらき春のかり身はならはしの世とはしらずや
帰雁　、〔直條〕

300 かへる雁去年こし秋の夕霧にあはれはいづれかすむ明ぼの
曙、、〔帰雁〕　、〔直條〕
前二出　春曙　、〔直條〕

」29オ

蒙山138
蒙山141
蒙山144
蒙山147
蒙山156
蒙山159「見すもあらず」
蒙山160
蒙山167 本書「夕くれ」の「くれ」を消し「霧」と傍記。

301 花鳥の色香の外の春ぞとはいまやながめの明ぼの、やま
待花　、〔直條〕

302 ◎山ざくら咲べき花を峰におふるまつはひさしき心とやしる
賀二入　林整宇新宅に移徙のころ初花をつかはすとて　、〔直條〕

303 咲初る花の心のあたらしき宿に千とせの春ちぎるらん
見花　、〔直條〕

304 ◎むかひゐてあかぬ心のしづけさや花にそめます色香なるらん
夢見、〔花〕　、〔直條〕

305 ◎よもすがら色香にそふと見る夢はさめざらましを花の下ふじ
曙、〔花〕　、〔直條〕

306 ◎明わたる山さくら戸はともし火の花もさながら匂ふ春風
朝、〔花〕　、〔直條〕

307 ◎花もまたがその夢の名残とてあしたの雲に匂ふ俤
朝見、〔花〕　、〔直條〕

308 ◎明わたる遠山ざくらいづる日のひかりに花の色ぞあらそふ
閑居、〔花〕　、〔直條〕

」29ウ

蒙山174「前二出」と注記。詞書・歌ともに合点で抹消。

蒙山178

蒙山182「賀二入」と注記。詞書・歌ともに合点で抹消。

蒙山189

蒙山192

蒙山195 本書「あし引の」を消し「ともし火の」に改め傍記。

蒙山198

蒙山202

309 やど◎は世の人づてたへてつく〴〵とこゝろもちらぬ花になれぬる
暮山、〔花〕　　　　、〔直條〕
蒙山205

310 残る日◎のかげもかすみて山さらにかすかにむかふ花の夕ばへ
山家、〔花〕　　　　、〔直條〕
蒙山215

311 むか◎ひつゝ花にまぎれぬ心こそすめるかひある山ざくらかな
山里にすみて花ざかりに月のはれたる夜友元
法橋のもとにしつかはしける
、〔直條〕
」30オ
蒙山216

312 雪に◎だにとひしむかしを思ひ出よさくらがもとの春の夜の月
離別ニ入
日野大納言弘資卿内の御使にてあづまに下り給ひ、ほどなくかへりのぼらせ給ひける時、
花を一枝手折てたてまつるとて
、〔直條〕
蒙山223

313 都人花を名残に東路の春のわかれをおしまずも□□（がな）
御かへし　〔日野大納言　弘資〕
蒙山225　「わすれずもがな」
「離別ニ入」と注記。詞書・歌ともに合点で抹消。
欠損アリ

314 わすれめや名残もあかずかへるさの袖吹をくる花の夕風
故郷花　　　直條朝臣
蒙山226
初句に「――」

315 里はあれぬ春やむかしの俤をおもひかへせば花にこひしき

海辺、〔花〕

316 ながめあれや磯山ざくら海すこしへだてゝかゝる花のしら雲

吉野をうつせしところの花見にまかりて、〔直條〕

317 へだてなき花にうつしてあしがきのよしのゝさとの山ざくらかな

難波黄門宗量卿禁庭の花ざかりなるよし申をくられける返事に、〔直條〕

318 言の葉につたえて見せよおほけなき大内山の花の色香を

雑歌ニ入　旅だちける門出とて人のもとにまかりけるに庭のさくらさかりなりければ、〔直條〕

319 行袖に匂ひはをくれ旅衣きて見る宿の花の夕かぜ

花見にまかりて〔直條〕

桜かり花の下紐ながしともおしみてくる、日をぞおどろく

320 一もとも分のこさじと山桜花ゆへ花にまどふ山ふみ

楊貴妃と名づけしさくらを見て

」30ウ

蒙山227

蒙山239

蒙山245「よし野もこ、の」

蒙山246

蒙山247「雑歌ニ入」と注記。詞書・歌とも抹消。

本書、詞書と歌の間に書き入れ。初句索引320補として立項。

蒙山249「たどる山ふみ」

321 ◎まぼろしの尋ねしたまか名をとめしさくらは花のえめるおもかげ 〔直條〕 蒙山251

322 ◎ちりうかぶ花もひがしにながれ行水を心にさそふ春風
花浮水 、〔直條〕 蒙山256

└31オ

323 ◎梅さくらうへぬ山田のくろに咲小草の花も春の色なる
春田 、〔直條〕 蒙山258

324 ◎賤のをが苗代小田に引しめ□(は)秋のたのみやかけてまつらん
苗代 、〔直條〕 蒙山259 虫損アリ「小田にひくしめは」

325 ◎池の面に声もさながらうき草のさそふ水ありと鳴かはづ□□(かな)
池蛙 、〔直條〕 蒙山260 欠損アリ「鳴かはづかな」

326 ◎ことにいでゝいはぬ色しも行春をうら山吹の花の露けさ
款冬(やまぶき) 、〔直條〕 蒙山263

327 ◎よしの川ちる桜あれば咲つぎて春はしばしも山吹の花
河、、〔款冬〕 、〔直條〕 蒙山266

└31ウ

328 ◎すみれ咲野べはみどりの若草にわかむらさきの色もわかれて
菫菜 、〔直條〕 蒙山268

池藤 、〔直條〕

329 咲◎いづる藤のしなひや池水にさながら花の浪のうきはし
〔直條〕
蒙山272「咲いづる花の」本書「花」に「藤」と傍記。

330 風吹ばみぎはの松にむらさきのぬれぎぬかゝる池の藤なみ
、〔直條〕
蒙山273

雉

331 霞◎たつ末の、きゞす子をおもふをのが道にまどゐてや鳴
、〔直條〕
蒙山274

春欲暮

332 ち◎る花の名残にそへてかぞふれば春の日かづぞ残りすくなき
、〔直條〕
蒙山275

暮春

333 し◎たへどもうつる日数はつき草の花ならぬ花の春ぞ□□□（くれ行）
〔直條〕
蒙山278「春ぞくれ行」。「つき草」は「露草」。虫損アリ

334 馴〳〵し花はこてふの夢にゝてけふぞうつゝの春のわかれ路
、〔直條〕
蒙山279

」32オ

暮春鶯

335 し◎たへどもあやなくくれて行春の名残やおもふうぐひすの声
、〔直條〕
蒙山281

三月晦日船中にてよみ侍りける

336 春◎の行かたみにとはん海原の波路のかすみみるめへだつ□（な）
蒙山284「みるめへだつな」虫損アリ

難波旅亭にて暮春のこゝろを

337 ◎したふぞよあけぼのかすむ日数さへ難波の春のくるゝ名残は　、〔直條〕

蒙山288「名残を」

花庭春香　梁山

338 ◎さくら咲庭の日影ももらぬまで匂ひ幾重の花の白雲

春雨　氏峯

339 ◎此比の日数重る春雨にさびしさそふる軒の玉水

32ウ

帰雁　、〔氏峯〕

340 ◎いづこともとまりもわかぬ夕暮の雲井かすかに帰る雁金

天満宮奉納松百首春の歌の中に　忠康

341 ◎いく春か御代のめぐみに近江なるしげきみどりも若松のもり

きさらぎのはじめ花の宴を催させ給ひし時、かたじけなくその席につらなりけるに歌よみて奉る　忠康

342 ◎長き日もあかでくらしつ梅が枝をかざす色香のふかきめぐみに

三月三日　、〔忠康〕

343 ◎さかづきのながれてはやく行春を岩間によどめ花の色かも

33オ

題しらず　　清真院
344 長閑なる春のあしたの松枝に紫にほふ藤のはなかな

翫花　　於千穂
345 のどけしななれも胡蝶の夢に似て花にまどひのあかぬ心は

鶯鳴梅　〔於千穂〕
346 色にめで香をなつかしみ梅がえにながき日あかずうぐひすぞ鳴

梅薫袖　〔於千穂〕
347 木の本にたちやすらへばいひしらぬにほひを袖にさそふ梅が香

落花　〔於千穂〕
348 袖にかへるならひと見せてちる花にしゐてうらみん春風もなし

暮春　〔於千穂〕
349 はかなしなしたへどくるゝならひとはしりてもおしむ春のわかれ路

夕帰雁　〔於千穂〕
350 折しもあれながめ侘ぬるゆふぐれの雲の端たてにかへる雁がね

梅薫枕　　貞陣
351 雨の音も夜ゝに窓うつうたゝねのまくらにかほる梅の下風

延享四年五月御帰郷の折、船中にて当座歌よ

」33ウ

まさせ給へるに

霞中花　　　　　宗極

34オ

352 ◎桜花霞が中にこもるともおくれぬ匂ひこゝろとゞめむ

春草　　　　　松尾義道

353 ◎はつかなる雪の下もえいつの間にひとつみ空の春の野ゝ(の)草

松蔭社奉納二十首和歌の中に

春田雨　　　　　犬塚貞良

354 ◎暮かゝる春の田面に雨ふれば苗代水や猶まさるらん

御まへの花がめに梅の一枝山家のつととて有
けるにうたよめとの仰をうけ給はりてとりあ
へず　　　　　原　忠基

34ウ

355 ◎山づとはうつせるかめの梅が枝も所からにや色香そふらん

直朝公殿作りせさせ給ひて、年久しくいまそ
かりける桜峯にきさらぎ中の三日帰りて侍り
けるに、今咲出る花もあり、散過たるもあり
て、なを見所おほし、よものけしきいわんか
たなくまことに仙境に入るとおもはれ侍候。
けふは春風やまずすさびて、花も所〱ちり

詞書「延享」から「給へるに」まで傍線にて抹消。

ければ、かみ中下みなおしまざるはなし。ふるき歌に、「うき世にはとゞめおかじと春風のさそふは花をおもふなりけり」、とかやよめるを思ひいで、つぶやき侍る

沖庵

356 春風◎のさそふはつらし此庭の花はうき世の外をしらずば

」35オ

前二有　花庭春香　　梁山

357 さくら咲庭の日影ももらぬまで匂ひ幾重の花の白雲

曲水宴　　直郷公

358 春◎の水のかすむもけふの折にあひてながれくみつゝめぐる盃

夏二入　愛牡丹　　卿成（さとなり）

359 ことしまた色香もさらに深見草うつろふころの花をしぞ思ふ

岸款冬　　、〔卿成〕

360 陰◎うつる谷の清水（ながれ歟）のよどむまで八重咲なびくきしの山吹

夏二入　故法印身まかりし後永泉寺のふかみ草をみてし折から　　直郷

361 けふし見る色香もそひてなき人をしたふ心のふかみ草かな

」35ウ

「うき世には」の歌356(補)として初句索引にあげる。

「前二有」と注記。本書338に重出。詞書・歌ともに合点で抹消。

西園ナシ

「夏二入」と注記。詞書・歌とも合点で抹消。

西園1025　詞書「故」を「霊渕」と記す。「後永泉寺にて牡丹をめでし折」。「夏二入」と注記。詞書・歌ともに合点で抹消。本書「夏」の565に重出。詞書「ふかみ草を見にまかりて」

同じこゝろを　長盈

362 一むかしめでし砌のなとり草さきいづる折のさすがたがはで

（本書「夏」の566に重出。詞書・歌に「――」で抹消。）

松上藤　幸（さち）

363 ◎千とせてふ松にかゝれる藤なみのともに久しきいろをしぞみん

杜若　忠基

364 ◎年ふりしみぬままばらの杜若さそふくもでに尋てぞみる

蛙　〻〔忠基〕

365 ◎雨もなをくろよりくろに伝ふるや猶声しきる小田の蛙は

山暮春　〻〔忠基〕

366 ◎立帰る古巣や尋侘ぬらん山か□（す）カかなりうぐひすの声

（虫損アリ）

」36オ

岸款冬　忠基

367 ◎末なびきみごもる花も吹かへしかぜににほへる岸の山吹

苗代　幸

368 ◎しめはへてみなくちまつる小山田の□□（ねが）ひをわかつはるの苗代

（虫損アリ）

毎山有春　直郷

369 のどけしなかしこもこゝも霞たち木のめもはるの遠近の山

（西園115　歌題・初句に「――」）

毎山有春　さち

370 ◎見えわたる四方の山辺に春のきてのこりすくなく霞たな引
卿成

371 ◎あまの戸のあくる日影の長閑さにかすみうつろふ四方の山の端
忠基

36ウ

372 ◎木のめはる山てふ山にかすみ行にほひや花のしたづくりなる
忠長

373 ◎山〳〵につもりし雪のむらぎえて春のこゝろのいろをあらはる
常昌

「あらわる」の「わ」に「は」と傍記。

374 ◎きのふけふ霞の衣立初て山のはごとに春をみすらし
卿成

窓前鶯

375 ◎梅さける宿とてきなく鶯の声さへはるの窓に匂へる
忠基

376 ◎春はまだあさけの窓の雪氷とけぬにとくるうぐひすの声
、〔忠基〕

37オ

三月三日

377 ◎みたびてふ千年の花のにほふまで君ぞくみてん桃の盃
長盈

元日

378 ◎明るまでとしは残れるよこ雲のわかれてしるき春は来にけり

三十一歳になりける試筆に　、〔長盈〕

379 ◎われもげによみぞあはするむかへ来し春もみそじにあまることの葉

古寺花　、〔長盈〕

380 ◎けふは猶いのるねがひも初瀬山ゆるかれとおもふ花の春風

柿本奉納十首和歌の中に桜　、〔長盈〕

381 ◎ひとさかりう□(す)カ花さくらのむかしへも雲とのみやはみよしの丶山

虫損アリ

翫花　直郷

382 ◎春の日のながさも花におしまる丶見ては中〳〵あかぬ心に

西園ナシ

江上藤　、〔直郷〕

383 ◎ながき日もあかずぞか丶る住の江の松に木だ□(か)き藤の花ぶさ

西園229歌「木だかき松の」
虫損アリ

37ウ

山花　寛斎

384 ◎家づとに手折れる花の衣手をかたしく迄に山路くらしつ

夏ニ有　旧宅残花　、〔寛斎〕

385 住馴し主はなけれど咲花の残る色香をとふ人もなし

「夏ニ有」と注記。詞書・歌ともに合点で抹消。

藤　、〔寛斎〕

386 ◎池水に陰をうつして咲藤のただよふ浪もむらさきの色

桜をよめる　信恒

387 桜◎花ちるをおしまぬ人はあらじ嵐をよけよしなかへの神

鶯　　、〔信恒〕

388 春◎来ぬと梅に木づたふ鶯の鳴音に花もほころびにけり」38オ

（白紙二丁）

「しなかへ」は「しなとべ」（科戸辺）の誤記か。

夏

御祓　　直郷

389 夕風も秋の律にやならのはのなごしのかぐら河辺すゞしも

更衣　旅船の折からなるにつけて

〔直郷〕

390 世はさぞなけふきにけらし夏衣われは舟路のやつれながらに

奥ニあり　夏月当座　　瑞鷹

391 さしむかひまだこぬ秋の見ならひとおもふも涼し青葉もる月

待郭公　〔瑞鷹〕

392 しのぶとも唯一声は待佗る心にゆるせ初ほとゝぎす

└1オ

深山谷といふ所にほとゝぎすを尋行とて

同人〔瑞鷹〕

393 け◎ふも又まつによはらで時鳥はつねいづこと分る深山路

天満宮奉納

草庵集題百首和歌の中に

西園355　歌「なごしのはらへ」「すゞしき」
「夕風の」の「の」に「も」と傍記。
初句に「――」

西園ナシ
初句に「――」

「奥ニあり」と注記。歌に傍線を付し合点で抹消（見せ消ち）。

早苗　秀実

394 ◎乙女子が袖もゆたかに笠のはもつゞく千町の早苗とるらし

同じく題

山雲夏忽磐　、〔秀実〕

395 ◎見るうちにかさなる峯もくれはどりあやしやたちし夏山の雲

郭公の初音を　藤原胤元

396 ◎聞初る只一声は逢見ての後の心の山ほとゝぎす

」1ウ

山家の橘を　前和泉直朝公

397 ◎移し植て友と成ぬる山里の花橘も世やのがるらん

又　むかし忍ぶの軒ちかき――世をのがれぬる此歌

七十三歳の御時よませ給ふといへり

427と430に重出。427「むかし忍ぶの軒ちかき」左注アリ

新樹　堅明

398 しら糸のたぐひとぞ見るさまぐ〵にそめなす色も同じ若ばを

堅明集104「そめなむ」

暁郭公　、〔堅明〕

399 ◎ねもやらでまつ人きけと時鳥あかつきふかき声もらすらし

堅明集113

五月雨　、〔堅明〕

400 ◎夢も又むすぶばかりに滝の音なれて久しき軒の五月雨

堅明集125

神社奉納の中に夏草をよめる　〔堅明〕

401 ◎なつ草のあれ行すへの世にも猶神の道てふすぢ□□□□(はかくれ)ず　⌊2オ

夏月　、〔堅明〕

402 ◎としぐ〜になれ来ても猶□(明)やすき光□と□(おどろく夏の夜の月)

河辺納涼　、〔堅明〕

403 ◎瀬をはやみ夏の日かずやながるらんまだき秋なる山川の水

対月待郭公　秀実

404 ◎まつに身は花間の杜のほと丶ぎす鳴音も忍ぶ木がくれの月

七夕暮心　柳園

405 こよひ此あふとも暮を待ほどは松の千とせか星のこ丶ろに

長盈

406 ふかすよのうきさへあるを七夕のいかに待ゑし夕べなるらん　⌊2ウ

雨後夏月　柳園

407 五月雨のうらみもはれて難波江の秋をみならふ夏の夜月

閑中郭公　豊嶋氏沖庵

408 のがれすむ深山の庵のほと丶ぎすなれもさびしき音をのみぞ鳴

堅明集141「すぢはかくれず」欠損アリ

堅明集146「明やすき」「光おどろく夏の夜の月」欠損アリ

堅明集148「水をはやみ」の「水」に「瀬」と傍記。

405と406を全て墨書で囲む。

406と407の間に詞書あれども墨で消す。

聞郭公　　　　　沖庵

409 ◎くらぶれば昔は物をほとゝぎすたゞ一声ののちの心に

樹陰納涼　　　　、〔沖庵〕

410 ◎立よれば袖ぞすゞしきなく蝉の声の時雨ももりの下風　└3オ

郭公　実陰卿点　　堅明

411 ◎ほとゝぎす過行声の色□て姿もゐにかく□

堅明集ナシ　411から414まで実陰卿点欠損アリ

納涼　同　　　　、〔堅明〕

412 ◎立よりてむすぶ清水に影うかぶ岸の柳の緑すゞしき

堅明集ナシ

待郭公　同　　　、〔堅明〕

413 ◎時鳥くべき宵かも初音まつゆふべの空のさゝがにの糸

堅明集ナシ

新樹　同　　　　、〔堅明〕

414 ◎見し花もわすれずながらしげり行みどりの若ばあかぬ夏山

堅明集ナシ

菖蒲　　　　　　直郷

415 ◎ねながらもけふ引そむるあやめ草ちとせますほの池にかほりて

西園ナシ

夏月　　　　　　惟剛　犬塚　└3ウ

416 ◎けふも又さりし昔と成けらし身をかたりぬる夏山の月

永春　江川左衛門

417 夏山の月はそれかと詠れば一村過し夕立の空

哀二入　郭公催旧懐　　柳園

418 ありし世の軒端ながらも時鳥こゑにしば〳〵昔かたらふ

庭に萩をうへて愛しける人のもとより、五月
の比、花咲たりとてひと本折て見せけるに
〔柳園〕

419 音にたてぬ鹿ぞつれなき秋またで妻てふ草は色に出ても

と申しつかはしける

月鑑

420 秋まだき花にぞおもふ妻□の鹿の音そへん庭の□□

待郭公　、〔月鑑〕

421 われもうし幾夜か待□□□らさにまけぬ心□□□

人伝聞時鳥　、〔月鑑〕

422 聞かぬにはまさ木のかつら来〈くる〉人のわれはとつぐる山ほと、ぎす

蛍　、〔月鑑〕

423 わきかへる思ひも見えて山川の滝津浪間に飛蛍か□

五月雨　、〔月鑑〕

「哀二入」と注記。詞書、歌ともに合点で抹消。

初句に「——」左注アリ

」4オ

欠損アリ

欠損アリ

虫損アリ

424 飛鳥川かはる渕瀬もけふ幾日おなじみかさの五月雨の比

橘　　、〔月鑑〕

425 露置し我世も今は忍ぶかなともに老木ののきの橘

前二入　聞郭公　　鉄叟

（「前二入」と注記。詞書、初句に合点で抹消。）

└4ウ

426 聞初るたゞ一こゑはあひ見ての後の心の山ほとゝぎす

山家橘　七十三歳の御時　紹龍様

427 うつし植てむかし忍ぶの軒ちかき花たちばなも世をのがれぬる

（詞書・歌ともに合点で抹消。）

月前郭公　茂継亭会　兼題　茂継

428 鳴声にむかしなそへそほとゝぎすさもあらずだに月はくもりぬ

同　忠道

429 やみふかき我をもさそへ有明の月の行ゑの山ほとゝぎす

前二入　山家過橘　同　茂継

430 うつし植て友と也ぬるやま里のはなたち花も世やのがるらん

（「前二入」と注記。詞書、歌ともに合点で抹消。）

忠道

431 捨てだになをいにしへぞしの□□柴のあみどににほふたちばな

（欠損アリ）

初尋時鳥　猶龍

432 花をさへとはぬ山路もけふよりはわきて尋る初ほとゝぎす

└5オ

時鳥声遅　　、〔猶龍〕

433 ◎ころはやなつとゆふ□□（なる）時鳥もらす初音のなどかおくれて　欠損アリ

暁待時鳥　　蔵山和尚

434 ◎よそにのみしのびねなくは時鳥鳥の八声にまがへてもなけ

待時鳥冥明　　了性

435 ◎待もらしまたでや聞ん時鳥とかくする間に明わたる空

尋聞時鳥　　常如

436 ◎行道も倉橋山のほとゝぎすたづねてぞ聞よ半のはつこゑ

近聞時鳥　　観礼法印

437 ◎さだかなる声をぞきゝぬほとゝぎす岡のあたりにおちかへりなく

夜深聞時鳥　　秀実

438 ◎さよ深み哀かたらふ時鳥夢もむすばぬ草の枕に

└5ウ

独聞時鳥　　吉岡 満則

439 ◎おが身のならひもたのし郭公なく音をひとりねざめにぞきく

閑聞郭公　　、〔満則〕

440 ◎いとまあればしづけき夜半のほとゝぎす初音の外のはつねとぞきく

聞郭公忘帰　　忠俱

441 ◎聞あかぬ声ぞ山路のほとゝぎすたゞおのが栖はくちぬばかりに

雲間郭公　　忠基

442 ◎このゆふべおりしあやなき雲間よりなきて幾こゑ山時鳥

更衣　　常成

443 ◎夏にけさ春はのこしてぬぎかふる袖も涼しき蟬の羽衣 」6オ

待郭公　　常成

444 ◎ほとゝぎす一声もがなさびしさの宿の夕の空にまたれて

卯花　　朝良

445 ◎声たてぬ浪かと是や夕月夜桂の川の岸の卯花

実房

446 ◎夏衣さらすや賤が宿ちかき河辺づたひの花の卯木は

柳園

447 ◎ちらば猶雪にまがきの色や見ん手折もおしき花の卯木□(は)　欠損アリ

新樹　　猶龍

448 ◎たちならぶそれが中にも常盤木に色やわか葉のますも□(ひ)□(カ)□　虫損アリ

常知

449 ◎花の木もこと木もわかず日にそひてみどり若葉の色ぞ涼しき 」6ウ

柳園

450 ◎花にうき風は青葉のあやはとりくれなゐうすき色もまじりて

聞郭公　萬女

451 ◎時鳥まつよかさねしくずの葉のうらみも月の行ゑにぞ鳴

長露

452 ◎あやなくにきゝつねざめの時鳥またぬ枕もおなじ初こゑ

柳園

453 ◎宵ながら明ぬる空に待とてもなくやいづらの山ほとゝぎす

水辺蛍　朝良

454 ◎谷川にしげりてなびくに□□□（玉ざさ）カを分る蛍の影も涼しき　虫損アリ

萬女

455 ◎飛蛍てらす光をときはなる柳の糸の数もあらはに　」7オ

常知

456 ◎夏来てもまた浅沢の夕風に光涼しくほたる飛かふ

長露

457 ◎波こさぬ玉もぞ浮ぶ岩かきの水にほたるの影も乱れて

柳園

夏月　　猶龍

458 ◎松がえの常盤も色に汀辺やすだく蛍の千世の数かも

観礼

459 ◎さしむかひまだ来ぬ秋の見ならひと思ふもすゞし青葉もる月

実房

460 ◎夏草の露を分くる風だにも及ばぬ空の月ぞ涼しき

柳園

461 ◎ころは今霞と霧の中絶ておしやくまなき月のみじかよ

御夢想歌冠句和歌の中に

462 ◎いるかたの影となりてもみなみなるいづれ山端にみじか夜の月

」7ウ

「かたぶかぬ」に「いるかたの」と傍記。「上五傍点」で抹消。

谷卯花　　観礼

463 ◎はるかなる行あひ谷の花卯木見てさへそれとまがふ白雪

同

雨後鵜川　　忠康 秀実

464 ◎たかせ舟くだるもはやき鵜がひ火や雨よりのちの水まさるらん

樗　　猶龍

465 ◎よもはえな青葉が中に紫の一本あふちいろもめづらし

五宮奉納百首和歌の中に

郭公幽　忠亮

466 忍びてもまたれしものを時鳥こゑをつくせる五月雨のころ 」8オ

橘薫枕　秀実

467 かほり来る花たち花はいにしへの人をも夢の枕にや見ん

野夏草　長盈

468 しげるとも野辺の夏草心あれなやがて千種の色をめでまし

麓納涼　柳園

469 一すぢに夏をわするゝ麓河山のかひより風も落出て

採早苗　了性

470 打むれて声も賑ふ幾千町田子のさなへをとり〴〵の歌

湊夕立　猶龍

471 一しきりかたへはふりて雨雲はよそに湊の夕立のそら 」8ウ

朝更衣　観礼

472 花染の名残もけさは夏衣うすきひとへにぬぎやかへなん

谷郭公　猶龍

473 谷ふかくすめばこそ聞里やまた声をもらさぬ初ほとゝぎす

「昔の人」の「昔」を「いにしへ」と傍記。

474 ◎簷（のき）菖蒲　常知
君が代をあふぐもたのし軒にふく賤があやめのながきためしに

475 ◎垣夕顔　観礼
柴の戸は夏をもよそに夕㒵の垣ほにあまる花のすゞしさ

「戸に」の「に」に「はカ」と傍記。

476 ◎杜夏禊　忠亮
身になせるつみやたゞすの森にけふぬさとり〴〵の夏祓する

477 ◎尋郭公　南里氏高達もよふされし会　沖庵
きかぬ間は世のうきめなる尋入てこれぞむかしの山ほとゝぎす

」9オ

「きかぬ身」はの「身」を改めて「間」と傍記。

478 ◎元禄十五年二月廿五日天満宮奉納三十首和歌の中に
聞郭公　沖庵
今しばしさだかにもなけほとゝぎす聞つと人にかたるばかりは

479 ◎水辺蛍　、〔沖庵〕
流行水底すみてわが影をすだく友とや蛍飛らん

480 ◎樹陰納涼　、〔沖庵〕
しばしとて立よる松の陰すゞし木のもとにてや千代も過さん

481　暁郭公
時鳥これもつれなくあかつきの一声ばかりうき物はなし　〻〔沖庵〕

482　早苗
わか早苗諸手にいそぐ夕かけてうへめのうたふ声もひまなし　直郷

483　五月雨
さみだれに水かさまさりて湊田のありとも見えぬ浪のうね〳〵　〻〔直郷〕

484　鵜川
鵜川たつ浪のよる〳〵てらされて鮎子さばしる篝火の影　〻〔直郷〕

485　照射欲曙
山かづらあけんとすらんあらち男がほぐしの松の影はけちつゝ　よみ人しらず〔直郷〕

486　氷室
たへせめや今につけ野々(の)むかしよりひむろのおものたてる使は　直郷

487　水辺蛍
水結ぶかたへ涼しき草のはに宿るほたるのかげかすか也　寛斎

488　夕立早過
涼しさをいかなる里にとゞむらんやがて過行夕立の雲　別春〔別春〕

9ウ
10オ

481 西園281　初句に「――」「うゑめ」
482 西園295　初句に「――」
484 西園312　初句に「――」「よな〳〵」「年魚子」
485 西園315　本書では「よみ人しらず」とあるが「西園」では「直郷」であり、作者を直郷に変更する。
486 西園ナシ

489 ほどもなくよそに成行夕立もさすがに目には見えてすゞしき

連歌発句　可除　　酒見源蔵

490 すだれ巻夕立

490は連歌の下五を記さず、「除くべし」と記す。

縁　　重益

491 郭公聞は旅とや鳴わたるらん

491も連歌の付句。

更衣　　久布白兼矩

492 ◎ぬぎかふる袂はかろし朝風のひとへに涼し夏の衣手

延享二年手習和歌の中に

郭公　　直郷

493 ほと丶ぎすまたもみやまの松に来てむねのあまりの声もらすらし

西園ナシ　初句に「――」

」10ウ

おなじく

夏祓　　、〔直郷〕

494 中つ瀬や秋と夏とをもろ袖にふき来る麻の夜半の河風

西園ナシ　初句に「――」

閑居五月雨草の中に

早苗　　、〔直郷〕

495 うちむれてとるや山田のわか早苗あぜのこし水いろのすゞしき

西園ナシ　初句に「――」

延享元年五月五日よりあやめ種の中に、けふ

はあやめの祝ことさら妻来りしとし、あやめははじめなれど、公のつとせにせかれ故郷を出しにつけ　〔直郷〕

496 故郷の妹が軒端のあやめ草さすも見すて、行旅路かな

夏祓　、〔直郷〕

497 ながすてふけふのみそぎにすがの輪につみも川辺の風にのこらじ

夕納涼　、〔直郷〕

498 あつき日のあらではしらじ涼しさの夕おぼゆる庭の真清水

浦夏月　、〔直郷〕

499 浦の名のむろ木いざよふ塩入にみるめは夏にみじか夜の月

納涼　、〔直郷〕

500 まだきこぬ秋の稲葉のそよ〳〵に吹や夕の風の涼しさ

夏のうたに　直條朝臣

501 庭のおもにしげる草葉は夏ながらかれし人めぞ冬の山里

水無月の比、是行法師のもとへ申しつかはしける　、〔直條〕

502 おもひやる心もすゞし柴の庵さこそ軒端の松のした風

」11オ

西園747　詞書「五月五日よりあやめ種の中に～あやめははじめなれど」は「ことし妻をむかへて菖蒲の祝ははじめなれど」とあり。

西園ナシ　初句に「――」

西園ナシ　初句に「――」

西園ナシ　初句に「――」

西園340　初句に「――」

蒙山ナシ

蒙山ナシ

返し　　　　是行

503 ◎山風はうき世の外のすゞしさにとふべき君をまつの下庵　〔是行〕　」11ウ

首夏　　　　直條朝臣

504 柴の戸の草木もすゞしめぐみあることの葉さそふ風を待ゐて

505 ◎夏来ぬとかほる南の風もあれや花はのこらぬ庭の青葉に　　蒙山289

卯月はじめ庭の藤の残れるを見んとてある人
尋おはせしに　　、〔直條〕

506 ◎ちぎり置てとはるゝけふを松が枝に春より後もかゝる藤なみ　　蒙山292

餘花　　、〔直條〕

507 ◎行春におくれし枝や夏木立青葉の山のけさの初花　　蒙山293「をくれし」

新樹　　、〔直條〕

508 ◎みどりそふ木々の中にも若楓若葉の色ぞひとりまぎれぬ　　蒙山294

葵　　、〔直條〕

509 ◎かほり来る朝風すゞしかげにさすみすのあふひの露もみだれて　」12オ　蒙山300「かけわたす」

夕卯花　　、〔直條〕

510 ◎こと更に夕はまがふ卯花のまがきの月ぞさはるかげなき　　蒙山304

待郭公　、〔直條〕

511 ◎待わぶるねたさもそひぬほとゝぎす人はきゝしとかたる初音に

蒙山310

初、、〔郭公〕　、〔直條〕

512 ◎待ゑつるこの一声の色ならば初花よりも初ほとゝぎす

蒙山313「待えつる」

或人追悼其阿（ごあ）上人所望（哀傷ニ入ルベシ）

聞郭公　、〔直條〕

513 同じ世に心かよはゞほとゝぎす鳴音や苔の下にきかまし（哀傷ニ慥ニ入リテミユ）

蒙山321「哀傷ニ入ルベシ」と注記。「哀傷ニ慥ニ入リテミユ」と別人の注記。本書、歌の全てに傍線を付し、抹消。

立庵法眼むさし野、別墅にて時鳥をきゝて　、〔直條〕

514 ◎武蔵野や末は千里に鳴て行こゑもはてなきほとゝぎすかな

」12ウ

蒙山329

郭公幽　、〔直條〕

515 ◎一声を夢に残して夢よりもいやはかなかるほとゝぎすかな

蒙山334

、、〔郭公〕稀　、〔直條〕

516 ◎里ごとにかたらひなれしほとゝぎすまどをになりぬ六月の空

蒙山336

早苗　、〔直條〕

517 ◎袖の色もおなじみどりにくれ竹の伏見の小田にさなへとる也

蒙山341

五月雨　、〔直條〕

518 ◎つくりなす山ならぬ山も滝おとし水はしらするさみだれのころ　蒙山350

、、、〔五月雨〕久　、〔直條〕

519 ◎しばしこそかぞへもみしかさみだれのはれぬ日数を物わすれして　蒙山355

夏月涼　、〔直條〕

520 ◎涼しさも又ぞたとへん手にならす扇にかよふ月の下風　」13オ　蒙山366

夏草　、〔直條〕

521 ◎こと花は夏野ゝ（の）草に色はへて咲るさゆりもめづらしとみん　蒙山370

鵜川　、〔直條〕

522 ◎鵜飼舟くだすよ河のはやき瀬にさすやかゞりのしづ心なき　蒙山374「夜河の」

閑居蚊遣火　、〔直條〕

523 ◎すむ庵は一村竹のよばなれてかやりのけぶりたつもさびしき　蒙山377

水辺蛍　、〔直條〕

524 ◎とぶほたる波にもけたぬ思ひとや身を宇治川にもえて行らん　蒙山388

池蓮　、〔直條〕

525 ◎種しあればおふるはちすの花にこそにごらぬ池の心をも見ん　蒙山390

遠夕立　、〔直條〕

526 ◎詠めやる波路にすゞし海こしの山を半の白雲のそら　」13ウ　蒙山392「白雨の雲」

森蟬　、〔直條〕

527 ◎鳴蟬のしぐるゝ声にいそがれて秋を色どるもりの下つゆ　蒙山393

樹陰納涼　、〔直條〕

528 ◎夕日影かげろふ森の木がくれに風のやどりのみえてすゞしき　蒙山406

河、、〔納涼〕　、〔直條〕

529 ◎大井川夏もあらしの山風の下行水にかよふすゞしさ　蒙山409

夏野　、〔直條〕

530 ◎白妙のいばらが花も色はへぬ夏野の草の青葉まじりに　蒙山411

夏祓　、〔直條〕

531 ◎御祓川麻のゆふしで打なびき夏も行瀬の水のすゞしさ　蒙山413

六月祓　、〔直條〕

532 ◎みそぎ川夏と秋との中津瀬や水はやからずふか□□□(からず)して　蒙山416「ぬるからずして」山損アリ

」14オ

夏海　、〔直條〕

533 ◎うら風や袖にすゞしき夏かりの芦やの方に出る舟人　蒙山417

五月五日歌読て奉りける　忠康

534 ◎けふといへば君がめぐみも深き江にあやめひくてふ五月雨の比

天満宮奉納松百首夏の歌の中に

535 ◎水鳥の青葉の山の影ふかみ松がえにおふ夕べ涼しも

、〔忠康〕

更衣　　於千穂

536 ◎花染の春のきぬ〳〵たちかへてわすれがたみも夏衣かな

雨中郭公　　〔於千穂〕

537 ◎村雨にもよほされてやほとゝぎすうはの空にもしほれてぞなく

14ウ

採早苗　　松尾義道

538 ◎御代ぞいま民もうるほふ五月雨にふるの山田のさなへとるかも

夜川篝　　織田寛斎

539 ◎幾瀬へてかたぶく月にかゞり火の影もかすかにうつる川浪

川夏祓　　犬塚貞良

540 ◎大麻の風になびける夕川や袂もすだくけふのはらへに

雲間郭公　　洒見氏峯

541 ◎五月雨のまだ晴やらぬ雲間より一声過る山ほとゝぎす

15オ

岡郭公　　義敬

542 ◎一こゑはそれと聞てや山（ママ）ほとゝぎすたとへ忍ぶの岡に鳴とも

松陰社奉納二十首和歌の中に

543 郭公幽　　織田寛斎
かすかなるその一声はきゝわかで遠くいく重の山ほとゝぎす

おなじく
簷〈のき〉辺橘　　洒見氏峯
544 むかしへとおもひしのぶの軒ちかく花たちばなの風にかほりて

おなじく
夕納涼　　武富忠寛
545 夕かけて風と落来る滝津瀬のきよくも涼し水の立らむ

卯花　　幸
546 夏の来て垣ねに咲る卯花をさらせる布にまがへてぞ見る

蛍　　、〔幸〕
547 行水に影をうつして飛蛍消ぬ思ひや身をこがしぬる

採早苗　　常昌 愛野
548 ながき日の杜のしめ縄くりかへし月になるまで早苗とるなり

忠寛
549 暮るまでいそげば田子の手もたゆくむれて緑の早苗とる也

止信

15ウ

550 し◎づのめや待ゐし雨にぬるゝともいとはでけふは早苗とるなり　└16オ

初聞時鳥　さち

551 さ◎つきまつ山ほとゝぎす一こゑの忍ぶ初ねを今ぞきゝぬる

端午興　直郷

552 白◎かさねすゞしき色にとりそへて袂のあやめ匂ふ朝かぜ　西園ナシ

、〔端午興〕　長盈

553 た◎ちつゞく軒端の風の行かひにふくやあやめのかほりあはする

夏の月いとすゞしかりけるに　直郷

554 夏◎ぞなきならす扇の風ならですゞしや秋をまねく月かげ　└16ウ　西園ナシ

さち

555 く◎もりなく松の葉てらす月かげのすゞしきやどにあそぶとりどり

繁

556 松◎の葉をてらせる夜半の月影をさよふくるまでたれもながめん

義敬

557 欄干〈おばしま〉◎にすゞしくむかふ月影をみるには夏もわすれ水かな

宗極

558 吹◎はらへ木の葉をそよぐ風の音雲間にてらす夏の夜月(ママ)

軸　　雲垣〔直郷〕

559 折◎しもあれ芝居すゞしき短夜のあくるもおしき月にむかひて

志津機山惣社泰賢宅をとひて　　直條

17オ

560 時鳥(不明)わが志津はたの□にこゐ□おりはへてなく

返し　　惣社山□泰賢

561 け◎ふはなをこゐのあやをもおりはへてなけ志津はたの山ほとゝぎす

惜更衣　　長盈

562 わ◎すられぬ春のかたみの衣手をけふとてあだにかへまくもおし

愛牡丹　　卿成

563 こ◎としまた色香もさらにふかみ草うつろふころの花をしぞ思ふ

長盈

564 ふ◎かみ草咲初しよりおしと見るみたぬはつかの日々とかぞへて

故法印身まかりし後永泉寺のふかみ草を見にまかりて　　直郷

565 け◎ふし見る色香もそひてなき人をしたふ心のふかみ草かな

17ウ

「夜月」は「の」の脱字カ

西園ナシ

蒙山ナシ

欠損アリ

虫損アリ

蒙山ナシ

本書359に重出。

西園1025　詞書「故法印」を「霊渕法印」、「永泉寺」以降を「永泉寺にて牡丹をめでし折」と記す。

長盈

566 一むかしめでし砌の名とり草さきいづる折のさすがたがはで　本書「春」の362に重出。

夜軒橘

、〔長盈〕

567 たちばなのかよふとならば夢にだにむかしの人をみるよしもがな

連夜水鶏

、〔長盈〕

568 この夜比あざむく闇のともすれば人は梢にたゝくくゐなか

深夜鵜川

、〔長盈〕

569 入日のくらき方にとかひのぼる鵜川のかゞりひかりそめ行

遠村蚊遣火

、〔長盈〕

570 いもやすくねられん程も見しは今かやりの煙なびく遠里

扇風秋近

、〔長盈〕

571 な□(ら)カ 不明 してもたゆむ□んと思ふばかりにかよふ秋風　欠損アリ

〔長盈〕

572 いかでいま□□□草葉□さやかなる影　欠損アリ

18オ

郭公

寿賀

573 淋しさにやま郭公お□ていま一声に初音さだかに　欠損アリ

菖蒲

並木 昌方

574 ◎ふきそへて軒端に匂ふあやめ草たが袖ぬれて刈しなるらん

前二入　水辺蛍　寛斎

575 水むすぶかたえすゞしき草のはにやどる蛍のかげかぎる也

郭公　信恒

576 ◎一声をほのかに聞し時鳥かへる雲路を待ぞわびぬる

夕顔　〔信恒〕

577 ◎夏の日のあつさまたれる垣ねにもすゞしく見ゆる夕皃の花」18ウ

（白紙一丁）

「前二入」と注記。歌題・歌ともに合点で抹消。

「おぼろに」に「ほのかに」と傍記。

秋

浦月（四十二番歌合）　藍野氏常時

578 ◎難波江の芦間を出てこぐ船はさはらぬ方の月や見るらん

石丸氏行信

579 ◎いとまなき浦の釣舟秋の夜の月にぞたゆむ蜑のたく□（な）は

嶋崎氏寿盛

580 ◎明石がた浦半の浪の□□□□（よる〳〵）は月にぞ出るあまの釣舟

月前空　行信

581 暮（不明）ぬればやがて置そふ露に又月影むすぶ野ぢのしの原

貞正

582 ◎浅芽生の草葉にあまる秋の露玉しく庭に月ぞ宿れる

利常

583 ◎風渡る浅芽が露に影とめて千々にくだくる月の影哉

山紅葉　右同　俊村

584 ◎立田山ふかくや秋の成ぬらんしぐるともなく紅葉しにけり

1オ
1ウ

四十二番歌合　一番の歌「左」。「右」は久保氏冬隆。

四十二番歌合　二番の歌「右」。「左」は納富氏貞正。歌「たくなは」虫損アリ

四十二番歌合　四番の歌「右」。「左」は朝日氏宗継。歌「浪のよる〳〵」欠損アリ

四十二番歌合　七番の歌「右」。作者「石丸氏行信」。「左」は藍野氏常時。

四十二番歌合　十一番の歌「左」。作者「納富氏」。「右」は冬隆。

四十二番歌合　十二番の歌「左」。作者「野中氏」。「右」は女房（直條）。

四十二番歌合　十四番の歌「右」。作者「副島氏」。「左」は貞正。

585 三室山かつ色見する紅葉〻の今幾しほの時雨待らん　　行信

四十二番歌合　十八番の歌「右」。「左」は利常。

峯（ミ子）初雁　　直郷

586 見すてつゝかへれる峯の桜木に残るうらみや初雁の声

西園430

山家紅葉　　蔵山

587 さびしさはいつをいつともわかなくて軒端秋ふく山の紅葉〻（ば）

松間紅葉　　猶龍

588 枝かはす松のしらゆふ折々におれるにしきやみねの紅葉〻（ば）

〔猶龍〕

589 色かへぬ松ともいはじ露時雨□梢の蔦のもみぢ葉

2オ

欠損アリ

初秋の比、夜ほ□□をとむらひて　　同人〔猶龍〕

欠損アリ

590 わけてけふとはずはしらじのこりあるあつさもよそに松の一村

天満宮奉納　草庵集題百首和歌の中に

萩露　　秀実

591 朝夕になれもきて見ん本あらの小萩が露によしぬるゝとも

同じく

山月

592 山の名のあらしに雲は残らねど松にはしばしくもる月影　〔秀実〕

同じく　野月

593 秋の野や尾花が袖の露だにもまねくか月のかげぞのこれる　〔秀実〕

2ウ

同じ題　稲花千頃波

594 夕風に千町の穂なみよりくるや稲葉にしげき秋のしら露　〔秀実〕

同じく江清月近人

595 なには江や芦間の浪にみなれ掉影もさすらん月の船人　〔秀実〕

女郎花　堅明

596 ちぎるらんぬしはしられ（ねカ）ど女郎花はなのすがたぞなびきがほなる

朝初雁

597 折しもあれ今やとおもふ朝戸出にまちえてうれし初雁の声　〔堅明〕

夜聞鹿

598 こよひしもつまやちぎりて峯におふるまつとしらる（ママ）小男鹿の声　〔堅明〕

3オ

聞虫　〔堅明〕

堅明集176「しらねど」

堅明集182

堅明集187「しらる、」の「、」の脱字カ。

599 ◎かきならすたまとやきかん露すがる草ばにすだく虫の声〳〵　堅明集194 「露すめる」の「め」に「か」と傍記。

新秋月　、〔堅明〕

600 ◎めづらしな月のかつらの初もみぢ千入の秋のすべもしられて　堅明集199

八月十五夜　、〔堅明〕

601 ◎世にたかき名さへくもらずます鏡みがきいでたる秋の夜月(ママ)　堅明集204 「夜月」は「の」の脱字カ。

八月十五夜曇　、〔堅明〕

602 ◎こよひ又さらにぞあふぐふる雨もへだてぬ月の名をし思へば　堅明集205

九月十三夜　、〔堅明〕

603 ◎さやかなる光のみかはみてはかくうらみも更になが月のそら　堅明集214

〔堅明〕　」3ウ

604 ◎名にたかき此秋津洲の秋の月もろこし人も影あふぐらん　堅明集215

山月　、〔堅明〕

605 ◎さしのぼる月ぞさやけき初瀬山尾上の雲はよそにへだてゝ　堅明集225

江月　、〔堅明〕

606 ◎難波江や掉さす舟のあこがれて月にや秋は身をつくすらん　堅明集228

擣衣　、〔堅明〕

607 ◎遠つ人おもふ心のかず〳〵にいくもゝちたびころもうつらん　堅明集240

翫菊　、〔堅明〕

608 ◎花の後花なきのみに咲出る色香えならぬ庭のしら菊

秋山家　、〔堅明〕

609 ◎世のうきにかへてはしばし柴の戸のすみよかりしを秋の夕ぐれ 」4オ

野原露滋　当座　忠基

610 ◎夕より朝の原になど置て葉のぼる露のをのがまゝなる

九日菊　同　、〔忠基〕

611 ◎けふさらにませには渕と見る菊の露も千とせの影ぞつもれる

山紅葉　同　実房

612 ◎此ころの時雨に染て山々はてらす朝日にまがふもみぢ葉

暁秋鹿　同　敏亮

613 ◎里ちかくをりゐて鹿もをのがねのかぎりになきて秋のすくなき 」4ウ

七夕暮心　柳園

614 ◎こよひ此あふとも暮を待ほどは松の千とせか星の心に

長盈

615 ◎ふかす夜のうきさへあるを七夕のいかに待えし夕なるらん

庭荻雁飛　猶龍

608 堅明集244「花なきのみか」

609 堅明集247

616 ◎咲花はこゝろもとめず庭荻のおりしりがほにきなく初雁

荻風　此園

617 ◎をかずしもならす扇のいつの間に音吹分る風の下荻

峰初雁　直郷

618 吹風に十市〈とをち〉も□□□にはじめとやわきたつ峯に衣かり金

└5オ

観礼

619 ◎かすかにも聞初てこそめづらしく遠のたかねを越るかりがね

秀実

620 ◎たが琴のしらべか聞も初雁のはつかにかよふ峯の松風

柳園

621 ◎常世には此ころあまた花さくらありとやつぐる峰の初かり

此園

622 ◎およびなやとをくも来ぬか初雁の峰より峯に雲のかけ橋

九月十三夜　秀実

623 ◎あはれてふ心も千々の秋なれや月より後の月のこよひは

└5ウ

野外鹿　柳園

624 ◎けふはかつ千種に秋もなぐさめしおなじ野もせの夜半のさをしか

西園ナシ
初句に「――」。欠損アリ

秀実

625 月◎もや、入野を遠みさびしきはかげやをじかの小夜の一声

菊花久馥　此園

626 露◎むすび霜をいたゞくのちも猶匂ひぞ久し庭のしらぎく

常如

627 代◎々の霜星のひかりを重ねてもにほひふりせぬ花の白菊

秋祝　柳園

628 むれつゝ◎も刈穂とり〴〵秋の田の賤もたのしき御代やしるらん　」6オ

山中紅葉　実辰　中野忠衛門

629 紅◎葉する色てる山を分行ば□（た）カれともわかぬ入相のかね　虫損アリ

紅葉　輪三　蓮厳院（れんごういん）

630 つ◎きせじな峰のもみぢの色そへて幾秋とめよ君のめぐみに

松間月　豊嶋氏

631 幾◎秋もかきあつめ見ん月影のもりくる松につきぬことの葉

池紅葉　、〔豊嶋氏〕

632 う◎すくこき木々の紅葉の影落てにしきをあらふ庭の池水

草露映月　、〔豊嶋氏〕

633 露◎深き軒のしのぶに影とめてこぼるゝ月に秋風ぞ吹　」6ウ

旅宿秋夕　　ゝ〔豊嶋氏〕

634 古◎郷の秋の夕をなげきしは旅路になれぬむかし也けり

独見月　探題当座　　柳園

635 問◎はれんとまつにつれなき木末よりのぼるもたかし月の山里

古砌萩　　長露

636 む◎かしたがかりにもをるや軒ふりて露の玉ぬく庭の糸萩

海上月　　此園

637 青◎海に浪間雲間の月はみつかくれし玉藻こよひ拾はん

暁惜月　　真武

638 お◎しとおもふ心を何にたぐふべき月の夜比の明方の空　」7オ　「をし」の「を」、「たぐゆ」の「ゆ」のそれぞれに「おカ」「ふ」と傍記。

古砌萩　　常知

639 軒◎ふりて見し世も遠き庭の面にひとり色こき花の萩□　虫損アリ

秋夕田　　此園

640 実◎も名はみづほの国と夕げしきゆたかにそろふ秋の穂並田

観礼

641 千◎町田も只おしなべて吹風に穂なみ寄来る秋の夕ぐれ

642 おさまれる御代と夕の秋来ては田面涼しき露の白玉　　道房 青木氏

643 夕風に穂波よりくる秋の田は千里も浜のなぎさとや見ん　　真武

644 袂より露もをくての庵守か夕をしるはをのれのみかは　　長盈　　作者・初句に「――」

虫声幽

645 園近く聞えし虫の声遠くなるは夜寒か老をいとふか　　此園

646 きり〴〵す過にし秋を忍ぶらん枕の下に声をのこして　　道房

647 そをだにもうつす守屋ぞ中垣に聞もまどをの庭の哀さ　　長盈　　初句に「――」

初秋の心を

648 きのふにも春の霞をあはれみて露をかなしむ秋は来にけり　　沖庵

延宝七年八月直條公廿五番御歌合ありし□時　　虫損アリ

読て奉る十首の中に

山月　　沖庵

649 袖◎にしも心しりてややどるらんわがあらましの山の端の月

、〔沖庵〕

おなじく河霧

650 大井川◎ながれも見えずたつ霧に戸なせの瀧の音ぞもれける

、〔沖庵〕

651 河嶋の水をふかめてたつ霧にくだすもたかき宇治の柴舟

有所の会海辺月

、〔沖庵〕

652 あかず◎見ん心のくまの外は又なみぢさはらぬ月の舟入

おなじく遠村霧

、〔沖庵〕

653 打◎わたす遠かた人も見てわかぬそれその里のけさの朝霧

天満宮にて催されし会に

松間紅葉

、〔沖庵〕

654 木の◎間もる月のかつらのもみぢばによな〳〵松の色やかふらん

神祇ニ入　社頭祝

、〔沖庵〕

655 神垣や内外にたてる榊葉のしげきは君が千世の数かも

深夜月

、〔沖庵〕

656 見る◎まゝにおもほえずかゝる袖の露わが世のふけも月にしられて

哀傷ニ入　母のいみにこもり居侍八月十五夜に

」8ウ

「神祇ニ入」と注記。初句に合点で抹消。

657 今宵たゞ我からくもるなき跡のもにすむ秋の月のひかりは 〔沖庵〕

直條公にすゞむしをとり奉るとて 〔沖庵〕

658 君がしる里はおどろが下までもめぐみしられじと虫やなくらん 〔直條〕

とよみたりし時あそばしける

659 籠〈こ〉の内にはなちて聞も世ばなるゝ山里おもふむしの声かな 〔沖庵〕

660 よのつねに□□にもふすことの葉の露とりそへし野辺の虫の音

長慶集句題和歌の中に

前池秋始半　秀安

661 秋もはや最中になれば池の面に浪のよる〳〵月ぞまたるゝ

風前鹿　実陰卿点　堅明

662 秋風のふくをかごとに小男鹿のとひこぬ妻をうらみてやなく

霧中雁　同　〔堅明〕

663 雁ぞなく雲のはたての夕暮(霧カ)に天津空なる友したひきて

」9オ
」9ウ

「哀傷ニ入」と注記。詞書・初句に合点で抹消。

蒙山483　歌題「夕虫」

虫損アリ

堅明集ナシ
662より668まで実陰卿点。

堅明集ナシ

七夕契　同　　　　　　　〻〔堅明〕　　堅明集ナシ
664 ◎年ごとのあふ瀬つもりて天河ちぎりやふかき渕となるらん

紅葉　同　　　　　　〻〔堅明〕　　堅明集ナシ
665 ◎あかず見る心の色もいく千しほ染てえならぬ庭の紅葉〻

雑ニ入　芦辺に雁のむれゐる所をかきたる絵に　同　　〻〔堅明〕　　堅明集ナシ 「雑ニ入」と注記。詞書、初句に合点で抹消。
666 たがために身をつくしてか難波がたあしべの雁の音のみ鳴らん

草花　同　　　〻〔堅明〕　　堅明集ナシ
667 ◎ひとかたに思ひさだめぬ心をもちぐさの花にむかひてぞしる

月　同　　　〻〔堅明〕　　堅明集ナシ 左注「この世」以下補入あり。
668 ◎この世とは見るべくもあらずさやかなる月はいつより澄はじめけん
この世下界の心にさもさ有と□□□□□　　虫損アリ

10オ

江府に侍りける此よめる

初秋月　　貞方　犬塚□右門
669 ◎初秋にしばしなぐさむ旅の月我ふる里ははるかなれども

旅宿虫　　長□（時）　酒見浅右衛門　　欠損アリ
670 ◎かへり来てまた初秋と成にけり草を枕の日ぐらしの声　　「初秋に」の「に」に「と」と傍記。

七夕雲　　　　　　　　　　忠栄　田中五郎兵衛

671 ◎七夕のあふせはなどかまれならんけふのゆふべを待雲の上

初雁　　　　　　　　　　永青（はる）

672 ◎初かりのうはの空なる玉づさをかすむ雲路に書ぞつらぬる

鹿　　　　　　　　　　明愚　愛野久衛門

673 ◎秋もはや更行夜半の風しみて心もすめる鹿のこゑ〴〵

立秋　　　　　　　　　　柳園

└10ウ

674 ◎草すさぶ夜ながきはじめおもほえて空に嬉しき秋は来にけり

初秋露　　　　　　　　　　茂継

675 ◎あはれてふことをあまたにくる秋もまづ露よりぞ置はじめける

以清

676 ◎秋来るといはでもしるき物思ふ袖よりなれて露やをくらん

「おく」の「お」に「をカ」と傍記。

七夕契久　　　　　　　　　　茂継

677 ◎あひ思ふ中の衣の露の袖ぬれてもほしのちぎりつきせぬ

以清

678 ◎立わぶるちぎりたえじな千たびつまむかへ舟だに行かふる□（と）カも

「たへじ」の「へ」に「え」と傍記。
虫損アリ

暮秋鹿　　　　　　　　　　沖庵

679 我も又音を社〈こそ〉たてね暮て行秋を男鹿の心しらるゝ
林氏
11オ
680 □□〈なき〉カてしと思ひすてゝしさすが又暮行秋の小男鹿の声
原氏忠利
虫損アリ
681 暮て行秋の名残や小塩山尾上の鹿も声のかれぬる
御厨氏
682 暮行と秋の名残にさを鹿の声もあはれによはりぬる哉
南里氏　重達
683 おしめとや鹿も問らん老いが身のともに暮行秋の名残は
木下氏　謙山
初句に「――」
684 行秋の名残なりせば掉鹿のなみだも袖にある一声
元禄十九月十三夜和歌兼題五首の中に
花頂山御会
閑居月
御詠　直朝公
685 柴の戸をもりくる月に今は世に心かへらぬ道しとはゞや
11ウ
月鑑
686 遁来てくむ山陰の苔清水月もうき世の別〈よそ〉に住かな

687 月にだに蓬が庭は跡たへて払はぬ露の影ぞ更行　　　　忠昭　　　　堅明集ナシ

688 身をかくす月ならなくにやどりくる跡だにたゆな庭のよもぎふ　　　　胤元

689 住とだに人にしられじ身をかくすよすがにくもれ□□の月影　　　　昌純　　　　虫損アリ

690 のがれ来し蓬の宿におもふかな我身の秋を月に知られん　　　　実一

691 とぢはてしむぐらの宿はをのづから深き山路□(も)月や澄らん　　　　高達　　　　虫損アリ

」12オ

692 人とは(不明)ぬ身のかくれがは世を秋の心しりてや月もすむらん　　　　沖庵　　　　初句に「――」

暮秋虫　　　　御詠〔直朝〕

693 虫の音も夕〳〵によはり行我身の秋はなれもしるらん　　　　鑑〔月鑑〕

694 暮て行秋の草葉のうら枯にうらみてよはる虫の声哉　　　　昭〔忠昭〕

695 ◎きり〳〵すとまらぬ秋の別れ路をおしむかひなき音をや鳴らん　　純〔昌純〕　　堅明集ナシ

696 ◎行秋の虫の鳴音のかれ〳〵に冬は草木の色ぞ見えける　　元〔胤元〕

」12ウ

697 ◎枯果ん名残ぞつきぬ長月も末野丶千種鳴く虫の声　　一〔実一〕

698 ◎哀なりおなじね覚かきり〳〵すともによはれる声を聞にも　　達〔高達〕

699 ◎おしまじなをしむにつけて虫の音も猶よはり行く秋の名残は　　庵〔沖庵〕

700 ◎霜枯に虫の音かなし月草の秋も心をなどうつしけん　　御詠〔直朝〕

谷紅葉

701 ◎山姫の軒もやぶれしから錦時雨もそめぬ谷の紅葉ば　　鑑〔月鑑〕

702 ◎□岩ねの紅葉□くれなゐよどむ秋の谷水　　昭〔忠昭〕　　虫損アリ

703 ◎色深き影をうつして谷水のながれを□□岸の紅葉ば　　堅明集ナシ　欠損アリ

」13オ

704 露時雨ふれどもそめぬ谷川の水に色かす岸の紅葉ば◎
純〔昌純〕

705 染にけり谷のもろ木の露霜に紅葉の松も色をふかめて◎
元〔胤元〕

706 隠（かくれ）なく染てや過る露時雨峯一色の谷のもみぢば
不明
一〔実一〕

707 光なき谷とはいはじ露時雨千入に染る木々の紅葉ば◎
達〔高達〕

708 谷川の水のひゞきや下紅葉下より染る時雨なるらん◎
庵〔沖庵〕

七夕

709 天の河いかにわたして神代よりちぎりくちせぬかさゝぎの橋◎
直條公
蒙山ナシ

萩風

710 萩はらやもえしはいつの春の風秋のあはれに吹かはるらん◎
、〔直條〕
蒙山462

湖上月

711 すはの海や浪にうかべるふじのねの雪をもみがく月のさやけさ◎
、〔直條〕
蒙山581

暁聞鹿
良栄

13ウ

712 き丶馴て八十もちかき暁の夢かうつつか小男鹿の声
常令

713 誰もきくとはおもへどもあかつきに我身ひとつのさをしかの声
沖庵

714 鹿の音にしほる民（ママ）のいつはあれとかたしく床のあかつきの袖
実一

715 夜□（の）カあけばかたりつぐべき友もがな月は□
□（常）カ知

14オ

716 みじか夜のね覚□□しき暁に涙をそふる小男鹿の声
高達

717 老が身の夢をもさませ待侘るこの暁のさをしかの声

湖上月

718 もろこしになとげし人もかくばかりさやけき影や湖の月
栄〔良栄〕

719 秋の夜のそら吹はらふ浦風ににほの海てる月のさやけさ
令〔常令〕

720 みなれ棹さす手わするゝ鳰の月におもはぬかたも過る舟人
庵〔沖庵〕

欠損アリ
欠損アリ
欠損アリ

一〔実二〕

721 所えて海士も小舟を漕さして月にうかる丶鳰の海づら

知〔常知〕

722 志賀の浦や松の梢の月晴てわたるかそらを秋の舟人

達〔高達〕

723 秋の夜の月吹風にそら晴て花やよせ来る志賀の浦浪

秋夜旅月　常令

724 ながき夜や雨もしばしは心せよ旅のそらには月もうらみん

寝覚鹿　丶〔常令〕

725 ながき夜のうきをかたらん友とてはね覚にしたふ小男鹿の声

冬二入　〔常令〕

726 しぐれする比はもなかの梢とも【（そらに）】ぞしるき【（四方）】の山の端

見月　蔵山

727 月□（不明）□□□□なみだも□□かへらぬ秋を【　】

茂継亭会

八月十五夜　茂継

728 □□（不明）□世にふりはへて幾□□□かつらのもみぢなるらむ

└14ウ

└15オ

726 「冬二入」と注記。歌に傍線を付し、抹消。欠損アリ

727 欠損アリ

728 欠損アリ

忠道

729 天の（不明）はら雲をばよそに吹なして□□も名高き望月の空　欠損アリ

月契千年　茂継

730 ◎千代かけて月もいもせの山にてるながきみぎりやたきの□（白）糸

十六夜　〻〔茂継〕

731 ◎みではかく世のことはりもこよひげにわれにて見つる月のみや人

寛文八年正月廿九日

光茂亭会当座

四辺紅葉　直朝

732 ◎これも又神代もきかずくれなゐのいな葉をくゝる秋の木のはゝ

七夕　萬女

733 ◎一年をへだつ逢瀬の雲霧もはれてや渡る天の川橋　」15ウ

柳園

734 ◎なにゆへにみだれそめけん七夕の一夜ちぎりしもとの心は

閑庭萩　観礼

735 ◎さびしさもいとはぬ色や見するらん問人まれの庭の真萩は

長露

736 ◎何となくたへぬ思ひや露もしれしづけき庭の秋のま萩は
道房

737 ◎閑なる庭の垣ねに秋はなを心をみがく露の玉萩
宗秀

738 山陰（不明）は風だにとはぬ庭もせのさびし□□□の秋萩のはな　欠損アリ
柳園

739 人と（不明）□□□（をこゝろの）　欠損アリ
常知

16オ

遠山鹿

740 ね覚（不明）□山遠き小男鹿のこゑ　欠損アリ
道房

峰月明

741 ◎またたぐひあらしに月の影さえて峰の梢を出る光は
猶龍

擣衣

742 ◎誰がために打やさごろもむしのねもよはる夜寒の霜におきゐて
朝良

743 ◎幾千度麻のさ衣打もねでながき夜寒にまきかへすらん
実房

744 ◎山里ははや露霜もおくて田のみのる夜寒に衣うつ声

柳園

745 ◎酌めば□□いそぐ心の色を香にうつすもあやな海士のぬれ衣

虫損アリ

籬菊　長露

746 ◎山路にはあらぬ笆（まがき）にうつし植て露もいくよか匂ふ白菊

紅葉留客　猶龍

747 ◎ちる迄はよしやかへらじかへるさもとめて三室の山の紅葉ゞ

駅路霧　長盈

748 ◎ふる霧にあらでまがはぬ駅路や霧の内より跡ぞきえゆく

「雪も」「まがはぬ」にそれぞれ「霧カ」「にあらでまがはぬ」と傍記。

五宮奉納百首和歌の中に

新秋露　秀実

749 ◎物おもふ袖ならねども秋来ればならはし込めて夕露ぞ置

欠損アリ

□七夕　常知

750 ◎□くるゝ夜を□たのしき□

欠損アリ

堤上霧　直郷

751 立□□□□（霧に池の）つゝみにみし□□□□（春のやなぎ）さくらの色としもなし

西園432
欠損アリ
初句に「――」

野径鶉　観礼

752 ◎草ふしの声に哀みくれ竹の伏見の小野にうづら鳴らん

寝覚虫　　　　　　　　、〔観礼〕

753 ◎さらぬだに秋はね覚のしげきをもしらでや虫のよゝと鳴らん

山月明　　　　　　　　秀実

754 ◎峯高き月のかつらの男山万代かけて影や澄らん

江月冷　　　　　　　　常知

755 ◎更る夜の芦間の浪もさやけきをみがきそへたるみしま江の月

」17ウ

幽居荻　　　　　　　　了性

756 ◎哀世に住かひなげの宿はたゞ荻の羽風の友ずりの声

萩映水　　　　　　　　実房

757 ◎水のあやをりそふ影は唐士の江にやさらせる萩のにしきは

秋夕風　　　　　　　　猶龍

758 ◎吹音に立来し秋をしられてはゆふべの風ぞいとゞ身にしむ

関駒迎　　　　　　　　忠亮

759 ◎けふよりはなれも御代にや逢坂の関たち出る望月の駒

松月幽　　　　　　　　了性

760 ◎□□□□はるかの山の松陰□月まだをそきいざよひの月

欠損アリ

擣寒衣　　　　　　　　実房

761 たが谷□□へぬ夜寒に麻衣を□□もむすばで打や明□□

滝紅葉　猶龍

762 うすくこく染なす色を清滝の糸にうつしててらすもみぢば

18オ

欠損アリ

重陽　秀実

763 幾千代の□ぞ更行月の名もこゝのへにほふしら菊の花

欠損アリ

〔秀実〕

764 千年[不明]すむ深谷の水のたえせずにながれをくめる菊のさかづき

九月十三夜　、〔秀実〕

765 秋ふけて光いやます玉くしげふたゝび月の名にやおふらん

忠基

766 名にしおふ月にたぐえて玉くしげふたゝびみがくひかりなるらし

「しあふ」の「あ」に「お」、「たぐへ」の「へ」に「え」と傍記。

七夕　菅忠康

767 とし波もたちへだてけり天河いもせの星のなかにながれて

題しらず　鉄叟

768 見る月にむかふ心のくまもなし年にひと夜のこよひとおもへば

18ウ

〔鉄叟〕

769 老にもろき涙をはれてこよひこそいまもむかしの月にあかさめ

前二出　花頂山御会五首の中に

谷紅葉　　沖庵

770 谷川の水のひゞきや下もみぢしたよりそむる時雨なるらん　　「前二出」と注記。詞書、歌の全てに傍線を付し抹消（見せ消ち）。

天満宮奉納三十首和歌の中に

草花露　、〔沖庵〕

771 ◎乗駒に心ひかる丶女郎花露より先に落んとすらん

夢中雁　、〔沖庵〕

772 ◎鳴雁の□山をなし海をなしぬる夕暮の空　　欠損アリ

□夜月　、〔沖庵〕

773 ◎むかしだにおしみなれしを今は猶□□世とともに更る月影　　欠損アリ

└19オ

山紅葉　、〔沖庵〕

774 ◎もみぢ□□□□ぬる比は身におはぬ錦着にけり秋の山人　　欠損アリ

秋の末つかた、石丸氏秀安夫婦の人花頂山桜峯を見めぐりて、かへさに予がかくれ家を尋て来り、しばらくかたりて、桜峯にてよめる折し、妻の歌二首見せられ侍る、女性の歌田舎にてはいとめづらかに、ことに一ふしあり

てきこへければわれも当座をうめく

秀安妻の歌　〔秀安妻〕

775 ◎名も高き立田となぞな夕紅葉か丶る山路のよにもありけり

〔秀安妻〕

776 ◎今ぞしる春とはいはじ紅葉してさくらの峯の秋の夕を

右の歌に感じて　沖庵

」19ウ

777 ◎今こ丶に春やいたるとおもふまでことばの花の匂ひぬるかな

雑ニ入べし　沖庵詠草煙の下草といひけるを見て

秀安

778 立のぼるけぶりを和歌の浦に見し君がたく火の下草となれ

返し　沖庵

779 あつめをく和歌のもくづぞひかりそふか丶る言葉の玉をまじへて

直朝公長月朔日よりはべといふ山中におはしまして、十日あまりわれをめさせ給ふにより、かの深山にまうでけるに秋の野山のけしきいはんかたなし、まづ野の花にはきちかう　われもかう　しをに　りんだう　萩　荻　す丶き　黄

」20オ

「雑ニ入べし」と注記。778と779に合わせて抹消の印付す。

菊　つた　くず　朝がほ　女郎花　其外名もしらぬおほし、花薄のほのかにまねくたれとひがほなり立より見て　〔沖庵〕

780 百草の香をなつかしみ野辺に見む尾花の袖をひじき物にて

公紅葉の関も□つげさせ給ふ所はかへてあまたあればなるべし、今一木二木染はじめて見えければ、駕かきおのこかれ飯くひける間にをりて、岩の上にわらかたしきしばらくやすらひて　〔沖庵〕

虫損アリ

781 とどめぬる人はなけれどもみぢ葉の名におふ関ぞ過もやられぬ

十三夜の月宵はくもりけれども、こよひ一夜にかぎる事なればとていをねず、公三笠山とつげさせ給ふ山あり、月いとおもしろくさし出けるを見て、十三夜の心はなけれどもかくつゞけゝる　〔沖庵〕

782 曇るとも名こそかくれねさしのぼるこゝも三かさの山の月影

山家月　〔沖庵〕

20ウ

783 ◎わすれては山時鳥またれけり垣ねの月を卯の花と見て

宝永四年八月十五夜於花頂山
紹龍公御会の時読侍る　　　、〔沖庵〕

784 ◎今宵しも千里の外の色はあれど君すみなれし山の月かげ

雁　　　　　　　　　寛斎

785 ◎柴の戸をとふ人もなく小夜更て月に初音を鳴わたる雁

月前祝言　　　　　　直郷

786 八百万高天原のむかしより君と臣との秋の夜の月　」21オ　西園ナシ　歌題・初句に「――」

初秋夕　　　　　　　朝日胤元

787 ◎いつとても老は秋なる心にもさらにおどろく荻の夕風
〔胤元〕

竹間紅葉　　　　　　別春

788 ◎風の音はくるゝまがきに吹過てのこるあはれや秋のはつしほ

山雁　　　　　　　　於照（てる）

789 ◎下紅葉つゐに葉かへぬ夢□□もうつゝ□色と成行　欠損アリ

夕月　　　　　　　　於市

790 ◎花山のうらみも秋にたちかへりはる〳〵来ぬる天つかり金

海上待月　　直郷

791 さやかなる月に端居の夕まぐれいつしか露になるゝ袂は　　西園ナシ　初句に「――」

田家擣衣　　、〔直郷〕

792 海の上にまたる、影はしほぐもりうら風さそへはるゝ夜の月　　西園ナシ

793 山田もるやどは月まつゆふべをもしづはたころもうつに隙なき

夢物歌字詠前冠賤和歌の中に

船中月　　、〔直郷〕

794 かぢ枕帆かげさやかにうつり来る月の絵嶋の舟の追風　　西園ナシ　初句に「――」

四時題詠船中百首歌の中に

秋夕述懐　　、〔直郷〕

795 しのばれん物はそれともいひしらぬ心の奥の秋の夕ぐれ　　西園ナシ

おなじく擣衣為愁　　、〔直郷〕

796 夕ぐれのあはれもはる、折ふしにまたうちおこす夜半のきぬたに　　西園ナシ　初句に「――」

十三夜　　、〔直郷〕

797 置やけさはますほのすゝき露ふかき秋のながし夜月にまとゐて　　西園ナシ　初句に「――」

病中詠二十首和歌の中に

新秋露　　、〔直郷〕

21ウ　22オ

798 置露も秋のはじめと袖にまづしめてものおもふ三ケ月の空
十五夜月　　　　　、〔直郷〕

799 ことの葉の露やちりひぢ雲さへに月にうつりし秋の中空
山鹿　　　　　、〔直郷〕

800 山たかみあらしにつれて小夜枕つまこふ鹿のいねがての声
野径月　　　　　、〔直郷〕

801 ◎浅沓の露おもげなるさがの路やわれからふかす夜半の月かげ
八月十五夜
こよひしも名におふ月の桂にむかひつゝ露のかごとも中〳〵はぢ紅葉のつきなさをおもほてりして光にもけたれぬものから
、〔直郷〕

802 ことの葉の露のひかりはほたる火のかゞやく月の影にはづかし
名月　　　　　、〔直郷〕

803 ◎天とぶやもろこしかけて今宵みる月にむつまじ□□□（なるゝ）心は
兼思七夕　　　　　、〔直郷〕

804 たなばたのきのふのみそぎおもひたつ舟よそおひはまたの秋風

└22ウ

西園ナシ　初句に「――」。「影」に「空」と傍記。

西園ナシ　初句に「――」

西園420　初句に「――」

西園473

西園ナシ　初句に「――」

西園444「なる、心は」　虫損アリ

西園ナシ　初句に「――」

七夕幽思

805 そらにおもふこよひより羽のかさゝぎのはしのゆきゝの末や侘らん　〔直郷〕

延享元年十二月朔日夜探題当座

紅葉霜　武昭

806 秋となり庭のもみぢも色そへてにしきかとみる今朝の朝霜

萩をよめる　秀実

807 秋は千種花といふ花の中に分て名も宮城野（の）ゝ萩ぞえならぬ

林家紅葉

808

われはなりける比よめる　〔秀実〕

主やさぞ垣をへだてゝ見るさへも猶色ふかき庭の紅葉ゞ

君承公御庭の萩が枝に御ことの葉そへて下し

給ひける御返し　直條朝臣

809 とりそへて言葉の露の玉もみん手折れる萩の夜のにしきに

九月十三夜雨ふりければ　〔直條〕

810 後の名の月のかつらの紅葉ばを染てやこよひまなくしぐるゝ　〔直條〕

811 折残す菊やめでましながつきのなだゝる月はくもるかきねに

23オ

23ウ

西園ナシ

蒙山ナシ
君承公は佐賀藩主三代綱茂。

蒙山ナシ

蒙山ナシ
「こよひ」に「かきね歟」と傍記。

菊一本ある人の許へをくるとて　、〔直條〕

812 ◎折つるは一もとながら心とめてうへしかきねの菊としもみよ　蒙山ナシ

山里に住ける人のもとにて谷紅葉といふことを　、〔直條〕

813 ◎染にけり軒のもみぢも住谷のこゝろふかきを色にうつして　蒙山ナシ

林白水もとへ紅葉一枝つかはすとて　、〔直條〕

814 ◎手折つるこの一枝のもみぢ葉に山のに□（し）カきを□（着）カても見よかし　蒙山ナシ　虫損アリ

ある人菊ををくりけるに　、〔直條〕

815 ◎あかず見んやしなひたてし心さへ手折る（ママ）きくの花にしられて　蒙山ナシ　「手折れる」の「れ」の脱字カ。

紅葉の比よみ侍ける　、〔直條〕

816 ◎旅の空まなく時雨もふる里の軒ばの紅葉今やそむらん　蒙山ナシ

」24オ

楓園紅葉の比、時春法しとぶらひ来りてほどなくかへらんとし侍けるに　、〔直條〕

817 ◎これも又かへさわすれよ花ならぬ山のもみぢにゑひをすゝめて　蒙山ナシ

返し　時春（じしゅん）

818 ◎あかず見ん酔をすゝむる木のもとにもみぢにまさる人のことの葉
おなじ比人のとぶらひ来りけるに
直條朝臣

819 ◎そめ出すもみぢは山のかひもあれや車とゞむる人を持たせて
おなじ比白銀法師来り、諸ともに木のもとにて酒くみかはして
〃〔直條〕
蒙山ナシ

820 ◎散ぬるに今一たびは来ても見よけふなさけくむ山の紅葉ゞ
九月十三夜、高松氏亭にて浜月といふことを
〃〔直條〕
蒙山ナシ

821 ◎さやけさはまさごの数もかぞふべしはま松かげにおつる月影
早秋風
よみ人しらず〔直郷〕
」24ウ
蒙山ナシ

822 庭垣の五百箇（いほつ）のすゞにをく露の玉ゆら払ふ秋の初風
初秋
〃直條朝臣
西園368「篶（すず）におくつゆの」
初句に「――」

823 ◎露はまだむすびもあへず花すゝきほのかにまねく秋のはつ風
〃〃〔初秋〕月
〃〔直條〕
蒙山419「あへぬ」

824 ◎袖の露にことゝふ月も色かはる秋の哀の初入（はつしほ）と見ん
七夕
〃〔直條〕
蒙山429

825 織◎女にねがひの糸もふみつくる道をこゝろの一すぢにして
、、〔七夕〕風　、〔直條〕
蒙山436

826 時◎ありてこの夕風や天河星の舟出の追手とはなる
、、〔七夕〕衣　、〔直條〕
蒙山443

827 織◎女のいほはた衣それもうしあすはまどをの中のちぎりに
、、〔七夕〕糸　、〔直條〕
蒙山450

828 く◎べき宵けふに待えてほし合の空に手向るさゝがにの糸
、、〔七夕〕宴　、〔直條〕
蒙山452

829 此◎夕律にかよへる秋風も星の手向やことさらの声
七夕別　、〔直條〕
蒙山455

└25オ

830 と◎ゞめえぬ別やおしき七夕の雲のとばりのあけがたの空
前ニ有　荻風　、〔直條〕
蒙山456

831 荻原やもえしはいつの春の風秋のあはれに吹かはるらん
聞、〔荻風〕　、〔直條〕
蒙山462「前ニ有」と注記。歌題、歌ともに合点で抹消。

832 聞◎たびに心のそこにこたへずはとはずがたりや荻の上風
暁露　、〔直條〕
蒙山465

833 秋◎風に夢路は絶て残るよの月にぞ結ぶ袖のしら露
蒙山468

女郎花　　　　　　　　、〔直條〕

834 露◎にふすがたはさらにつよからでなれもなやめるおみなめ（ママ）し哉　　蒙山479「をみなへしかな」

田上雁　　　　　　　　、〔直條〕

835 小◎山田に稲葉のきりの朝じめり翼もぬれて落るかりがね　　25ウ　蒙山495

夜鹿　　　　　　　　　、〔直條〕

836 妻◎こひはまさきのかづらながしともおもはで夜半に鹿や鳴らん　　蒙山500

野、〔鹿〕　　　　　　、〔直條〕

837 妻◎こひの夜半のなみだやをじか鳴野べといふ野べの露と置らん　　蒙山501

秋夕　　　　　　　　　、〔直條〕

838 な◎がめ来し秋も心の外ならで袖より落る露の夕ぐれ　　蒙山509

〔直條〕

839 色ならば是やいく入（しほ）うき秋を心にしむるゆふぐれのそら　　蒙山512

兼好法師三百五十年忌命政勧進

秋夕雨　　　　　　　　、〔直條〕

840 秋◎になをさびしさそひぬ桐の葉の落る音きく夕ぐれの雨　　蒙山514

朝霧　　　　　　　　　、〔直條〕

841 山◎風のさそひすてたる一すぢは麓の里に残るあさぎり　　蒙山520

八月十五夜　　、〔直條〕

842 ◎をじか鳴秋の哀のかぎりをも月のさかりのこよひにぞしる　蒙山527

八月十五夜故郷にてよみ侍ける　　、〔直條〕

」26オ

843 ◎吹たびにひかりこぼるゝ露みえて風のあとあるよもぎふの月　蒙山538

〔直條〕

844 小舟さす池水きよしよもすがら月をしるべの島めぐりして　蒙山535

おなじ夜

湖水の月を見て　　、〔直條〕

845 ◎にほの海や空も半の秋の月しほならぬ浪に影ぞみちくる　蒙山547

おなじ夜

武蔵野の月をみて　　、〔直條〕

846 ◎こよひこそ山はふじのね高き名にくらべてむかふむさしの々月　蒙山545

十五夜はれて十六夜くもりければ　　、〔直條〕

847 ◎よしやしれくもるも天の道ぞとは名とげし後のいざよひの月　蒙山548

九月十三夜　　、〔直條〕

848 さかりとは半の秋にみし月の又後の名にそふひかりかな　蒙山553
おなじ夜
難波江の月を見て　、〔直條〕
849 めでばやなこよひぞ後のなにはがたみつとはみえぬ月のひかりも　蒙山554
木間月　、〔直條〕
└26ウ
850 やどりてぞありとは見つれそのはらやひとよふせやの木の間もる月　蒙山559
松間、〔月〕　、〔直條〕
851 風の音はしぐれにまがふ松陰に木の間くもらぬ月ぞもり来る　蒙山562
野、〔月〕　、〔直條〕
852 風に立尾花が浪の外はまだもののくまなきむさしの丶月　蒙山563
〔直條〕
853 露みえてやどるか月もかげろふの小野の草葉に秋風ぞ吹　蒙山566
滝、〔月〕　、〔直條〕
854 まなくちる玉のをだまきくる丶夜の月にもさらす布引の滝　蒙山571
江、〔月〕　、〔直條〕
855 舟人もくもらぬ月にこぎかへり入江の浪にうたふ一ふし　蒙山577
湖、〔月〕　、〔直條〕

856 影やどす浪こゝもとにさそはれて月もよりくる志賀の浦風　蒙山579
水辺、〔月〕、〔直條〕

857 かげとめてながるゝ水も河のへにことのはすめる月の秋風　蒙山582「ことの音」
海辺、〔月〕、〔直條〕
27オ

858 名のみきくもろこしまでも松浦がたながむる月に行心かな　蒙山584
〔直條〕

859 こゝろあれや伊勢をのあまのぬれ衣ほさでやどかす袖の月かげ　蒙山586
浦、〔月〕、〔直條〕

860 志賀の浦やたぐひなぎさの松一木さゞ波よする月にくもらで　蒙山589「くもりて」
〔直條〕

861 あはれさは海士の家だに稀にしてたゞ月ひとりすまの浦浪　蒙山591
湊、〔月〕、〔直條〕

862 波枕ひじき物にはとばかりに袖のみなとの月にあかさん　蒙山595「ばかりも」
島、〔月〕、〔直條〕

863 おきつ波かゝるながめの月よりや新島守はすみはじめけん　蒙山598
礒、〔月〕、〔直條〕

864 くもらずよけぶりもきりもあらし吹礒松が根のなみの月影　蒙山600

865 旅泊、〔直條〕
◎なぐさめて月もことゝふとまり舟うきねかなしき浪のまくらも 」27ウ 蒙山605

866 故郷、〔月〕、〔直條〕
◎月ひとりかくてもすめと故郷に影もるほどの軒ぞのこれる 蒙山611

867 菊籬月、〔直條〕
◎月やとふつもれる露も渕となるまがきの菊に影をふかめて 蒙山616

868 深夜、〔月〕、〔直條〕
◎むかふより心もともにすみはてばおぼえず空の月ぞ更ぬる 蒙山621「すみはてて」

869 擣寒衣、〔直條〕
◎里人の夜ざむをわぶるあさ衣あさくはきかじ打しきるこゑ 蒙山633

870 菊露、〔直條〕
◎月をそきまがきの露も夕づゝの光りをとめて晴るしら菊 蒙山640

871 ある人きくをゝくりしに、〔直條〕
◎あかず見ん手折し菊の色に香にうへしかきねをとふ心地して 蒙山648「かきねも」

872 杜紅葉、〔直條〕
◎露しぐれあした夕にもりの名のいくたびそめし紅葉なるらん 」28オ 蒙山652

楓園の紅葉をおりて人のもとに遣とて

873 ◎手折つるこの一枝におもひやれかくこそ山はそめし千入を　、〔直條〕　蒙山662

おなじ所の紅葉見んとて時雨ふり侍りける日
人のたづね来りけるに　、〔直條〕

874 ◎紅葉ばの山路にふかき色は見じ露にしぐれにぬれてとはずは　蒙山663

さる子細ありて、ひさしくつくしに侍りける
秋のくれつかたに、日野中納言家に申入侍し　、〔直條〕

875 ◎おもひやれふる里ながらかくてすむ身はうき秋の心づくしを　蒙山664

御返し　資茂卿

876 ◎いまぞしる心づくしの言の葉にやどより外の秋もありとは　蒙山665「秋のありとは」

暮秋月　直條朝臣

877 ◎残るさへはつかの月の有明にやすらふべくもみえぬ秋かな　蒙山666

九月尽　、〔直條〕

878 ◎けふのみとしたへば袖に置ま□（さ）る露をかなしむ秋のわかれ路　蒙山668 虫損アリ「置まさる」「かなしぶ」

」28ウ

九月尽夜旅ねに侍りて　、〔直條〕

879 ◎いとゞまた露ぞ置そふ行あきもこよひたびねの草の枕は　蒙山671

秋暁　　　　　　　　　、〔直條〕
880 入かたの月ものこりて草の原むしの音しげき露のあけぼの　蒙山672

秋河　　　　　　　　　、〔直條〕
881 影とめて夕日ながるゝ河やなぎおち葉さやかに秋風ぞ吹　蒙山673

天満宮奉納和歌二十五首秋の歌の中に　　　　忠康
882 波かけて袖こそぬらせあれまくもをしまの笘屋月□□□□　欠損アリ

初昇月　　　　　　、〔忠康〕
883 それとしも見わかぬ峯もあらはれて松よりうへに出る月かげ

29オ

天満宮奉納松百首秋の歌の中に　　　　忠康
884 須磨の浦浪のよる〳〵そなれ松なれてやあまの月を□□□□　欠損アリ

遊子行月　　　　　　直郷
885 うかれいづる月夜よゝしと海士の子のところきよみの浦づたひして
池の面にむかしは舟をうかべし、と今はその
事もなしなんどかたりて、紅葉衣かさねて行
末たえせず来てとへかしと興じける　西園488　詞書「柿本奉納百首歌の中に」を歌題の前に記す。初句に「――」

槿花　　於千穂

886 ◎はかなさをよそにやは見ん人の世も花にあらそふ朝がほの露

29ウ

詞書すべてに傍線を付す（抹消のつもりカ）。

野萩　　〔於千穂〕

887 ◎いろにめで野をなつかしみ折袖に露こぼれけり秋萩のはな

暁月　　〔於千穂〕

888 ◎ほの〴〵と山の端しらむ横雲にさはらぬ影と有明の月

草花露　　洒見氏峯

889 ◎露しげき秋野の萩に風吹ばそらにしられぬ雨ぞふりける

月前雁　　犬塚貞□（良カ）

890 ◎見しやそのはれ行空にとぶ雁のすがたは月にうつりこそす□

30オ

欠損アリ

紅葉浅深　　直郷公

891 こゝもとはめぐる時雨に薄もみぢそめしそなたの峯の□□に

西園ナシ
歌題・歌ともに傍線を付し抹消（見せ消ち）。欠損アリ

夕荻風　　武富宗極

892 ◎夕ぐれはそれそと荻の音たてゝ物さびしげに秋風ぞ吹

八月十五夜　　唐嶋忠行

893 ◎千代かくる神□（代カ）の山も雲晴れて君が御為にてらせ名の月

虫損アリ

〔唐嶋忠行〕

894 曇るともよしやさはらじ高き名をあふぐ心の月に残して

酒見忠康

七夕

895 ◎天の河契かはらぬ渕も瀬もいく秋わたる波のうき橋

〔酒見忠康〕

896 来る秋はさをなぐるまぞ七夕の五百はた衣たちわかるとも

〔酒見忠康〕

897 まれにあふ秋の一夜は長からで明る間おしき星合の空

30ウ

七月なかばの比家々灯を手向（むけ）てなきたままつる事を

松蔭社奉納二十首和歌の中に

野外鹿　　志貴□□（泰賢）カ

898 ◎一こゑは身にしむばかり掉鹿のゆふかけて鳴秋の野ゝ（の）末

おなじく

七夕契　　森田深龍

899 ◎久にまつ一夜ながらも天の川ながれてつきぬ星合の空

おなじく

海辺月　　木庭喜一

31オ

欠損アリ

詞書「七月なかば～まつる事を」を傍線にて抹消。

900 所からよせ来る浪も清見がたうつろふ月の影ぞさやけき◎

おなじく
紅葉霜　宇都宮義敬

901 秋山の時雨にふかきもみぢ葉もまた色かはる今朝の初霜◎

おなじく
新秋露　松尾義道

902 あつかりし空もいつしか草の葉にはや置初る秋の白露◎

野鹿　山崎氏 常方

903 とふしかはかや野のうへをわたるごと見る間ぞおそくとむる狩人◎

池月　実崗 忠利

904 なかぞらにしばしやすらへ池水に影をうつしてすめる夜の月◎

八月十五夜蝕ありけるに　忠基

905 日にならふ月の鏡も天の戸にふれてこ□□やは今夜つくらん◎　虫損アリ

又折から雨雲立おほひければ　〔忠基〕

906 雨雲のむべかくろふや名にしおふ月もひじりのあやにくの夜は◎

月前鹿　義道

31ウ

907 ◎おもひ出ておのがかげにも小男鹿の月の夜すがらつまやこふらん 」32オ

七夕暮心　さち

908 ◎待えてもこゝろつくしにたなばたの夕ぐれいそぐ天の川□は　虫損アリ

、、〔七夕〕夜深　、〔さち〕

909 ◎彦星のまれにあふ夜の手枕にふけ行そらをさぞうらむらん

、、〔七夕〕後朝　、〔さち〕

910 ◎天の川舟路はるかにこぎかへるけさのわかれの袖や露けき

七夕庚申　正勝

911 ◎たなばたのこよひねぬよに逢瀬川なみの濡れぎぬきてや帰らん

八月十五夜に月前遠情といふこゝろを　忠基

912 ◎むさし野はおもひやるにもはるけなき名にみつ月にむかふ心を

おもひがけなき野分に、秋の田面に水さへ清 」32ウ
くて、心づくしのなげきとなりけるにぞ我隠
家の菊の笆〈まがき〉にめでぬる心地もせざりけるまゝ
、〔忠基〕

913 ◎花をもる身にもしられて世のうさをきくのまがきの色ぞあやなき

月前露　卿敬

914 ◎さやかなる月のひかりを□□□しよひ〳〵みがく野べの白露　虫損アリ

柿本奉納十首和歌の中に　長盈

915 ◎染いだす木々の紅葉の唐錦秋はきぬぎぬ山もあ□□□　欠損アリ

わらはなりける比、楓園の御茶屋にてあたり
ちかき侯伯の宗臣あつまりけるに、夕紅葉と
いへる題してよみてよと有ければ

長盈

916 ◎うすくこく染るにしきも夕陰るてらすてらさぬ木々のもみぢ葉

浦月　〻〔長盈〕

917 ◎ながめ来し千とせの人をまのあたりおぼえて月やすまの浦浪　└33オ

川萩　昌方

918 ◎波にふす岸の秋萩咲そひてえならぬ色をあらふ川の辺

月をよめる　信恒

919 ◎八重雲をしなどの風の吹はらひ高まの原の月ぞさやけき

〻〔信恒〕

920 夜もすがらながめあかして行影のなごりもおしき山の端の月

紅葉をよめる　〔信恒〕
921 月影もみな紅にみむろ山秋の紅葉の染ものこさで
江都にて、八月十五夜の月を見けるに、隈なく空もはれければ　義道
922 はてなさのしられてこよひてる月のひかりも広しむさし野ゝ(の)原
十六夜くもりければ　〻〔義道〕
923 秋かぜに雲吹はらへ雨もよひいざよふ月の名にはありとも
└33ウ
九月九日　〻〔義道〕
924 めぐれなをくめばよはひもながつきのけふ咲にほふ菊のさかづき
月下擣衣　〻〔義道〕
925 いとまなみ賤が手わざも月夜よしよしよしと衣うちしきるらし
└34オ
（白紙二丁）

冬

暁霜　　久儔

926 ◎遠近の梢をつとふ風落てなをさへまさる暁の霜

閑居冬夕　　、〔久儔〕

927 ◎風のみかさそへる人も遠里に月さへまたじ宿の夕暮

初霜　　、〔久儔〕

928 ◎いつとなくふるともしらで老が身にさてこそまされ夜半の初霜

天満宮奉納

草庵集題百首和歌の中に

積雪　　秀実

929 ◎かきくらしふりてつもりの浦なれど波には雪の跡としもなし　」1オ

豊明節会　　、〔秀実〕

930 ◎乙女子が青ずり衣重ねきて天つ羽袖をけふやかへさん

同じ題清晨雪擁門　　、〔秀実〕

931 ◎明がたは道こそたゆれ柴の戸のしばし夜のまにつもるしら雪

同じく題独釣寒江雪　　、〔秀実〕

932 ◎浪の面はふりつむ跡も□□(な)カの江にひとりうかべる雪の釣舟　　欠損アリ

題しらず　　大蔵常督

933 ◎常盤なる緑り(ママ)もわかず降積る雪こそなびけそのの呉竹　」1ウ

返歌　　信之

934 ◎心なき身とは今はたかなしけれ雪だになびく苑の呉竹

十二月三十日に読侍ける　　大蔵常督

935 ◎一年の日数もけふは□□のはるを一夜にへだてつる哉　　虫損アリ

良雄

936 ◎ながらへて花を待べき身ならねば猶おしまるゝ年の暮哉

夕時雨　　堅明

937 ◎いつも見る山のはながらしぐれ行夕さびしき雲の遠かた　　堅明集252

風前落葉　　、〔堅明〕

938 ◎むかふぞよ風にみだるゝもみぢばはおしむ心もしばしわすれて　」2オ　　堅明集256

寒草　　、〔堅明〕

939 ◎身にも又くらべて見ばや老はてゝ霜をいたゞく庭の冬草　　堅明集260

寒芦　　、〔堅明〕

940 朝な〳〵をきそふ霜にしほれあしのすへばさびしく潮風ぞ吹　堅明集262
初霜を見て、易経の語に履霜堅氷置といへる心をよめる
、〔堅明〕

941 おもへ人身のよしあしもはつしもをふむよりむすぶ水の氷を　堅明集268
暁千鳥
、〔堅明〕

942 さびしさはなをこそまされなく千鳥老のね覚の友とき丶ても　└2ウ　堅明集275
水鳥
、〔堅明〕

943 ◎うちむれてなる丶は水のさむさをもしらずがほなる池のおしかも　堅明集276
雪中鷹狩
、〔堅明〕

944 ◎なる鈴の音もきほひてかり衣雪もいとはず出るたか人　堅明集277
神楽
、〔堅明〕

945 ◎をのづから遠き神代にかへるかと見えで庭火の影ぞ更行　堅明集278
野外霰
、〔堅明〕

946 ◎冬にまたつらぬきとめぬ玉なれやのべのかれはにあられみだれて　堅明集283
庭雪
、〔堅明〕

947 ◎まだ浅き雪やちりひぢふりそひて山つくるべき庭のかたへに　└3オ　堅明集285
老後雪
、〔堅明〕

948 ◎老の身ぞ今はつもれる窓の雪学びし道は身にも残らで　堅明集289
冬の歌の中に　ゝ〔堅明〕

949 ◎誠ある道にならひて初時雨ふりしにかへれ人のこゝろも　堅明集295
晦日の夜わきて空はれ星の光明かなりけると
しよめる　ゝ〔堅明〕

950 ◎あやにく□(に)雲さへはれてこよひ行としやかへさの道もまどはぬ　堅明集300 虫損アリ「あやにくに」
老後歳暮　ゝ〔堅明〕

951 ◎けふ毎になごりくはゝる老の身にくれ行年も哀しるらん　」3ウ　堅明集305
水鳥知己　当座　敏亮

952 ◎いつしかに山すみなれてくるをしの池にむれゐておのがまゝなる　長盈

953 ◎うち見ればをどろく色も波の上にわが池からやなるゝ鴛鴨
深夜雪　観礼

954 ◎ふかき夜の寝覚おどろく窓にいまつもれる竹の雪をれの声
早梅　ゝ〔観礼〕

955 ◎年の内に早咲出て春の色を雪間に見する梅の一花
冬祝　此園

956 雪霜にしぼまぬ松のさかへをぞ今やみどりの色に見えぬる

雪の嶺を読て奉りける　ゝ〔此園〕

957 天地と倶に［　　　　　］稀に来てなづ雪の羽衣　└4オ　欠損アリ

河（辺紅）カ□□葉　柳園　欠損アリ

958 まだふみもみねの嵐やさそひ来て水ゆく河の末の紅葉ば

炉辺閑談　猶龍

959 心しる友とかたればさゆる夜も猶わすられてむかふ埋火

秀実

960 住馴れしうき世の外はかくろひもなみゐてかたる埋火の本

此園

961 かきわけておもふどちよる埋火の本のこゝろのへだてなければ

実房

962 たちおしきよるのにしきと思ふどちかたれば深る埋火の本　└4ウ

冬月　観礼

963 鵲の橋にはあらでえも白き霜さへ渡冬の月影

猶龍

964 をく霜のしろきを露のゆかりとやしのゝ小笹にさゆる月影

閑庭雪　直條公御出題　豊嶋氏
965 問◎人をまつ心さへたえ〴〵の道をぞ埋む庭のしら雪
庭雪　、〔豊嶋氏〕
966 春◎ならで花□(ぞ)ちりしく庭の面にほふばかりの雪のあけぼの　欠損アリ
落葉のこゝろを　観礼
967 山◎里もふゆの□よそに見んもみぢのにしき庭にかさねて　欠損アリ
□　柳園　欠損アリ
968 色◎は猶時雨□もをきくののこるまがきに　└5オ　欠損アリ
川□□(落葉)カ　真武　欠損アリ
969 谷◎川の岩せ□□□の□□(色も)カ埋もれたゆる木々の落ばに　欠損アリ
関路時雨　沖庵
970 時雨(不明)ふる□の関守打もねじかよふ千鳥の声きかぬ夜も　欠損アリ
朝日氏胤元家会に
水鳥　、〔沖庵〕
971 芦◎鴨の夜床の□□□(つばさ)□(いかならんけさ)だに霜をおゝひつくさん　欠損アリ
愛野氏常能会
山家雪　、〔沖庵〕

972 降つもる今朝はとはぬもうらみしにきのふは雪もうすき山ざと◎

ある所にて、題をさぐりて歌よみ侍しに羇中

雪を

、〔沖庵〕

└5ウ

973 山ならぬ山をかさねてしら雪の猶ふるさとは遠ざかりつゝ◎

並木氏昌純家にて

閑庭雪

、〔沖庵〕

974 山ふかみなにまたるらんとふ人のいつをならひの庭のしら雪◎

天和元年霜月十五日、直朝公六十の御賀の祝
侍りし時、御会兼題三首の中に、予もその席
にめし加られて読て奉る

冬月

、〔沖庵〕

975 見し秋も□□□□し色よ霜まよふ竹の葉分にさゆる月影◎

、〔沖庵〕

976 清見がた□□□（不明）床のうたゝねに夢路関もる小夜千鳥かな

［　　］、〔沖庵〕

977 □□（不明）より［　　　　　　　　］ともなへ鶴の毛衣

［　　］沖庵

└6オ

詞書二行と三行を墨で消す。

欠損アリ

欠損アリ

欠損アリ

欠損アリ

欠損アリ

978 ◎□花を送り□ことしのけふの暮□くら□　欠損アリ

　篠□霞　　観礼　欠損アリ

979 ◎しつ□□□□夜や□□□□音立て心ぞくだく篠の霞は　欠損アリ

　朝良

980 ◎音立て一むら霰過がてに小さゝがうへに玉ぞみだるゝ

　常知

981 ◎霰ふる垣ねの小篠そよさらに千代に玉しく庭のしづけさ

　老松　　長露

982 ◎吹風におれふすばかり松が枝のさえて色そふ千代の緑は

　朝良

983 ◎寒る夜はね覚のまくら山里のならひやかよふ四方の松風　6ウ

　柳園

984 ◎冬きてもしほるゝ□□□□□といひしらせたる峯の松風　欠損アリ

　実房

985 ◎こがらしの落葉が後も深みどり霜に色そふ軒の松が枝

　関路雪朝　　柳園

986 ◎今朝置し立こそとまれやすらはでこゆべき関も雪のとざしに　欠損アリ

常□（知）カ　欠損アリ

987 ◎引駒も□たる足柄や関の朝げの雪深くして　欠損アリ
真武

988 引駒も（不明）日を□□雪に鈴鹿やまいさみ兼たる関の朝風　欠損アリ
都□□木暮
朝良　欠損アリ

989 ◎か□□な都□侘□ひなのさかひも　欠損アリ
長露

7オ

990 ◎みやこより行□てまて□□のかは□□けふぞ年の□　欠損アリ
常知

991 ◎□□□都も鄙もほどをまつ今宵一夜の事しげき身は　欠損アリ
千鳥　実陰卿点
堅明

992 ◎をのが友したふ心をたねとして和歌の浦わに衛なく□（也）カ　堅明集ナシ　欠損アリ
歳暮
、〔堅明〕

993 ◎誰が身にも□（う）きものなれやゆく年のほどなくくる丶けふの名残は　堅明集ナシ　虫損アリ
落葉を見て
、〔堅明〕

994 ◎まなぶべき道をもおもへをしからずつもればふかき庭の木のは丶　堅明集ナシ
冬月
、〔堅明〕

7ウ

995 ◎をく露のひかりをそへて見し秋の空よりもなをすめる月かげ　　堅明集ナシ

歳暮　、〔堅明〕

996 ◎さればとて立もとまらず行年をしゐてしたふぞことはりもなき　　堅明集ナシ

暁時雨　、〔堅明〕

997 ◎夢さます軒端の時雨ふかき世もおもひ残さぬ暁の空　　堅明集ナシ

歳暮雪　、〔堅明〕

998 ◎いつの世にならひはじめて雪ふるもとまらず年のくれて行らん　　堅明集ナシ

除夜に□といへる魚にて御祝ひ有ければ取あへず　柳園　　欠損アリ

999 君が（不明）代のためし□□ぬ□□ふ□□□にし□年の暮ぞ□□　　欠損アリ

野□　、〔柳園〕　　欠損アリ

1000 風ま（不明）さる野路の夕ぐれ心あてに□□□ぞ帰る雪の柴人　　初句に「――」虫損アリ

」8オ

池水鳥　原　□（忠）カ通　　欠損アリ

1001 ◎幾度かいけの□（水鳥そ）れとだにしられぬ跡を□（な）みに□（つけ）けむ　　欠損アリ

歳暮祝　茂継亭会　、〔□（忠）カ通〕　　欠損アリ

1002 ◎おさまれる千代の恵みに逢坂の関の戸やすく年もこゆらん

山家雪　胤元

1003 ◎のがれすむみ山の雪にまつ人や心にのこるうき世なる□□　欠損アリ

庭雪　忠利

1004 ◎ふる雪に庭の木草もおしなべておなじ色なる花咲にけり

元禄十霜月四日会　兼題三首の中に

初時雨　、〔忠利〕

1005 ◎ちりはてぬ紅葉に残る秋の色をそゝぎて過る初しぐれ哉

石丸氏秀安

1006 ◎今は又秋もいなばの□にふる時雨よりこそ冬は来にけり　欠損アリ

南里氏重達

1007 ◎今朝は又いとゞ木のはもふりしきて道なき宿に時雨来にけり

御厨氏政

1008 ◎けさは猶谷の紅葉に時雨□□ながるゝ水も色増りけり　虫損アリ

林氏□□（実一カ）　欠損アリ

1009 ◎さびしさを誰かにかたらむ初時雨草のいほりのあかつきの□　欠損アリ

作者不知

1010 いまぞしる□□□□□初時雨ふるをと高き芦の丸屋に（不明）　欠損アリ

矢沢氏沖庵

└8ウ

1011 □□ふべき木々を残して初時雨□□□の袖やまたぬらすらん　欠損アリ
林氏実一

1012 秋暮てまた冬なれ□山の端に□□□みせて初時雨哉　虫損アリ
常順

1013 老が身の□□□□の初時雨つれなき袖はふるかひやあ□　欠損アリ
忠利

1014 みつしほはいづこもおなじ小夜衛あはれはかなき浦づたひ□□　欠損アリ
秀安

1015 小夜更てかたしく袖の浦かぜに浪立さはぎ千鳥鳴也
重達

1016 いざゝらば夢をもさませ友ちどりむかしかたらん須磨の浦風
政

1017 浦風に夢もむすばん梶まくら浪こゝもとに千鳥鳴也
観正

1018 わするなよ又も契らん浦ちどりあはれ一夜の須磨の曙
作者不知

1019 いざゝらば声をくらべん浦衛鳴音に我も物おもふ身は

1020 須磨の海士や千鳥鳴夜はもしほ火をたきけ□□波も□□□　沖庵　欠損アリ

1021 みつしほにおのが□□□□くされと浦がなしくも千鳥鳴也　実一　欠損アリ

1022 寝覚し□聞も□□□□浦風によせくる浪に千鳥鳴こゑ　常順　欠損アリ

霜月四日会　当座

冬月

1023 雲の間の時雨はれ行山の端にひとりさびしき月の影かな　忠利

1024 竹のはのさやぐ霜夜の冬の月かならず秋となど契りけん　沖庵

1025 立い□□□わく間もなき冬の夜に衣なうすし山の端の月　常順　欠損アリ

1026 時雨行あとに嵐の声すなりはやあらはれよ山の端の月　実一

1027 霜がれの梢さびしき庭の面に月ひとりのみ寒来つる哉　秀安

」10オ

政
1028 ◎雪さそふ嵐の庭の夕より晴行空の月をこそ見れ
重達
1029 ◎心ある人に見せばや見る人はあらし吹夜に寒る月影
歳暮　直條公
1030 ◎□□には我あとつけぬ空の雪のつもるかひなき年の暮哉
└10ウ
同元文四年　別露
1031 ◎六十すぎまた一としも呉竹のよにうきふしの数ぞ身にそふ
世上は歳暮とて賑敷がりて候へ共、山中余り
〳〵淋しさに折節にすさみ申候
七浦隠士
1032 ◎日数をもしらぬ岡部の松の戸にいつとわきてか年の行らん
矢野金吾へ来る歌　同人〔七浦隠士〕
1033 こゝにしも吹伝へてよ春の風さくは若木の花のこと葉を
雑
右返し　金吾よりいたし候末迄也
金吾〔矢野〕
1034 しらざりきうそとおもひしことの葉も露のひかりのかゝるべしとは

蒙山ナシ
欠損アリ

本書1068蔵山の歌と同一。詞書「元文四年」はなし。

1033・1034ともに初句に「――」

「雑」と注記。「しらざりき」に合点で抹消。

茂継亭会　当座

庭霜　　　　　　　　　　茂継

1035 かれはてし千種の秋の面影を□しへて置や庭の朝霜

　　　　　　　　　　　　　　　　　　　　　　　　　　　　　　　　　11オ　欠損アリ

前ニ有　水鳥　同　　　　　　忠道

1036 幾度か池の水鳥それとだにしられぬあとを浪につけゝん

　　　　　　　　　　　　　　　　　　　　　　　　　　　　　　　　　「前ニ有」と注記。初句「幾度か」に合点で抹消。

連日雪　同　　　　　　　　茂継

1037 わけ入し人さへみえずこの比は日をへて雪もふかき山路に

鷹狩　　　　　　　　　　　ヽ〔茂継〕

1038 故里は花ならぬはなは袖にちりて片のゝくれにたどる落□□（はカ）

　　　　　　　　　　　　　　　　　　　　　　　　　　　　　　　　　欠損アリ

炭竈　　　　　　　　　　　ヽ〔茂継〕

1039 すみがまにもえしなげきはそれならで我たぐひなる小のゝ里人

歳暮祝　茂継亭会　　　　　茂継

1040 年の緒のくるてふまゝに諸人もしづかなる世の春いそぐらん

　　　　　　　　　　　　　　忠道

1041 おさまれる御代のめぐみに逢坂の関の戸やすく春も越らん

　　　　　　　　　　　　　　　　　　　　　　　　　　　　　　　　　11ウ　初句に合点で抹消。

時雨　　　　　　　　　　　朝良

1042 春にさへ袖ぞぬれける小夜時雨秋の哀の筆もたぐひに

1043 風きほひ降かとみれば高ねより晴て時雨の空定なき　常知

寒草

1044 霜がれに残るお花の末野より手まねく萩のかたみなるらし　朝良

1045 あかで見し秋の千種のかたみともおも影ばかり残る冬種（くさ）　萬女

1046 冬来てもかはらぬ色は松ならでつれなかりける庭の玉ざゝ　観礼

1047 風の音虫の声さへ霜雪にかれ〴〵残る野べの冬草　真武

1048 □□（来む春のめぐみ）の春待えなば萌出む庭にさびしき霜の下草　柳園

└12オ

本書、「ゑな」に「え」と傍記。欠損アリ

冬月

1049 松がえをもり来る影も見し秋のいろにしも似ず寒る夜の月　猶龍

1050 寒（さえ）まさる嵐もうしや冬の夜の月のひかりにあかぬものか□（は）　萬女

欠損アリ

水鳥

1051 さびしさもなれはしらじや鴛鴨のつばさあらそふ池の氷りは　　初句に「――」
常知
1052 風渡る波の浮寝の寒けさにたえずやさはぐ水鳥の声
実房
1053 池水はもみぢの流るから錦きなれてうかぶおしの毛衣
柳園
1054 □(く)ちはてば馴来し池やをし鴨のねるも氷のひまもとめして　」12ウ　虫損アリ
雪満山　常知
1055 残りぬる木陰も波の花ばかり外に色なき磯山の雪
五宮奉納百首和歌の中に
井辺氷　柳園
1056 末いかに結ぶ夜寒の程ならん氷初ぬるをしの井の水
駅路雪　了性
1057 月ならでながむる空は一色の雪にあかしのむまや〳〵は
遠炭竈　実房
1058 一すぢのけぶりぞしるべ遠里の雪間にたてる峯の炭がま　」13オ
寄筵恋　猶龍

1059 いたづらに幾年月を重ね□（てかしきしのぶべき）夜半のさむしろ
寄掉恋　忠亮

1060 うきふしの人の心のあら磯に舟さす掉のさすかたもなく
初冬嵐　秀実

1061 ◎明る迄もみぢにつらく吹もけさ冬を時雨や嵐立らん
渡時雨　常知

1062 ◎みの笠も取あへぬまに夕時雨矢橋をわたる風ぞきほへる
橋落葉　了性

1063 ◎かつきゆるかたへはにしきふむもおし紅葉ちりしく橋の朝霜
寒草　実房

1064 ◎色〱に秋見し花はいつしかに霜枯のこる野べの冬草

13ウ

寒夜月　猶龍

1065 ◎影やどす庭の草葉は冬かれてしもにこほれる月ぞさむけき
笹上霰　忠亮

1066 ◎笹の葉のさやぐ霜夜の玉霰くだけてちるも音ぞわかれぬ
狩場霙　秀実

1067 ◎みぞれふる空もはげしき夕風に袖もきをひて帰る狩人

歌題、歌全てを墨で「——」を付し抹消。墨の塗布により不明瞭。

歌の全てに「——」を付し、抹消。（見せ消ち）

前ニ有

歳暮　蔵山

1068 六十すぎまた一年も呉竹のよにうきふしの数ぞ身にそふ

神無月のすゑに雪ふりければよめる　忠康

1069 ◎雲はなを時雨ながらに冬来ても日数つもらぬ庭の淡雪

〔忠康〕

1070 きのふこそふりはそめしをいつしかに時雨にかはる峰の白雪

14オ

神祇ニ入

庚申十一月廿五日、天満宮をまつりて神前に捧奉りける　忠康

1071 松が枝を青和幣（あをにぎて）とや梅が香もきよらに祭る天満（あまみつ）の神

元禄十一臘月十七日、直定公浅浦となんいふ所を立向し給ひしに、民どもはじめて貢を奉りける日、雪いたう降ければ祝ひの歌よみて直朝公へ奉る二首

此歌雑ニ出前出　自詠草も内ニ有

歳暮　七十一　沖庵

1072 うれしさもうきもすぐして七十にあまりはやくも暮る年かな

「前ニ有」と注記。初句に合点で抹消。本書1031に重出。詞書「同元文四年」作者名「別露」

「神祇ニ入」と注記。初句に合点で抹消。

天満宮奉納三十首和歌の中に

夜神楽　　　　　　　　　　　　、〔沖庵〕

1073 ◎神垣や夜の間の雪も白幣すが〳〵しくもうたふ朝倉　」14ウ

連日雪　　　　　　　　　　　、〔沖庵〕

1074 ◎我もうとく人もつれなくとはぬ日のかぞふばかりにつもる白雪

旅時雨　　　　　　　　　　　、〔沖庵〕

1075 ◎鏡山くもらぬ日影ほの見えてしぐれわたれるせたの長橋

冬夜月　　　　　　　　　　　寛斎

1076 ◎あらしたつ音もはげしき冬の夜に月さし入る賤がさむしろ

四時題詠　船中百首和歌の中に

雪似花　　　　　　　　　　　直郷

1077 見る（不明）からにいづれまことのうつし絵にかきてん花と木々のしら雪　　西園ナシ

初冬時雨　　　　　　　　　　、〔直郷〕

1078 ◎冬来ぬとつげのをぐしのさすが世のまことに今朝は時雨そめ□□　」15オ　　西園554　詞書「朝時雨」歌の五句「初時雨して」虫損アリ

歳暮　　　　　　　　　　　　、〔直郷〕

1079 ◎行としの名残わすれじ本柏本のこゝろやいまいそげども　　西園ナシ

延享元年霜月廿九日夜探題当座

浦千鳥　寛斎

1080 ◎行舟の須磨の浦半に暮そめて月よりさきに千鳥鳴く也

おなじく

炉辺閑談　常房 西岡

1081 ◎よりそひて心もすみし夜語りにふる霜さへもとはぬ埋火

おなじく

池水　作祥 川村千衛門

1082 ◎霙ふるさむき嵐に吹とぢて池の氷もいつかとくらし

おなじく

寒山月　義敬 宇都宮

1083 ◎三笠山ふりくる雪をかけ分てさしいづる月の影もさむけき

└15ウ

おなじく

深夜雪　長盈

1084 ◎明ぬ夜となにしらゆきの空の内に浮世の鳥の空音なりせ(ば)□

欠損アリ

延享元年十二月朔日夜探題当座

時雨雲　喜澄 木庭矢柄

1085 ◎しぐれ来てよもの山〳〵くもるとも雲の往来はなをも有明

おなじく

遠村雪　　　　　義敬　宇都宮

1086　◎見る内にすゝ野ゝ（の）道も雪の暮遠かた人のやゝいそぐらん

おなじく

浦千鳥　　　　　喜之　木庭又衛門

1087　連て行声も汐まのうら千鳥とをざかるほど物ぞかなしき

延享元年十二月会探題当座

積雪　　　　　常房　西岡

1088　◎ふりつもる軒端の松は音もせでよその山なる雪折れのこゑ

おなじく

鷹狩　　　　　、〔常房〕

1089　◎あらし吹野末の鷹もこだちなる遠近鳥も夕ぐれの空

おなじく

雪似花　　　　　寛斎

1090　◎としふりし深山ざくらも冬がれて雪の夕は花にかぞみる

おなじく

池水鳥　　　　　喜澄　木庭矢柄

」16オ

「道」に「やゝ」と朱で記す。

1091 水◎したふ此池面をしるべにてかすか雲路をいつの間にかは
おなじく
歳暮祝　　作祥 川村
1092 年の内にかざれる門の松竹にいとなみ立る海□□□□　欠損アリ
おなじく
歳内立春　　義敬 宇都宮
1093 年の内に春は来にけり秋津洲のそとも長閑き天の下かは
└16ウ
神無月のころ青山の紅葉散残けるに人のとぶらひ来ければ　　直條朝臣
1094 紅◎葉ゝ(さへ)もちりのこりけり心ある人めはかれぬ(冬もかれぬ歟)冬の山路に　蒙山ナシ
〔直條〕
1095 とはるべきけふのため□(と)や神無月山のもみぢの散のこりけん　蒙山ナシ　虫損アリ
初冬　　、〔直條〕
1096 外◎山には雲もしぐれて秋しのゝ里の名しらぬ冬は来にけり　蒙山676「外山より」
、、〔初冬〕時雨　　、〔直條〕
1097 秋◎の露のこるともなき袖をけさぬらしかへたる初しぐれかな　蒙山679
枕上時雨　　、〔直條〕

1098 夢◎さむる夜半の時雨のふるごとをつげの枕にお□□□□(どろかす)らん　蒙山685 虫損アリ「おどろかすらん」

寒草　、〔直條〕

1099 うら◎がる、野べにも霜の花すゝき秋のかたみの一もとにして　蒙山695

、、〔寒草〕霜　、〔直條〕

1100 朝◎な〱霜置まよふ庭草に人めはかれてしとゞ鳴なり　」17オ　蒙山697

寒蘆　、〔直條〕

1101 み◎し色も波の入江の朝霜に風さへかゝるあしの一むら　蒙山699

枯野曙　、〔直條〕

1102 枯◎はてゝ色なき野べの色もみむ霜におさまる月の明ぼの　蒙山707

網代　、〔直條〕

1103 あ◎じろ人宇治の河風さゆる夜もならふわざとや守あかすらん　蒙山717

冬月　、〔直條〕

1104 さ◎ゆる夜のあらしもさすが心あれな月にしぐれの雲をはらひて　蒙山721

越前人常松友梅所望松雪軒といふことを　、〔直條〕

1105 山◎風はいつしかたえて降つもる雪にしづけき軒の松がゑ　蒙山755

連日雪　、〔直條〕

1106 つもりしはあさき雪かなふり初てはれぬ日数を庭におもへば　└17ウ　蒙山767

夕鷹狩　、〔直條〕

1107 かげのこる入日の岡のみかり人いま一よりと道いそぐらし　蒙山770

炭竈　、〔直條〕

1108 たちのぼるけぶりの色も松杉の木がくれうすき峯の炭がま　蒙山771

炉火　、〔直條〕

1109 かきおこすすみはあやしきけだものゝすがたにむかふ寝やのうづみ火　蒙山781「閨の」

炉辺閑談　、〔直條〕

1110 とひよるもむかしの友や埋火のもとの心をかたりあはせて　蒙山782

夜神楽　、〔直條〕

1111 月影も霜しろき夜に青柳をおりたがへてもうたふ声かな　蒙山784

歳暮　、〔直條〕

1112 けふぞしる糸によるてふたぐひとも行としの緒の心ぼそさを　└18オ　蒙山798

天満宮奉納松百首冬の歌の中に　忠康

1113 風寒み池は氷の鏡さへくもるか松の影もうつらず

寒山月　、〔忠康〕

1114 冬は猶こと〻ふ人も嵐山あらしさびしくすめる月影

時雨　観礼

1115 吹をろす嵐にまよふ村里のしぐれてめぐる遠の山もと

忠康

1116 染かねし松の緑は初時雨ぬれてや深き色をそふらん

雪　秋永通順

1117 ふるからに氷も雪にうづもれて跡だに見えぬ冬の山里

村嶋喜龍

└18ウ

1118 雪ふりてつもるみ山の梅が枝は花かとまどひ物をこそ思へ

田中信之　能遠

1119 山里は春ならねども雪ふれば花と見まがふ宿の梅が枝

元文二年壬十一月十一日夜於御前探題当座

関歳暮　常知

1120 をしむともとまらぬものは一とせのくれこまや(ママ)足がらの関

「落字アリ」と付箋アリ。四句に脱字あるカ。

同

早梅　了性

1121 天地の恵みふかしな雪の内にはや咲初る庭の梅が枝

同

竹霜　萩原敏亮

1122 ◎さえまさる夜半のなよ竹此ころはそのふし〳〵に霜ぞ置そふ

同

野雪　忠基

1123 ◎降つもる野路の夕ざれ心あてにわけてかへるや雪の柴人

19オ

同年同月十二日夜於御前当座

人蹟板橋霜　長盈

1124 ◎山人のあと、や□（道）カを夕霜のむら〳〵をける谷のかけはし

庭寒草　忠康

1125 ◎いつまでも枯も残らん蓬生も壁に生てふ草ならなくに

払樋氷　、〔忠康〕

1126 ◎あかで聞その音づれもたへねとやかけひの水もはやこほるらん

海辺千鳥　織田寛斎

1127 ◎みつ汐につれて海辺のむら千鳥友よびかはすをのが声〳〵

19ウ

寒中鷹狩　酒見氏峯

1128 ◎あづさ弓矢たけ心や鷹人のふりつむ雪もさらにいとはで

作者名「元盈」の「元」に「長カ」とあり長盈に改める。

「水の」の「の」に「も」と傍記して訂正。

氷閉滝水　　原忠基

1129 水上◎のこほれる程もしら糸のたえ間□かなる布引の滝　虫損アリ

霜ふり月末の五日に、天満神を祭りける折節、
庭の梅一枝ひらきければ　秀実

1130 神◎めでし梅さへ心は有(が)□ほに手向よとてや花もさくらし　虫損アリ

〔秀実〕

1131 けふまつる神のまに〳〵取あへずぬさにとひらく雪の梅が枝

題しらず　常令

1132 しぐれ◎する比はもなかの□（梢とも空）にぞしるき四方の山の端　欠損アリ

└20オ

歳暮　忠基

1133 残る◎□□嬉かりけり人を□□まつ間三とせのとしのくるゝは　欠損アリ

年内立春　、〔忠基〕

1134 降雪◎はあやめもわかでとしの内のそらにさはらぬ春は来にけり

〔忠基〕

1135 冬ながら春やこがらし音かへて霞になびく空の初風

後楽軒におはしましける比、四方の山〳〵落
葉すなれば、たゞ鹿の声のみさむげにぞきこ

ゆるに、またこぼれる雪のおほひがちにて雪
げ催し侍るよしなど、遊ばし下されしに
長盈
1136 ◎木々はすでに紅葉の錦ぬぎすてつ山〳〵のゆきのしらかさねせよ
歳内立春　堅明
1137 ◎たち渡霞に見せて春や来る日数は冬のまゝの継はし
└20ウ
堅明集6
忠通
1138 ◎さほ姫の霞の衣うすけれどとしの内なる春の一しほ
此園
1139 へだてなく年の内より春たちて鶯来鳴梅の花垣
北南に枝わかれたる庭前の松に雪つもりなび
きて見えけるをとりあへず　忠基
1140 ◎梢よりみぎにひだりになびく枝の松にあらはす雪のふじのね
しはす下のひと日たそがれの比、夕月の色お
欠損アリ
ぼろげにおぼえけるに、折しもとひ来し□□
不審□□れば、けふの酉の刻は年のうちの□
□□□□にいひけるにおどろきて、西窓を□

□□□□□□うすかすみ打たるにて見えけり　21オ

□□取あへず　忠基

1141 夕□□□（月のに）ほへる空におど□□としの内てふ春ぞ□□る、　欠損アリ

歳暮　、〔忠基〕

1142 山口に冬のおくある色見せてますらおとよみはらふ松竹

住吉法楽十首和歌の中に

野寒草　長盈

1143 こぼすべき露の千種も枯はてゝ野べにさはらぬ風のさむけさ　21ウ

（白紙二丁）

賀歌

松岡社に詣し帰路染川氏亭にて
祝言　　直條朝臣

1144 いく◎千年神の守りて岡の名の松につきせじ言の葉の道　　蒙山ナシ

祝　家父六十賀に　　、〔直條〕

1145 行◎末の千とせもさぞな老の坂みたびこえぬる道をしるべに　　蒙山1309

官医玄□（徳）法印号亀洞七十賀に同じ心を　　、〔直條〕　　欠損アリ

1146 洞◎の名の亀のよはひ□（の万代を）たもつ薬も家に伝えん　　└1オ　　欠損アリ　蒙山1310「よはひの万代を」

寄松祝　　、〔直條〕

1147 君◎が代のときはやためし□（根をふかく）うへてさかふる松の千とせは　　欠損アリ　蒙山1315「根をふかくうへて」

養祖父□□（正茂）八十賀におなじ心を　　、〔直條〕　　欠損アリ

1148 い◎はふぞよ八十の春に十かへりの花も待みん松のさかへを　　蒙山1316「養祖父正茂」

弘資卿七十賀におなじ心を

、〔直條〕

1149 ◎かきつ□(む)る筆のはやしにつきもせじまれなるとしの松の言の葉

蒙山1317「かきつむる」
虫損アリ

寄国祝　　、〔直條〕

1150 ◎田がへすも畔をゆづりて古き世の道知る国の民ぞかしこき

蒙山1320

、〔寄〕代、〔祝〕　　、〔直條〕

1151 ◎いと竹にうつしてきくも民やすく治まれる代の風の声かも

蒙山1321

、〔寄〕神、〔祝〕　　、〔直條〕

1152 ◎天の戸をいつの千分の神代よりてらすひかりぞ今もへだてぬ

」1ウ

蒙山1328「千別の」

社頭祝　　、〔直條〕

1153 ◎君が代は千々のやしろにたつ神の八百万てふ数もかぎらじ

蒙山1333

、〔直條〕

1154 みやしろにきねがつづみもふえ竹のおさまれる世の声やたのしむ

蒙山1339

岡田磐斎八十の賀に勧進

対松争齢　　直郷朝臣

1155 ◎いのちながき神よりうけしよはひには松の千とせも宿にならはん

西園1116　詞書「元文五年礒波翁岡田
磐斎八十の賀に」

直恒朝臣四十の賀に慶賀の歌をよみてつかは
しける　　、〔直郷〕

1156 ◎わかゞへるよそぢは老の初もえの松の千とせを宿にしむらん

天満宮奉納草庵集題百首和歌の中に

寄日祝　秀実

1157 ◎たえせじな我日の本は久堅の天照ひかり八百万代も

寄市祝　堅明

1158 ◎行かへるいちばの声ぞにぎはへる君が恵はしるもしらぬも

外に長歌一首　山家幽情

寄竹祝　豊嶋氏重達

1159 ◎生いでし色もかはらずすなほなるよゝをしらする園の呉竹

本ニ入　矢沢氏別春七十の大誕を祝して

、〔重達〕

1160 いにしへも稀なる年の老の坂やすく越にし末のはるけき

朝英公三十の御祝沢（ママ）を賀し奉りて

、〔重達〕

1161 ◎ふかき海山となるをも君ぞ見ん三十のけふをちりひぢにして

板部堅忠老居士四十の大誕を賀して

、〔重達〕

〔2オ〕

西園1117　詞書「十二月五日直恒朝臣四十の賀に」歌「わかがへる」。本書「わかゞやる」を「わかゞへる」と改め初句索引とする。

堅明集477　左注アリ。長歌は不記。

「本ニ入」と注記。初句に傍線を付し抹消。

1162 ◎幾千代といかでかぎらん老の坂まどはでこえし君がよはひは 」2ウ

雑二入　古稀の誕日に読侍りける　、〔重達〕

1163 行雲に宿もとめてん老の坂四たびこえにし道もはつかし

副嶋氏良幽居士八十の大誕を祝して

、〔重達〕

1164 ◎神やしる八十のけふを八千とせのはじめといのるすゑのひさしさ

長昌院老禅尼七十の算誕を祝して読て捧げる

、〔重達〕

1165 ◎あふぐ也千代のよはひを松が枝のさかふる君が末もしられて

元禄四年正月廿一日、直朝公七旬の御賀の祝

侍りけるに読て奉る　沖庵

1166 ◎老の坂やすく越しをならひにて八千世の後も道はたどらし

同じ年の三月四日、格峯公四十の御祝誕に奉

る　、〔沖庵〕

1167 ◎人をわたす君がよはひの末とをく千世も心のまゝのつぎ橋 」3オ

犬塚氏淳渓居士七十の賀に　沖庵

1168 ◎七そぢの後のよはひも萬代に君すむ山の声よばふらし

「雑二入」と注記。詞書、歌の初句に合点で抹消。

寄道祝　　　　　　　　　　　　　　　　堅明

1169 ◎ちりうせぬ松の千とせにくらべ見んこの言の葉の道のさかへも　　堅明集ナシ

人の年の賀をいはひて　　　　　　、〔堅明〕

1170 ◎老の波幾たびこえん千世ふべき君がよはひの末の松山　　堅明集ナシ

寄梅祝　　　　　　　　　　　　　　　、〔堅明〕

1171 ◎色も香もまさきのかづらくりかへしいく世かさねん宿の梅が枝　　堅明集ナシ

つねに神を尊みける人のもとにいはふことあ

りしをきゝて申しつかはしける　　　　、〔堅明〕

1172 ◎くれ竹のよゝにつきせじすなほなる心にやどる神のめぐみは　　堅明集ナシ

秋祝　　　　　　　　　　　　　　　　、〔堅明〕

1173 ◎秋の田の□□（色だ）にも見よ民もみな□てなる代になびくすがたは　　堅明集ナシ 欠損アリ

└3ウ

寄道祝　　　　　　　　　　　　　　　忠道

1174 ◎いつまでもくもりはあらじ玉ぼこの道あきらけき御代のひかりは

寄竹祝　　　　　　　　　　　　　　　栄〔良栄〕

1175 ◎一ふしを思出にしてくれ竹のながきよはひをなをいのるかな

令〔常令〕

1176 ことの葉もなをつきせじと代をこめていとゞさかゆく宿のくれ竹

庵〔沖庵〕

1177 栽置(うゑ)て君ぞ見るらん呉竹の一ふしごとに千代をこめつゝ

一〔実一〕

1178 伝こしかしこき御代にすむ鳥もいまあらはれん園の呉竹 」4オ

知〔常知〕

1179 たのしみのかぎりやはある呉竹の世のすなをなる道を守りて

達〔重達〕

1180 吹風も枝をならさず糸竹のしらべ妙なる御代にあふかな

元禄十四年己正月廿一日直朝公八十の御賀和

歌

直朝朝臣

1181 のどけさは妙なるほどのながめ哉今朝ぞ八十にみつの浜松

直條朝臣

1182 つきせじな手にとる杖は八千とせに八千代をこめていはふことぶき

かへし

直朝朝臣

1183 つきもせぬ八千代を君にゆづりきて心の山ぞなをしづかなる

順恒

蒙山1318「尽せじな」「八千年に」。
歌の前に「詞書」とある。

1184 行年の八十□（嶋）かけてたつ浪にこゑ□□そふる千よ□□　」4ウ　欠損アリ

御返し　　直朝

1185 ◎けふよりぞ猶もかぞへん八十嶋の岩ねの松の千代の□□　欠損アリ

桃の御盃の台を奉りて　　月鑑

御除
1186 ◎三千とせを君に契りてことしよりはな咲もゝの庭の久しさ　〔月鑑〕　「御除」と注記。1187の歌小さく線を引き除く。

1187 かぎりなき物□かぎりなき君がよはひのためしにもせめ　虫損アリ

松の御盃の台を奉りて　　忠利　原氏

1188 ◎八十年にもみつの浜松葉をしげみゆたかに千代の色ぞ見へける

並木氏昌純

1189 ◎千代経べきやどをしらせて動なき岩ねの松も色やそふらん

朝日氏胤元

1190 ◎行末も君が幾世の山々やこへもなづまぬ八千とせの坂

木下氏常令

1191 ◎八千代へん君がよはひにくらべみる松は物かはよろづ世の春　「を」を「に」と改め傍記。

矢沢氏沖庵

1192 うつし置て見てぞ老せぬ我君のよはひは八十年にみつの嶋山　」5オ

1193 君がいまきつゝともなへ八十年に千よの声そふ靏の毛衣

南里氏高達

1194 いはふよりいとゞ千年の色見へて君がよはひぞ松にひとしき

林氏実一

紹龍公御賀カ

六十の御賀祝し侍りて　原氏母　忠利妻

1195 老の坂みたびこえしをならひにて千代をかぎらん末のはるけさ

普明和尚七十の賀によみて奉りける

真乗坊

1196 七十年のけふより末を松がへのちぎるよはひも十かへりの春

御厨氏の政四十の賀の祝によみて送り侍る

沖庵

1197 四十より千代のよはひを末遠くかさねても見よ鶴の毛衣

返し　政

1198 よそぢより千代のよはひをとふ人とともにかさねん靏の毛衣

元禄十三年二月十三日沖庵七十の賀の日、直朝公より弥肴弥酒□□給り、直條公よりさま〳〵の御送り物取そへて、賀章の詩給り格峯

「紹龍公御賀カ可考」と注記。

5ウ

欠損アリ

公より玉偈を給りける時よみてつかはしける

原氏忠利

1199 ◎稀にきくよはひのみよはこの宿のさかへもさぞなめぐみある世に

おなじく松の枝につけて遣しける

忠利妻

1200 ◎七十の春をむかへて老もせぬ君やときはの松にちぎらん

」6オ

「を」に「ヒ」として「や」と訂正。

須磨女

1201 ◎千とせ山松のよはひを七十のけふよりちぎる君が行末

おもはずも、此年までながらへおとろふる姿はづかしといと侘しく思ひけるに、やんごとなき御方一かたならずわが七旬の誕日をとはせ給ふ事ありがたく覚えて　沖庵

1202 ◎かくばかり霜かれはてし翁草も君がめぐみの春にあふかな

同七十の誕を祝して杖を送りてよめる

南里氏高達

1203 ◎いにしへもまれなる年の老の坂やすくこえにし末のはるけさ

同じ時よめる

宇田川氏正孝

1204 七十◎の春をむかへてけふこそは千とせの坂をこえはじめけれ
元禄十五年七月廿七日、犬塚氏淳渓八十の賀
の祝に読て送ける　沖庵
」6ウ

1205 八十◎とせの後のよはひは百日行浜の真砂ぞ数にとるべき
元禄十七年二月九日、同姓十郎兵衛五十の賀
に読てつかはしける　〔沖庵〕、

1206 やすらけくこゆらん八そぢの老の坂さかゆく宿に千代を待らし
宝永三正月十五日、本師桂巌和尚八十の祝誕
に奉る　〔沖庵〕、

1207 八千◎とせも君が御法の花衣うき世の民におほひつくさん
原氏慈圭七十の賀によみて送りける
〔沖庵〕、

1208 七十◎にみつ塩はやき和歌の浦の田鶴もや千世の友と成らん
紹龍公御年八十八にならせ給ふ、む月廿一日
によみて奉る　沖庵
」7オ

1209 君越◎る八十八年は千代かけて山口しるきためしなるらめ
祝　犬塚豊敬

1210 玉◎椿八千代をこめていはふなりつきせじ宿の春の詠は

雑の題 春詞□□ 松尾局

1211 老が身も君のめぐみにわかやぎて今朝七十の春をたのしむ

名所霱 於市

1212 幾千とせこゝすみ□(よ)しと浦田鶴のなれてのどけき春のみるめに

井手水石

1213 妙なりし法の蓮の花衣身にきるからにやすき心は

寛保二年井田氏正勝が五十の賀に

直郷朝臣

1214 五◎十をば老の若葉と夏木立さかふるやどの千とせおぼえて

官医数原通玄法眼五十の賀に盧橘年久といふ

題歌勧進しけるに 、〔直郷〕

1215 げ◎にも此常世てふ名に立花のかほる千とせをやどにうつして

おなじく 長盈

（歌は不記）

寄松祝言 秀実

1216 万◎代に猶万代とよばふらし亀の尾山の松の下風

虫損アリ

1211から1213までの歌、抹消のつもりで○で囲む。

虫損アリ

└7ウ

西園1119

本書「若葉の」の「の」に「と」を傍記。

西園1120 歌「花のかをる」

天満宮奉納松百首祝の歌の中に

忠康

1217 ◎松が枝に靏のねぐらやしめにけんをなじ千とせの友と契りて　〔忠康〕　」8オ

1218 こと木より松の千年ぞたぐひなき四の時にも色はかはらで

井手氏該□(因)カ七十の賀によみてつかはしける

、〔忠康〕

1219 ◎さかふらん葉さへ枝さへ花さへも世に白菊の幾千年まで

久布白平善老翁の八旬を祝て

、〔忠康〕

1220 ◎いく千世をかけて年ふる鈴鹿川八十瀬の波の音も長閑に

よみ人しらず

此所の詞、書入べし

1221 ◎行末のながれつきせぬ水の面にあさ日かゞやくけふにあふかな　〔よみ人しらず〕

「題しらず」を傍線で抹消。「此所の詞、書入べし」と注記。

1222 水かみのす□□すめるいづみ河なを行末ぞかぎりしられず　〔よみ人しらず〕　」8ウ

欠損アリ

1223 みなかみのすめる流の水なればいく千代かけてすゐぞはるけき

扇子草子　〔伝祐徳院大師〕

1224 朝日さす水の上こそ末ひろにながる丶かげにくはし見ゆなり

〔伝祐徳院大師〕

1225 水の面にてりかゞやける朝日にぞうつろふかげに千代もながらふ

〔伝祐徳院大師〕

1226 朝日さすうみべの末のながれまでつきせず千代もかぎりなき哉

日ごろ雑歌狂歌の類にいたるまで、つゐに詠じることもなきは人〴〵しりふれたる事なれども、このたびは身にもあまれるほどのよろこびを、せめて三十一字にいひのべたきとのしるしばかりに

詞書前ニ出ベシ

是は祐徳院大師の御詠となんいひつたふる

題しらず　清真院

1227 ◎朝霞春たつ杣の姫小松幾千代までも色はかはらじ

寄月祝　於千穂

1228 ◎千々の秋月のかつらのもみぢ葉はなをちりうせぬ色やそふらん

原田命政六十賀に　直條公

9オ

詞書は1226の歌のあとに記す。「詞書前ニ出ベシ」と注記。

「つきせぬ」の「ぬ」に「ず」と改め傍記。
左注（詞書）アリ

左注アリ

1229 ◎すゑとをくこえてたどらし老の坂里に杖つく年をはじめに　蒙山1308

甲州住吉川新介六十賀に亀万年友といふ事を

直郷公

1230 ◎むべなるややどのよろづ代あかなくにともなふ池の亀の心は　西園ナシ

おなじ人の賀□□に　長盈　虫損アリ

1231 ◎ところえてよはひをともにすむ亀も砌の池のあかぬよろづ代　詞書・歌ともに小さく補入。

於久賀左近に縁組のときよみ侍りける

仝〔長盈〕　」9ウ

（歌は不記）

天満宮奉納草庵集題百首和歌の中に

寄橋恋　秀実

1232 ◎とだえしてこぬ秋の数はつもりけりたへし契りのまゝの継はし　〔1232より「恋の部」の歌が続く〕

同じく

寄鏡恋　〻〔秀実〕

1233 ◎よそにのみへだてし中は山鳥のおろの鏡のおもかげもうし

同じ題

何処更相逢　〻〔秀実〕

1234 まれに今枕ばかりはかはしまの水のゆくゑのあふせさだめぬ

見恋　堅明

1235 とてもその逢瀬は浪に蜑のかるみるめばかりを契りとやせん

契恋　〔堅明〕

堅明集310

1236 末遠くかけてぞ契るかはらじの人の言の葉の露をよすがに

祈逢恋　豊嶋氏 重達

堅明集313

1237 いまぞしるあふせを祈る貴船川ながれての世もしるしありしは

不逢恋　〔重達〕

1238 ひとりねの夢に見えにし面影をおもひあはするうつゝともがな

後朝恋　〔重達〕

1239 いかにせんおも影のみをかたみにてわかれしまゝの袖の涙を

祈恋　沖庵

1240 恋せじのみそぎはうけよきふね川逢瀬をいのる人もこそあれ

逢不遇恋　〔沖庵〕

1241 一たびは夢かとたどるあふことをこれぞうつゝといつかさだめん

絶久恋　〔沖庵〕

1242 わするなといひし契のあともなくほどは雲井に行月日かな

別恋　、〔沖庵〕

1243 ◎わかれ路のうきをもしらでひとりねにまたれしものと鳥や鳴らん

忍久恋　、〔沖庵〕

1244 ◎人しれずおもひ入ゆく年もへぬわれや忍ぶの山の山もり

互忍恋　、〔沖庵〕

1245 ◎くらべ見ん忍ぶの山の露時雨いづれが袖のぬれはまさると

忍恋　、〔沖庵〕

1246 ◎しゐて又ふかくはいらじ忍ぶ山かくるゝほどのあらはれやある

」11オ

有所の会　契変恋　、〔沖庵〕

1247 ◎汲てしる野中の清水あはれまた本の心にいつかへるべき

祈逢恋　、〔沖庵〕

1248 ◎いのり来てあひ初しよりはつせ川はやくぞたのむ後の心を

九月十三夜原氏忠利家会

経年恋　、〔沖庵〕

1249 ◎くらべなばたれかつれなき年をへて思ひたえぬも心つよさも

胤元家会

互忍不逢恋　、〔沖庵〕

1250 ◎あはずともともに忍べば紀の海や心なぐさの恋わすれ貝

不逢恋　　、〔沖庵〕

1251 ◎うき中にたのむもはかな涙川一たびよどむ折もありやと

寄海恋　実陰卿点　　堅明

1252 ◎かくばかり涙は海となる床にいとゞみるめのたえなんもうし

寄車恋　同　　、〔堅明〕

1253 ◎めぐりあふこよひだにうし小車のわかれをいそぐ人のつらさは

恋歌の中に　同　　、〔堅明〕

1254 ◎人や猶あはれとも見ぬせきかぬるなみだは袖の色にいでゝも

寄煙恋　同　　、〔堅明〕

1255 ◎いつまでか人はあはでのうらにやくもしほのけぶり空にまよはむ

寄川恋　同　　、〔堅明〕

1256 ◎思ひ川浪のうたかたなどてかくきえずもつらき人をこふらん

寄紐恋　同　　、〔堅明〕

1257 ◎よしやまたむすぼゝるとも一たびはうちもとけなん中の下紐

寄橋恋　同　　、〔堅明〕

1258 ◎こひ渡る心もはかないとはるゝ身はうちはしの思ひたえなで

11ウ

12オ

堅明集ナシ

「実陰卿点」と注記。この歌から以下1259までの八首。

堅明集ナシ

堅明集ナシ

堅明集ナシ

堅明集ナシ

堅明集ナシ

堅明集ナシ

堅明集ナシ

初恋　同　、〔堅明〕

1259 ◎おもひたつ恋の山ふみ越ぬべきかぎりはいつぞ逢坂の関

春恋　朝日氏 鉄叟

1260 ◎うつろはむ色だに見えよとけやらぬ人のこゝろの花の下ひも

寄橋恋　読人不知

1261 ◎立渡る心ぞつらき逢見しは昔語の夢のうきはし

寄風恋　よみ人しらず

1262 ◎跡たえてとはれぬ庭の浅茅はらかぜこそはらへ露も涙も

」12ウ

寄雨恋　沖庵

1263 ◎空にみつ雨をし人もそれとみよしのびにしぼる袖よりぞふる

林氏　実一

1264 ◎雨により猶独寝の手枕によそにはきかぬ鳥の声哉

原氏　忠利

1265 ◎恋〳〵て待ぬ夜ぞなき芦の屋にむねうちさはぐ秋の村雨

御厨氏　政

1266 ◎さなきだにしづが袂にふりそふるつれなき夜半の独寝の雨

南里氏　重達

堅明集ナシ

1267 日をふれば雨にもいとゞ泪川しづえはつべきうき身也けり
木下氏　常令

1268 つらき夜の雨もしばしは心あれなはれぬ思ひはやるかたぞなき

└13オ

元禄十九月十三夜和歌兼題五首の中に
寄霧恋
御詠〔直朝〕

1269 いかにせん心のをくの忍ぶ山霧立こめし人やとがめん
鑑〔月鑑〕

1270 心ひく類にまけて秋霧のへだつる中を猶したふかな
昭〔忠昭〕

1271 哀とも人やはいはん秋きりのへだつる中におもひきえても
純〔昌純〕

堅明集ナシ

1272 いかなれば人の心の薄霧に我袖はれぬ思ひなるらん
元〔胤元〕

1273 うき中の人の心の秋霧やつらさもやみにへだてはつらん
一〔実一〕

└13ウ

1274 泪にもくもらで見ばや逢坂のせきのこなたの霧の晴時を
達〔重達〕

1275 ◎おもひやる夕の空を立かくす霧だにはれぬうき契かな

庵〔沖庵〕

1276 ◎人心秋こぬほどに分入らん忍ぶの山は霧なへだてそ

忍恋　忠利

1277 ◎せきかねて涙は□（袖）にもらすとも忍ぶこゝろによはりだにする

逢不会恋　直條公

1278 ◎つれなさにかへるうつゝもしらでなどはかなき夢に身をたのみけん

後二出　寄衣恋　、〔直條公〕

1279 かひなしや人の心のあさごろもおのが恨はいひかさね□□（ても）

後二入　寄鵜恋　鉄叟

1280 つれなさの人はあら鵜のいつか又うけひく手縄（たづな）手にまかすべき

後二入　題しらず　嬉野氏妻

1281 ひとりねの床の□さにくらべてはたがきぬ〲の袖もおよばじ

聞恋　十三　正二　直條

1282 ◎大井川音に聞よりせきかねて戸なせの滝ぞ袖に落くる

青山亭会兼題十首の中に

寄雲恋　茂継

14オ

「する」の「る」に「なカ」と傍記。虫損アリ

蒙山861

蒙山932　「いひかさねても」「後二出」と注記。合点で抹消。欠損アリ

「後二入」と注記。題も歌も合点で抹消。本書1335に重出。

本書1336「鉄叟」の歌に似る。「後二入」と注記。初句に合点で抹消。欠損アリ

拾遺285

1283 ◎たのもしなつれなき人も終に後のけぶりのすゑはおなじ白雲

寄烟恋　　〃〔茂継〕

1284 ◎年経ぬる思ひのけぶり下もえてたつ名ばかりぞむすぼゝれゆく

寄雲恋　右同　　忠通　板部杢衛門

」14ウ

1285 ◎遠ざかるためしもつらし伊駒山へだつる中の峰の白雲

寄烟恋　右同　　〃〔忠通〕

1286 ◎いかにせんあまのたくもの夕けぶりなびかぬさきにおもひきえなば

利永亭会当座

寄鷲恋　　　忠通　集中多クハ通ノ字道字イカゞ

1287 ◎しらせばやさのみはいかゞ恋わぶる身をうぐひすの音にたてゝ（ママ）たる

寄雲恋　同　　忠通

1288 ◎うき身にはつれなしとてもあま雲のよそになびかぬ心ともがな

寄山恋　同　　茂継

作者「茂継」をけして「忠通」に改む。

1289 ◎わくらばの夢だにゆるせうつの山うつゝに恋の道とをくとも

茂継亭会当座

寄菖蒲恋　　〃〔茂継〕

1290 ◎長きねをかけてぞたのむあやめ草枕にむすぶ夢のちぎり□

欠損アリ

1291 いつまでか人はなびかであやめ草うきねばかりを袖に□□ ⌐15オ

忠通

寄琴恋　同　茂継

1292 君がすむやどの松風かよへたゞちぎりしことの音はかはるとも

忠道

寄花恋　同　茂継

1293 あはれ也峰の松吹風だにも我ひくことの音にはかよはで

1294 色見えて人やなびくと手折らなんおもふかぎりよ花につくして

十五番歌合の中に

一番恋草　茂継

1295 契こそ世にかゝぐともあふひ草露のかごとをかけてまたまし

二番　昌安 忠通ノ父カ

1296 恋草のしげるばかりはいかゞせん露のかごとも恨ある世に ⌐15ウ

三番　忠道

1297 難波江のあしまのみくり（さカ）いつまでかたえぬおもひにむすぼゝるらん

四番恋枕　、〔忠道〕

1298 待ちわぶる枕のちりの山とならばわがのちの世の雲やかゝらん

欠損アリ

「かぎりに」の「に」を「よ」と改め、傍記。

本書、歌の全部に傍線を付す（見せ消ち）。

1298の歌に「此ニ番」の貼紙付す。

五番　　　　　　　　　　　　　　　　茂継

1299 年へつゝあふと見る夜の新枕かへさでとめよ夢の関守◎

八番恋夕　　　　　　　　　　　　忠道

1300 我も又待□□□つれなが月の有明の月のよその夕ぐれ◎　　欠損アリ

九番　　　　　　　　　　　　　　茂継

1301 立さはぐ袖のみなとの夕浪に月のみふねもいまやよるらん◎

十番恋煙　　　　　　　　　　　　〻〔茂継〕

1302 いざゝらばふじのけぶりにくらべ見んわが下もへのくゆる□□□□（おもひは）カ◎　　欠損アリ

└16オ

十二番　　　　　　　　　　　　　忠道

1303 恋しなん後のけぶりにくらべてもむろの八しまをあはれとぞ見□◎　　欠損アリ

十三番　恋命　　　　　　　　　　茂継

1304 思ひきやかゝるさ□□□たまの緒にながきうらみの数そへんとは◎　　欠損アリ

十四番　　　　　　　　　　　　　忠道

1305 あふまでとたのむ心のなぐさめやつれなき中のいのりなるらん◎

寛文八年正月廿九日光茂亭会当座

寄鳥恋　　　　　　　　　　　　　直朝

1306 花にきくそれならなくに夜をこめてなか〳〵つらき鳥のうき音ぞ◎

御夢想歌字冠句和歌の中に

怨恋　　柳園

1307 のきばうつたか（ママ）のたぐひと人やしる一よりもまたあかぬ恨を

16ウ

五宮奉納百首和歌の中に

寄燈恋　　観礼

1308 言の葉の末をむすばで徒にまつ夜むなしく更るともし火

寄櫛恋　　常正

1309 数〳〵に言葉の花をつくし櫛□（さ）すかにつらき人とみながら

欠損アリ

寄絵恋　　長盈

1310 絵にかける雪間の空はとことはに晴間もあらずつもるおもひは

寄舟恋　　観礼

1311 波しづみ袖のひるまもなか〳〵に思ひきるべき海□□□

17オ

欠損アリ

寄筏恋　　柳園

1312 いつか又うけひく人に逢みてん正木の綱手かくる筏を

寄蓬（とま）恋　　猶龍

1313 うき舟のとまにたぐふる袖なれやぬるゝもほすも人に任せて

寄莚恋　　猶龍

和泉書院の本

大阪市天王寺区上之宮町七－六
TEL 〇六（六七七一）一四六七
FAX 〇六（六七七一）一五〇八
振替 00970-8-15043
ご注文は最寄りの書店までお願い致します。
（括弧内は本体価格）
2013.5.31 近世

森川 昭

下里知足の文事の研究 第一部 日記篇

1978-4-7576-0645-6
新刊■A5上製函入・二冊本・上冊五九二頁 下冊五五六頁 総一一四八頁
定価二四一五〇円（二三〇〇〇円）分売不可

近世初、中期を生きた地方知識人の三十七年間
〈寛文八～元禄十七年〉に亙る日記の全文を公開

〈歴史・文学・文化史・民俗学などの基礎資料〉

尾州鳴海村の豪家下里家の二代目下里知足は、鳴海村の庄屋を勤め下里家繁栄の基礎を築いたが、一方、文事を嗜み芭蕉、西鶴など多くの俳人と交渉をもった。その日記は政治、経済から日常の生活、歳事、風俗、天候、文事にわたる貴重な記録であり、紙背文書からは西鶴の書翰も出現した。下里知足の文事を全人格的に理解するために、先ず、その背景となっている実生活の記録である、克明な日記の全文をここに翻刻し公開する。

【内容目次】 上冊 序文 下郷君雄／下里知足日記 寛文八年～貞享三年 下冊 下里知足日記 貞享四年～元禄十七年（宝永元年）／参考 鳴海下里家系図／大垣下里家系図／桑名伊藤家系図／鳴海寺嶋家系図／主要人物一覧／鳴海略図／鳴海の行政／あとがき

◇続刊
第二部 論文篇
第三部 年表篇

岩坪　健

源氏物語の享受
注釈・梗概・絵画・華道

研究叢書432

新刊■Ａ５上製函入・八三二頁・定価一六八〇〇円（一六〇〇〇円）

1978-4-7576-0654-8

中世から近世にかけて、源氏物語がどのように享受されたかを、注釈書・梗概書・源氏絵・源氏流活花の四分野から考察。新資料を含む資料翻刻も収録。索引付。

樋口百合子

『歌枕名寄』伝本の研究
研究編・資料編

研究叢書430

新刊■Ｂ５上製函入・六九一頁・定価二四一五〇円（二三〇〇〇円）

1978-4-7576-0649-4

中世最大の名所歌集『歌枕名寄』の複雑な写本の系統を整理。また資料編では未翻刻であった宮内庁本、陽明本、冷泉本の三写本を翻刻し和歌初句・地名索引を付す。

鶴崎裕雄・神道宗紀・小倉嘉夫編著

月照寺　明石　柿本社　奉納和歌集

「和歌、書簡まとめ出版　10年がかりで編さん」（神戸新聞・平成23年9月8日）

■Ａ５上製函入・五七五頁・定価一〇五〇〇円（一〇〇〇〇円）

1978-4-7576-0586-2

兵庫県明石市の月照寺には、江戸時代の天皇・上皇を始め多くの人たちが詠歌を奉納した。これらの奉納和歌及び奉納に関連する縁起・祈禱記録・書状などを翻刻し解題を付す。近世歌壇研究に新しい史料を提供。

深沢秋男

如儡子百人一首注釈の研究

百人一首注釈書叢刊別巻2

1978-4-7576-0613-5

如儡子、斎藤親盛は、仮名草子作者であるが、寛永十八年に、百人一首の注釈書『砕玉抄』を書き上げ、伝統的な「百人一首」の世界を江戸初期の庶民に紹介した。本書は、その全

秀吉伝説序説と『天正軍記』（影印・翻字）

■四六上製・三三二頁・CD付・定価一一五〇円（一一九〇円）

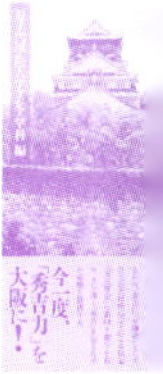

「お伽衆」として仕えた大村由己の手による伝記『天正軍記』の影印と翻字を収め、その謎を追究する。

杭全神社編

平野法楽連歌　過去から未来へ

1978-4-7576-0620-3

■A5上製・二九九頁・定価三六七五円（三五〇〇円）

大阪市平野区の同社では、昭和六二年に百年振りの連歌再興を試み、『平野法楽連歌―過去と現在』を刊行。本書はその続編にあたり、連歌復活の軌跡を辿った。また、平野郷ゆかりの近世連歌の新資料も紹介。

信多純一

現代語訳

完本　浄瑠璃物語

1978-4-7576-0639-5

渡辺保「日本文化の源をなす「死と再生の神話」を知る」（「毎日新聞」平成25年3月3日今週の本棚）

「ダヴィンチ」平成25年4月号に紹介

日本図書館協会選定図書

新刊■A5上製（横本）・一五九頁・定価三一五〇円（三〇〇〇円）

『浄瑠璃御前物語』は、源氏の御曹司とも呼ばれる義経が奥州へ下る旅の途次に、三河矢作の里で出会った美少女浄瑠璃御前との悲恋物語である。「浄瑠璃」の由来ともなったこの物語は、語り物として音曲化され、人々に広く愛されていたが、現在は完本を確認できない。本書では、本来の面影をよくとどめる山崎美成旧蔵十六段本を中心に原『浄瑠璃御前物語』を復原し、原文の優美な語り口調そのままに、わかりやすい現代語に全訳した。

大阪市立大学文学研究科「上方文化講座」企画委員会編

上方文化講座 曾根崎心中

「人間国宝も存分に語る現場の文学論。」（「大阪人」・平成20年1月号）
日本図書館協会選定図書・全国学校図書館協議会選定図書

■A5並製・二五六頁・定価二一〇〇円（二〇〇〇円）　978-4-7576-0382-0

人間国宝・竹本住大夫、竹本津駒大夫、鶴澤清介、桐竹勘十郎という文楽界の名手が芸の奥義を語る。『曾根崎心中』全文の原文と現代語訳と新注をメインに、大学の文学研究科ならではの多彩な学問分野から、多角的に作品にアプローチ。

大阪市立大学文学研究科「上方文化講座」企画委員会編

上方文化講座 菅原伝授手習鑑

「週刊読書人」平成20年9月25日号にて紹介
日本図書館協会選定図書

■A5並製・二六二頁・定価一九九五円（一九〇〇円）　978-4-7576-0520-6

文楽界の名手と大阪市立大学とのコラボレーション第二弾。文楽界の名手竹本津駒大夫、鶴澤清介、桐竹勘十郎らが芸の奥義を語り、大学文学研究科スタッフが多彩な学問分野からアプローチ。『菅原伝授手習鑑』の世界を鮮やかに照射する。

神戸女子大学古典芸能研究センター編

近松再発見 華やぎと哀しみ

「更に近松論を読みたくなる」（週刊読書人・平成23年5月13日）
日本図書館協会選定図書

■A5上製・三五二頁・定価三六七五円（三五〇〇円）　978-4-7576-0572-5

近年「金子一高日記」を初めとする重要資料の出現が相次いだ。こうした研究状況を踏まえ、近松の人となりと作品の魅力を、『浄瑠璃御前物語』から今日の文楽・歌舞伎までを視座に収めて今一度問い直す。

森田恭二編著　上方文庫別巻シリーズ3

『河内名所図会』のおもしろさ

978-4-7576-0547-3

江戸時代後期に出版された『和泉名所図会』と、『河内名所図会』は、南大阪地域の歴史と地誌を物語る貴重な史料。本書では、両書の地域を実際にたずね歩き、名所・旧跡を名所

郵　便　は　が　き

料金受取人払郵便

天王寺支店
承　認
922

差出有効期間
平成26年８月
１日まで

（切　手　不　要）

ただし有効期限が過ぎましたら切手を貼ってください。

5438790

〈受取人〉

大阪市天王寺区
上之宮町七―六

大阪
和泉書院
行

このハガキを、小社へのご意見またはご注文にご利用下さい。

お買上 書　名

＊本書に関するご感想をお知らせ下さい。

＊出版を希望するテーマをお知らせ下さい。

今後出版情報のＤＭを　希望する・希望しない

お買上 書店名	区市町	書店

ご注文書

月　　日

書　　　名	定　価	部　数
	円	部
	円	部
	円	部
	円	部
	円	部

ふりがな
お名前

〒□□□-□□□□　　電話

ご住所

ご職業　　所属学会等

メールアドレス

公費・私費	ご必要な公文書(公費の際はご記入下さい)	公文書の宛名
(直接注文の際はお知らせ下さい)	見積書□通　納品書□通 請求書□通　日付 要・不要	

(このハガキにてご提供の個人情報は、商品の発送に付随する業務・出版情報のご案内・出版企画に関わるご連絡以外には使用いたしません。)

配本は、AかBに○印をつけて下さい。

A．下記書店へ配本。(このご注文書を書店にお渡し下さい)

(書店・取次帖合印)

書店様へ＝書店帖合印を捺印の上ご投函下さい。

B．直接送本。

代金(書籍代＋送料・手数料)は、現品と引換えにお支払下さい。送料・手数料は、書籍代定価合計5,000円未満800円、5,000円以上無料です。

和泉書院
http://www.izumipb.co.jp
E-mail : izumisyo@silver.ocn.ne.jp
☎ 06(6771)1467　FAX 06(6771)1508

1314 いたづらに幾年月を重ねてかしきしのぶべき夜半のさむしろ
寄床恋　忠亮

1315 ちぎりつる人を待間の小夜深み堪てかたしく床のさむしろ
寄匣恋　秀実

1316 唐衣ぬれにし露の玉くしげふたゝびかはせあかぬ契を
寄琴恋　了性

1317 我こふるその妻琴の音やいかに風のたよりに聞し思ひは
寄笛恋　実房

1318 ふえ竹の音による鹿もある物をひと夜の契たのまれもせで
寄棹恋　忠亮

1319 うきふしや人の心のあら礒に舟さす棹のさすかたもなく
遠恋　沖庵

1320 飛雁の翅だにこそ恋しけれまだふみも見ぬ道のはるけさ
夢逢恋　、〔沖庵〕

1321 身はかくてうつゝもおなじはかなさをあふは夢路となにうらむらん
天満宮奉納三十首和歌の中に
忍恋　不明〔、沖庵カ〕

17ウ

1322 ◎われながらふかく歌はん忍ぶ山おもひ入にしこゝろ□□□□ 」18オ

不逢恋　〔沖庵カ〕

作者名の箇所欠損のため不明。歌欠損アリ（ちなみに蒙山ナシ）

1323 ◎後の世もしづみやはてんおもひ川ながるゝ水のあ□□□□

待恋　、〔沖庵カ〕

蒙山ナシ　欠損アリ

1324 ◎こぬ人のこゝろつよさにくらべ見んまちもよはらでいける命を

遇不逢恋　、〔沖庵カ〕

蒙山ナシ

1325 ◎逢見てののちこそまたる身をしらで今ひとたびとたのむはかなさ

恨恋　、〔沖庵カ〕

蒙山ナシ

1326 ◎真葛原吹秋風の心あらばうらむと人に告もしらせよ

不逢恋　、〔沖庵カ〕

蒙山ナシ

1327 ◎いやましのおもひありとも逢見てののちの心になす折もがな

忍恋　、〔沖庵カ〕

蒙山ナシ

1328 ◎人とはゞ露にこたへてしのぶとも色ある袖をさていかゞせん 」18ウ

別恋　、〔沖庵カ〕

蒙山ナシ

1329 ◎面影をしたふ夜床の明ゆけば月にだにこそ別れはてけれ

寄河恋　、〔沖庵カ〕

蒙山ナシ

1330 ◎かはり行世にもありせば飛鳥川渕を逢瀬になすよしもがな

蒙山ナシ

寄涙恋　　、〔沖庵カ〕

1331 ◎いかなればあふせは絶て涙川渕のみふかき恋となるらん　　蒙山ナシ

忍恋　　寛斎

1332 ◎忍ぶ身は人めの関に夜をこめて君に逢瀬をこひわたる也

不逢恋　　、〔寛斎〕

1333 ◎うき思ひそむき〱ていたづらにあはで月日を過す身□　　欠損アリ

寄鵜恋　　〔寛斎カ〕

1334 ◎しらせばやいはぬもくるしはや川にかひくだす鵜の□　　欠損アリ

19オ

鉄叟

1335 つれ（不明）なさの人はあら鵜のいつか又うけひくた□（づな手にまかすべき）　　本書1280に重出。欠損アリ

寄暁恋　　〔鉄叟カ〕

1336 ◎ひとりねの夜半のなみだにたがへてはたがきぬ〴〵の袖も□　　作者名欠損　欠損アリ

祈不逢恋　　直郷

1337 ◎逢ことは中〱かなしいのりてもうけぬうき田の森の手向は　　西園ナシ

忘住所恋　　、〔直郷〕

1338 ◎わすれぎのまたもたづねん野なりとももずのくさぐきみえぬ所を　　西園ナシ

春忍恋　　、〔直郷〕

1339 おぼろ夜のつきぬおもひを袖におさめかすむこゝろも春となぐさむ

羇中慰心□二十首和歌の中に

忍待恋　〃〔直郷〕

1340 ことの葉の露ももりてはいかゞぞとまつにぞつゝむ袖の関守」19ウ

後朝恋　〃〔直郷〕

1341 ながき夜に夢はのこりて鳥がねの暁ばかりありときかまし

寛保二年二月二日曙おもふ事ありてよめる　〃〔直郷〕

1342 ◎ならべ来し枕二つはあくるまで残る夜ふかきわかれ路の空

寄煙恋　〃〔直郷〕

1343 浦の名の人めしのぶのしほけぶりたかずもはかなそらになびきて

僅見恋　〃〔直郷〕

1344 夢ならばみつゝたのみも有明の月にほのめくおもかげはうき

延享元年十二月朔日夜探題当座

待恋　作祥 川村

1345 一（不明）夜ふた夜みよまで君を待つれどつれなかりける山の端の月」20オ

延享元年十二月会探題当座

1339 西園ナシ 初句に「――」 虫損アリ

1340 西園ナシ 初句に「――」

1341 西園ナシ 初句に「――」

1342 西園661 詞書「後朝恋」 本書詞書「曙事ありて後朝恋」を消して「おもふ事ありてよめる」に改む。

1343 西園ナシ 初句に「――」

1344 西園649「おもかげはうし」 初句に「――」

1345 不明は欠損

逢恋　　　　　　　　　　　喜之 木庭

1346 ◎めぐりあひていとゞ心は糸竹のよゝの数さへみだれやはせん

おなじく　　　　　　　　　義敬

1347 ◎鳥がねのうきとはかねてしりながらなをうらめしきあひ見ねし夜は

待恋　　　　　　　　　　　胤利 犬塚□□　　　　　　作者名のみ立項、頁数で示す。

（歌全て墨消ちで判読不能）

初恋　　　　　　　　　　　直條朝臣

1348 ◎うちつけにおもひそめぬる恋草の二葉にかゝる露もあやしき　　　　蒙山804

忍恋　　　　　　　　　　、〔直條〕

1349 ◎心せよたゞ一ことのいらへにもそれとしられん下のおもひを　　　　蒙山807

20ウ

忍久、〔恋〕　　　　　　、〔直條〕

1350 ◎なみだ川をとにもたてず世に忍ぶおもひの渕ぞ下にみなぎる　　　　蒙山811

〔直條〕

1351 おもひ河とし月よどむ岩波のいはねばむねに猶さはぐらん　　　　蒙山814

待、〔恋〕　　　　　　　、〔直條〕

1352 ◎月とひてまちこしよはも更ゆけばあらぬ空とも人やとがめん　　　　蒙山820「月といひて」

待夜空、〔恋〕　　　　　、〔直條〕

1353 空◎たのめ有明の月にまたぞきくかねてならひし鳥のはつこゑ
契、〔恋〕　、〔直條〕
蒙山827

1354 かはるなよ◎初もとゆひの小むらさき色しもふかくむすぶ契は
別、〔恋〕　、〔直條〕
蒙山831

1355 衣〳〵◎のおなじたぐひによこ雲も引わかれ行あかつきの空
後朝、〔恋〕　、〔直條〕
蒙山841

1356 わかれ◎来し身をこそたどれ俤はたゞさながらのけさのまたねに
朝恋　、〔直條〕
蒙山846

」21オ

1357 手枕◎にふれしやいつの朝ねがみけづればのこるうつり香もなし
不逢恋　、〔直條〕
蒙山851「香もうし」

1358 猶◎ぞうき行ては帰るとし月もこえしあとなき逢坂の山
逢不遇、〔恋〕　、〔直條〕
蒙山856

1359 ちぎ◎りしはむかしがたりのねやの戸にな□(れ)しをかこつ有明の月
祈不遇、〔恋〕　、〔直條〕
蒙山858「なれしを」欠損アリ

1360 いの◎りてもうけぬ逢瀬にきふね川かけじやあだの波のしらゆふ
忘、〔恋〕　、〔直條〕
蒙山863

1361 俤◎のそれだにいかでわすれ水もとの心のうきにかへらば
蒙山872

1362 契りしもいまはまどをの恋衣あふ夜にかへす夢だにもなし
絶、〔恋〕　、〔直條〕
└21ウ
蒙山879

1363 曇れたゞみしよながらのかげもうし月ゆへとては忘られねども
寄月、〔恋〕　、〔直條〕
蒙山884

1364 うき身にはたがまことをかとばかりに又待いづる有明の月
寄月待、〔恋〕　、〔直條〕
蒙山888

1365 海士のすむうらみもそひぬ夕けぶりなびくとみえぬ人の心に
寄烟、〔恋〕　、〔直條〕
蒙山895

1366 しら雲のかゝるばかりをみてもしれ□（と）□（は）れぬ床のちりひぢの山
寄山、〔恋〕　、〔直條〕
蒙山899　「とはれぬ」欠損アリ

1367 知るや人かくて数かく水くきの岡べのまくず恨みありとは
寄岡、〔恋〕　、〔直條〕
蒙山901

1368 夢にだにみるめ生なばおもひねの枕の下の海やたのまん
寄海、〔恋〕　、〔直條〕
蒙山908

1369 なか絶るちぎりながらも思ひねの夢はその夜のまゝのつぎはし
寄橋、〔恋〕　、〔直條〕
└22オ
蒙山909

寄草、〔恋〕　、〔直條〕

1370 かきたゑてこれやわする丶草の名に又もむすばぬ露の玉づさ
寄竹、〔恋〕　丶〔直條〕
蒙山912「かきたえて」

1371 ことのは□(は)なびくと見えてなよ竹の心にのこる一ふしもうし
丶〔寄〕鳥、〔恋〕　丶〔直條〕
蒙山918 欠損アリ「ことの葉は」

1372 とし月もよそにへだて丶山鳥の□(は)つおのかゞみみる影ぞなき
丶〔寄〕獣、〔恋〕　丶〔直條〕
蒙山919 欠損アリ「はつおの」

1373 しらせばやさてもとはれぬ我門をすぐる車のうしとばかりに
丶〔寄〕鏡、〔恋〕　丶〔直條〕
蒙山923

1374 打むかふ我さへ影にへだつらしかたみの鏡涙くもりて
丶〔寄〕衣、〔恋〕　丶〔直條〕
蒙山928

1375 かひなしや人の心のあさ衣をのが恨はいひかさねても
丶〔寄〕弓、〔恋〕　丶〔直條〕
蒙山932

1376 しらせばやあら木の真弓それも猶ひけば引手によはるならひを
丶〔寄〕鐘、〔恋〕　丶〔直條〕
蒙山939

22ウ

1377 まつ人をけふとてたのむ暮ならばうからじものを入あひの鐘
蒙山944

天満宮奉納二十五首和歌恋の歌の中に
忠康

1378 しるらめやかけて契の末も今緒絶の橋の恋わたるとは

天満宮奉納松□□(首)恋の歌の中に　　欠損アリ

、〔忠康〕

1379 浪越てあらはれやせんよひ〳〵に松のねもせで忍ぶ涙も

寄霜恋　　、〔忠康〕

1380 身をいかにをくや霜夜のさ莚にあかつきかけて待としらずや　└23オ

常如

1381 鳥の音をつれなく聞て暁の心にとけぬ霜もうらめし

寄氷恋　　通順

1382 逢迄とおしむいのちはうたかたの氷とともにあはれ消なで

絶恨恋　　於千穂

1383 あひおもふ中ならばこそわするともしのぶ心にうらみても見ん

寄鹿恋　　〔於千穂〕

1384 しのぶべきおもひならずば世を秋の鹿ならぬ身も音にやたてまし

忍恋　　〔於千穂〕

1385 打いでぬおもひぞつらき岩つゝじしのぶの山の下にこがれて　└23ウ

夢中によみける歌　　織田寛斎

1386 絶〳〵てあひ逢夜半の夢の中にねたましつらくつもることの葉
不逢恋　宇都宮義敬

1387 いつとなく塩やく浦のゆふけぶりこがるゝむねのあはぬおもひは
寄鐘恋　志賀俊実

1388 暮かゝる鐘に待身のうき思ひなが〳〵し夜をいかにあかさん
不逢恋　霜村長盈

1389 あふ事はぬ□立鳥をいかにせん身ははし鷹のこひをのみして
寄車恋　同〔長盈〕

24オ

欠損アリ

1390 まことあることにひかれてそをだにもちから車のめぐりあはゞや
待恋　忠寛

1391 こがるゝと人はしらずや待わびてひとりつれなき関のともし火
義敬

1392 来ぬ人を思ひかへして猶ぞまついつはりもなき我こゝろゆへ
止信

1393 いつはりのあるになれてもたのみ置てさすがまたるゝ心はかなむ
忍経年恋　長盈

1394 もえさしの袖のしがらみせきあへず涙もとしもつもり〳〵て

24ウ

邂逅逢恋　、〔長盈〕

1395 ◎あはでふる夜ごとならぬをたのみにてたま〳〵□□す中の手枕　虫損アリ

契違約恋　、〔長盈〕

1396 ◎かぞへ来しこよひはかたきちぎりぞと待かひなげの一言にして

僅見恋　直郷

1397 ◎ほのかにもいとゆふばかり面影はみえ□□（ても）さらにうはの空なる　西園650「面影の」「みえてもさらに」虫損アリ

隔遠路恋　寛斎

1398 ◎行舟の跡をへだてゝ見し人をこがれておもふ波路はるけき

待夜深恋　、〔寛斎〕

1399 ◎ともし火の影もかすかに小夜更て待にかひなき鳥の音ぞうき

恋の歌の中に　信恒

1400 ◎君の身になすよしもがな我ねやによな〳〵かよふ軒の梅が香　」25オ

寄雨忍恋　義道

1401 ◎もりやせん軒のしのぶにあまりてはつゝむなみだも雨のふるやど　」25ウ

（白紙一丁）

離別歌

豊前国興□山座主亮有僧正秋の比、吾妻より
故郷にかへりのぼられける　　虫損アリ
離別に　　直條朝臣

1402 ◎旅衣たちかへるとも秋風のたよりにいとへむさし野ゝ原　　蒙山ナシ

返し　　亮有僧正

1403 ◎わすれめや千里の外の海山もへだてぬ君がこころつくしは

宗月法師難波へかへりける
餞別に　　直條朝臣

1404 ◎立かへるなにはゝふるきみやこ鳥とりのあとにもたえずことゝへ　」1オ　　蒙山ナシ

〔直條朝臣〕

1405 ◎わするなよともに旅寝の草まくらとまるは行をしたふわかれを　　蒙山ナシ

夏の日、人の別れあふぎにかきつけてつかは
し侍ける　　、〔直條〕

1406 ◎のこすなよわかれ路になくせみの羽の衣手うすき袖の月影　　蒙山ナシ

餞別　、〔直條〕

1407 ◎和歌の浦をこぎはなれなばみなと舟よるかたしらで猶やうかれん

これは御十七の時　はじめて武州に趣せ給ふ時にあそばし給る

蒙山ナシ
左注アリ

日野大納言弘資内の御使にて春の比吾妻に下り給ひ、ほどなくかへりよりのぼらせ給ひける時残花を一枝に手折てたてまつるとて　、〔直條〕

1408 ◎都人花を名残に東路の春のわかれをわすれずもがな

蒙山225
詞書「春の比」「より」を○で囲み、「吾妻」と「のぼらせ」の間に「に下り～かへり」を傍記して訂正。

御かへし　〔日野弘資卿〕

1409 わすれめや名残もあかずかへるさの袖吹をくる花の夕風

」1ウ

人の別れのうたをよみてをくりけるかへしに　、〔直條〕

1410 飛鳥のあとばかりだに契をかんほどは雲井に立わかるとも

蒙山1344

別　、〔直條〕

1411 ふる袖の泪をかけて別路に心ぼそしや青柳のいと

是行上人東よりつくしにおもむきける時につかはしける　、〔直條〕

蒙山ナシ

1412 春霞たちわかれ行海山も空飛鳥の跡にとはまし

常照上人ふたゝび高野山にのぼり侍りける離別に　〔直條〕

蒙山1065

1413 高野山うき世の夢の猶さめてふたゝびきかん峯の松風

東行おもひ立はべりける春のはじめ高良山座主蓮台院僧正都にのぼり給ふよしきゝて申しつかはしける　〔直條〕

└2オ

蒙山ナシ

1414 春霞たちおくるともちぎりおかん都の花におなじ旅ねを

同じ人高良山座主職を辞して、冬のはじめ都にかへり給ふ離別の歌の中に　〔直條〕

蒙山1067

1415 時雨にはぬれせぬ山も今はとてたつ旅衣袖や露けき

高野山古歌　ぬれせぬ山とよめり

平岩長雅堺浦より難波の旅館にとぶらひ来りて、わかれける時つかはしける　〔直條〕

蒙山1068　左注アリ

「長雅」は「平間」だが「平岩」とあるのは注目すべし。

1416 浦風のたよりにとはん君がすむさかひはるかに道へだつとも

└2ウ

蒙山1071

直郷公に餞別に奉りける　　幸福寺光厳

1417 東路の富士の白雪つもるらし春たちかへれわかなつむころ

おなじく奉りける　　蓮厳院輪山〔三〕

1418 旅衣紅葉ふみ分行君のめぐみにぎはふあふぐ古郷

東を出てつくしにをもむくとて　　嬉野平□（馬）妻

1419 ◎古里はけふをかぎりの旅衣まづさきだつは涙也けり

枝をあまたにつらなれるはらからの内に、わきて心ばへせちなるおとうと、此たびも一日ふつか□したひきたり、あしたに立わかる、もいたくかなしくおぼへければ　　、〔嬉（直條）カ野平馬妻〕

1420 ◎したひこし袖の名残の別路にしぼるなみだやかたみなるべき

魁麟禅師故郷にかへるによみてやる　　衲堂

1421 えにしあらば又もあひみんしらぬひのつくしのそらにかへる旅人

御餞別祝ひ奉りて　　此園

└3オ

虫損アリ
詞書「あづまに下りける人にわかれをおしみて」を消し、上記のように傍記する。

虫損アリ

蒙山ナシ
作者名は右に同じとあれど直條カ。

1422 君が為わがぬる枝も青柳のまたくる春の色を待ゐん

奉餞別三首和歌　猶龍

1423 春にけふたつ衣手は幾里の花やかすみの匂ひそふらし　〔猶龍〕

1424 吾妻路やゆくゐはるけき海山もへだてぬ君がめぐみとぞしる　〔猶龍〕

1425 けふよりは又来んとしの夏衣ひとへに君がかへさまたなん

御餞別に祝の歌三首よみて奉れる

祝　観礼

1426 君が代は光そふらん行すゐも和歌の浦半にみがく白玉

寄神祝　、〔観礼〕

1427 東路を幾かへりせん日本は神の御国といのるしるしに

寄道祝　、〔観礼〕

1428 世のおきてたがはぬ道をけふよりは河行舟の帰るさぞまつ

御餞別　常知

1429 長閑にて今日立初る旅衣末海山の遠き道辺を　〔常知〕

」3ウ

「ぬ」は「ふ」の誤記カ。

「海山に」の「に」を「も」に改め傍記。

1430 東野の花の錦の色はへて帰る袂の栄をぞまつ

元禄十五やよひ中の比ほひ、直條公東におも
むかせ給ふ時御詠歌　直條公

1431 ◎今しばしなれなん花に日数さへほどなくいそぐ旅ぞくるしき」4オ　蒙山ナシ

御返し　沖庵

1432 ◎けふは又君が為にとまねかばや旅行袖にうつる入り日を

またよみて奉れる　、〔沖庵〕

1433 ◎わすれずば都のつとにおもひ出よ心つくしの花と月とを　〔沖庵〕

1434 花はやゝちり行比のわかれ路に匂ひをとむることの葉もがな

公御返し　〔直條〕

1435 ◎わすれめやちり行花にとりそへて旅のわかれをしたふことの葉　蒙山ナシ

羇ニ入

朝日氏徹叟へ送る餞別
ふたゝびあひがたき人の都の方へかへりのぼ
らんとて旅立ける夜、彼家にまかりてよめる
深龍森田氏

1436 またと見る人にあらねば待宵の月のひかりも常にかはりて」4ウ

「羇ニ入」と注記。

延享二年八月三日、犬塚氏豊敬故郷にかへる
餞別に　直郷朝臣
1437 故郷のつてぞまたるゝかへり来て語るしばしのけふのわかれは
西園997　詞書の月日記述ナシ。

太守直郷公東観し給ふ御ともの人〳〵によみ
て餞別につくりける　観礼
1438 雁金やつとめてとしの春の空いくつらつれてはや帰りなん

井手氏何がし、はじめて東におもむきけるに
よみてつかはしける　忠康
1439 むらさきの色しあせずも行末の言葉の露よゆかりわするな

直郷公神無月の比、東観の旅たち給ひけるに
よみて奉る　善徳寺林堂
」5オ
1440 我が庵をまたもとひませふるさとに紅葉の錦たちかへり来て
左注アリ
この年直郷公善徳寺へならせられけるとなん

森氏はじめて東観の御駕にしたがひけるにつ
けてむまのはなむけに送りける
忠基
1441 文の道ふみはまよはじむさし鐙さすがこゝろの駒にかけなば

御餞別に三首の和歌を奉りける

、〔忠基〕

1442 旅衣日もはる〴〵と行めぐるほどを松浦にまつぞ久しき

〔忠基〕

1443 めづらしとさも此たびはこま人の錦のたもとむべ見はやさむ

〔忠基〕

1444 君は猶君につかふる道とてやうき旅とだにおもはざるらん　」5ウ

旅だちける人によみてをくりける

信恒

1445 別路は雲井はるかに成ぬともいづくに住も心へだつな

旅たちける門出して、人のもとにまかりける
庭のさくらさかりなりければ

直條

1446 ◎行袖に匂ひはをくれ旅衣きて見る宿の花の夕かぜ　」6オ　蒙山247

（白紙三丁）

哀傷歌

望月長孝二十五回忌平岩長雅勧進月前旧懐

直條朝臣

1447 面影をしのべば今もことの葉の道のひかりぞ月に残れる

蒙山ナシ

1448 しのぶぞよ秋はむかしの小倉山さが野丶（の）露に消し月影

〔直條〕

蒙山ナシ

水無月の比、朝日胤元娘にをくれけるよし伝き丶て、風のたよりにつけて申つかはしける

、〔直條〕

1449 をくれしはこのみな月のてる日にもほさぬ袂のさぞなかなしき

」1オ

蒙山1236

八月廿日定家卿忌日、彼卿の詠　天の原おもへばかはる道もなしといふことを句の上におきて三十二首の歌をある人すゝめけるに志文字を

、〔直條〕

1450 志たふかな光かくれし世がたりも廿日の空の月をかたみに

蒙山ナシ

「志のぶかな」に「志たふかな」と傍記。

八月廿四日中野了庵十七回忌
懐旧　　　　　　、〔直條〕

1451 袖にけふ残りてやをくそのむかしきえしみやこの秋のしら露　　蒙山ナシ

〔直條〕

1452 木の本に杖をつらねてとふ法を苔の下にもうれしとや見る　　」1ウ　蒙山ナシ

島内武貞故さとにて身まかりけるよし、風の
たよりに伝きゝて、哀悼のあまりみづから蓮
池賛をうつしてつかはしけるおくに書つけ侍
ける　　　　、〔直條〕

1453 置かへて露やてらさん入かたの月影きよき池のはちすに　　蒙山1223　詞書「嶋内武利」

〔直條〕

1454 年月になれしをあかずしたふにもきえにし人のきえぬ俤　　蒙山1224

〔直條〕

1455 まぼろしのつえだにあらば無人をよもぎが嶋のうちもたづねん　　蒙山ナシ

恵宗尼ちゝ身まかりけるよしきゝて、申つか
はしける　　　　、〔直條〕

1456 この秋のなみだしぐれてもみぢばにあらず色こき袖をとはゞや　　蒙山ナシ

八月五日伯母永春院十三回忌懐旧　　、〔直條〕

1457 けふしもあれ十といひつゝみつる世をしのぶもかなし袖の白露　　　　2オ　蒙山ナシ

八月廿八日故羽林正俊朝臣忌日にあたり侍りけるに、是行上人のもとへ申つかはし侍ける　　、〔直條〕

1458 おもひいでゝしのぶむかしはうき秋の露にやしほる墨染の袖　　蒙山ナシ

1459 世のうさはのがれはてゝも秋の露ふるきをしたふけふやかなしき　〔直條〕　　蒙山ナシ

日野亜相弘資公七回忌、外山三位宣勝卿すゝめ給ひけるに懐旧　　、〔直條〕

1460 めぐりあふむかしの袂ことの葉の露のめぐみをしたふかなしさ　〔直條〕　　蒙山1232「むかしの秋に」

1461 いまもなをおしへは残る巻〳〵になき面かげも水くきのあと　〔直條〕　　蒙山1233。本書1482に重出。

1462 なき影もうれしとは見め木のもとにいまもさかふることの葉の道　　蒙山1234「うれしとは見む」

弘資卿遠忌の事など申て、外山宣勝卿のもと

へ申つかはしける　、〔直條〕
」2ウ

1463 したふぞよ残るこゝゐの森の露きえしもいまのおもかげにして

後二入 普明寺にて寿性院様殿廿五年忌の御法事あそば
しける時　、〔直條〕

1464 なきかげもさぞなしるらんこのもとに杖をつらねてとふ御法とは

〔直條〕

1465 けふかゝる御法ならずばとふ跡のむかしを忍ぶかひやなからん

見性院むなしくなりける比　、〔直條〕

1466 かなしさはたゞその折の夢の中にうつる日数のうつゝともなき

〔直條〕

1467 露消しあはれを人の言の葉にかたるにつけて袖ぞかはかぬ

前二入 嶋内何がし身まかりし時　、〔直條〕

1468 置かへて露やてらさん入かたの月影清き池の蓮に

前二入 西方賛の奥に　、〔直條〕
」3オ

1469 年月になれしをあかずしたふにも消にし人のきえぬ俤

其阿（ごあ）上人ある人の追善とて、人〱に二十二
首のうたをもとめられけるに

蒙山ナシ

蒙山1227　詞書「亡母寿性院二十五回の仏事まへのとし兄実外と申合せて普明寺にて営けるに法場に侍りておもひつゞける」。歌「木のもとに」「後二入」と注記。詞書、歌ともに合点で抹消。

蒙山ナシ
初句に「――」

蒙山1214　詞書「弟の身まかりける比」

蒙山ナシ

蒙山1223　詞書「嶋内武利」「前二入」と注記。詞書、歌ともに合点で抹消。本書1453に重出。

蒙山1224　詞書「蓮池賛書て」「前二入」と注記。詞書、歌ともに合点で抹消。本書1454に重出。

聞郭公

1470 おなじ世に心かよはゞほとゝぎすなく音を苔の下にきかまし　〔直條〕

原　安迪（あんてき）殊宜之よし申

イニ難波歟　可考
豊前国小倉といふところに、久しくあひしりたりける人の、去年身まかりける家をたづね侍けるに、軒の橘のむかしなつかしうかほりければ

1471 袖ふれしにほひは本の匂ひにて人こそ見えね軒のたち花　〔直條〕

母におくれける人のもとに申つかはしける

1472 木のもとを思ひやるにも悲しきはきえしはゝその杜の下露　〔直條〕

」3ウ

伶官
辻伯耆守近元身まかりけるころ、高庸がもとへ申つかはしける

1473 いと竹に残すしらべも家の風今なきあとの声やかなしき　〔直條〕

前ニ有
弟の身まかりける比よみ侍りける

1474 悲しさはたゞそのおりの夢の内に移る日数の現ともなき　〔直條〕

蒙山321「或人追悼其阿上人所望」原安迪の左注アリ。

蒙山1404　詞書「難波にて」

蒙山1198

蒙山1204

蒙山1214
「前ニ有」と注記。初句に合点で抹消。
本書1466に重出。

望月長好身まかりし後、歌の事どもしるして
送り侍る一冊を見いで、 、〔直條〕

1475 思ひ出るそよ（のカ）言の葉のかず〳〵に哀のこせる筆のあとかな　蒙山1215「そよ言の葉」。

日野黄門資茂卿うせたまひし御追善によみ侍
ける歌の中に 、〔直條〕

1476 ◎しらざりきかりの玉づさ伝えこしかゝる歎をいまきかんとは　蒙山1216

日野亜相弘資卿薨じたまひし比、哀傷の歌あ
またよみける中に 、〔直條〕

」4オ

1477 ◎ことゝひし言の葉草の数〳〵に残す形見を水くきの跡　蒙山1220

亡母寿性院二十五回の仏事まえのとし、兄実
外と申合て普明寺にて営ける法場に侍りてお
もひつゞけゝる 、〔直條〕

1478 なき影もさぞなしるらん木のもとに杖をつらねてとふ御法とは　蒙山1227。本書1464に重出。

〔直條〕

1479 けふかゝる御法ならずばとふ跡のむかしをしのぶかひやなからん　蒙山ナシ

同じく三十三忌秋懐旧を 、〔直條〕

1480 三十あまり三とせの夢の俤におもひみだるゝ袖のしら露　蒙山1228

おと丶全春七回忌に　　　　　　　　丶〔直條〕

1481 めぐり来ぬ春やむかしの七くさをけふはほとけにつみて手向けん

蒙山1231

前二入　日野亜相弘資卿七回忌、外山三位宣勝卿す丶め給ひて懐旧　　　　丶〔直條〕

1482 今も猶をしへはのこる巻〱になき俤も水くきの跡

└4ウ

蒙山1233
「前二入」と注記。初句に合点で抹消。本書1461に重出。

七月十四日夜、嬉野なにがし身まかりけるに、つとめてむこなりける人のもとへ申つかはしける　　　　丶〔直條〕

1483 同じ世にありとき丶しは昨日といひけふなき玉とまつるかなしさ

蒙山1235

伯母身まかりて後にその家にまかりて　　　　丶〔直條〕

1484 やどとへばひとはきのふのむかしにて庵に悲しき荻のうは風

蒙山1238

妻におくれける比　　　　丶〔直條〕

1485 わかれにし人はみるものきくものにたゞおもかげの立もはなれず

蒙山1242「はなれぬ」

妻を山陰に葬り□(行)ける夜、家にとゞまりて思ひつゞけける　　　　丶〔直條〕

虫損アリ

1486 をくれじのこ丶ろはゆきて山陰の夜半のけぶりに立まじるらん

└5オ

蒙山1243

日数程なくむすめの身まかりければ
、〔直條〕
1487 おくれぬる心のやみぞはれがたきあるを見るだにまよふならひに
おなじ年の秋のかなしさにおもひつゞけゝる
、〔直條〕
1488 跡たえて人なき庭に悲しさもますほの薄露ぞ置そふ
妻の一回忌に東都に侍りて 、〔直條〕
1489 おもひ出る比も卯月のほとゝぎす鳴音に三年のなみだすゝめて
元文五年庚申八月廿日、京極黄門定家卿五百
年忌追福
月前旧懐 直郷朝臣
1490 名に高きはつかの月にをぐら山いま五百とせの秋にくもらで
幼弟温照院十七回忌に 〔直郷〕
1491 ほとゝぎす折にあひてやいにしへのけふの哀をながなきにして 」5ウ
法光開山和尚三とせの忌日にまかりて
石船別露
1492 世ゝ経なん法の光をつたへ置てあまねくてらすもろ人のやみ

蒙山1249「をくれぬる」
蒙山1255
蒙山1267「こぞの涙」「三年」は「去年」の誤記カ。
西園848 詞書「庚申」「京極黄門」なし。歌題「月前懐旧」。歌は「はつかの月よ」
西園860 詞書「寛保二年五月廿二日」。歌「折にあひても」

〔別露〕

1493 めぐりあふ三とせの春を小東のわすれやられぬけふの月日に

直朝公三十三回の御忌によめる

堅明

1494 思ひ出る袖ぞぬれそふ三十あまり三つのながれてふかきめぐみを　堅明集461

直條公三十三回の御忌に　、〔堅明〕

1495 猶ぞうきとし月遠く行ものはうときならひを君にわすれて　堅明集465

直堅公御遠忌の日思ひつゞけ侍りける

、〔堅明〕

1496 などて君なくて年ふるけふも猶ますがごとくにむかふ面影　堅明集467

鴬河氏長賢老師一周回忌に

」6オ

秋旧懐　柳園

1497 うき秋はおもひすてゝも見し月やあらぬ面影しのぶ露けさ

鴬河氏の何がし、敷嶋の道いみじくて其名む
さし野にはひひろごりて、つくしにもかくれ
なかりけるに、去年の秋身まかりける事をきゝ
て、さかひへだゝりける身なれば、えあひ見

ずしてやみけるを、ほいなくやおもほえけん
おなじく此題をとりてよみ侍ける
秀実

1498 あはで世を去にし秋は夢にだにいかに分見ん道の辺の露

八月廿日京極黄門追悼　柳園

1499 すみのぼる月もふるごとおもふ夜の影はをぐらの山をしめ来て　└6ウ

菅原秀実

1500 猶遠くひかりはよゝに有明の月やむかしのそらの俤

長盈

1501 思ひ出てしのぶにたへぬ此夕むかへる月のはるかむかしを

徳雲院殿十三回忌

寄雪旧懐　直郷

1502 血の涙色そめかへて我袖やけふもむかしに雪のふるごと◎　西園ナシ

浄寒老居士におくれ奉りて　豊嶋氏　重達

1503 残しをくかたみの身ぞとおもひいでゝわれと心をなぐさめやせん◎

浄寒老居士、船越山といふ所に庵室をつくりて、無別亭と名付給ひて一とせあまり住給ひ

て、むなしくならせ給ひぬ、かなしきま丶に
彼庵にまかりて障子に書付侍る
、〔豊嶋氏重達〕
1504 ◎きのふけふむすび置にし柴の戸にしばしもすまぬ人ぞかなしき
」7オ
この歌を格峯大和尚御覧ぜられて、おなじく
書付させ給ひける　〔格峯〕
1505 ◎しばしだに人はすまねど柴の戸にむすび置てしえにしかしこき
矢沢氏沖庵母におくれし比、申送りける
豊嶋氏
1506 ◎夢と成るならひかなしききのふかもうつ丶に見えし人の面影
矢沢氏沖庵最愛の娘におくれて憂にしづめる
比、読てつかはしける　、〔重達〕
1507 ◎呉竹も色やかはらんなき跡のうきふしごとの袖の涙に
おくれさきだてし愁にしづめる人のもとへ申
送りける　、〔重達〕
1508 ◎なげくなよ消にし人の面影はきえぬ仏の道芝の露
黙翁師身まかりける折、読て手向侍る
」7ウ

1509 ◎老が身のかくながらへてなき人に手向る水のあはれかなしき
、〔重達〕

ある人一周忌に読て牌前に手向
、〔重達〕

1510 ◎こぞのけふしのぶ涙の玉くしげ二たびぬる、わが袂かな

朝清公のおもひに沈なげく比、鹿の声を聞て
沖庵

1511 ◎聞てこそ哀そへしかこの秋はわがなく音をや鹿はとふらん

西宗寺前老僧周□(悦カ)三十三年春仏事おこなはれ
けるに、読てつかはしける
、〔沖庵〕

1512 ◎月におもひ花に忍びて世ゝ夢のみそか三とせのけふにあふかな
〔沖庵〕

1513 とし月の過るにつけて世中にあらましかばと猶したふかな
〔沖庵〕

1514 只たのめたのもしきかな西の空法にあまたのかどはありとも

香誉比丘尼身まかられける時よめる

」8オ

1515 ◎かつ忍びかつ袖ぬれてなき跡の手向にかゝる和歌のうら波
沖庵

元禄五年八月廿日、朝則公かくれさせ給ひ御牌前にむかひ、御追善のため金剛般若経を自読し奉る次、和歌三首つぶやきて廻向申侍る中に　、〔沖庵〕

1516 ◎なき人に心はそひて行ものを身はいかなれば世に残るらん

老たる親の思ひに侍りける人のもとに申つかはしける
堅明

1517 ◎ことはりのよはひながらもふぢ衣袖ゆく水のあはれをぞ思ふ
堅明集ナシ

正統院様御三回忌の日
断橋和尚

1518 ◎我ひとりうさを三とせの春過てのこるかひなき身を思ひやれ
」8ウ

元禄四年四月六日、本久妙源十七回忌の法事、孫なりける泰利もとにてとりおこなはれけるに
鉄叟

1519 ◎もとつ人ますがごとくに世をさりてひさしき跡ものりぞへだてぬ

宝善院殿御七回忌に普明寺にて

直條朝臣

1520 ◎けふことに手向る法の花の枝を苔の下にもうれしとは見ん　蒙山ナシ

〔直條〕

正統院様御死去の節　直朝

1521 ◎とふあとの法の莚の七年やふるき枕の夢ぞ驚く　蒙山ナシ

1522 ◎いける日の宿のけぶりは残れども露のうき身ぞをき所なき

└9オ

田中内匠死去の後、御経を御手づからあそばし下されける奥に　直條朝臣

1523 ◎のりの花ひらくうてなに手向つるむなしきいろのことの葉ぞこれ　蒙山ナシ

川村善右衛門御追善　、〔直條〕

1524 ◎なきあとはなか〳〵さめぬ夢の内をよそのうつゝにきくぞかなしき　蒙山ナシ

元文五年申八月廿日、定家卿五百年忌

月前旧懐　朝良

1525 ◎はるかなる昔の秋の月影をはつかにうつせわが袂にも

道房　青木氏

1526 ◎露結ぶ袖の上かはてる月にむかしがたりの影をうつして

長露　義山

└9ウ

1527 ◎影仰ぐ浅茅が露の末葉までもれぬる秋もなかばふる月

柳園

1528 ◎月なりしその世のむかしめぐり来てこゝにはつかの影をしぞ見る

板部氏昌安（しょうあん）まかれりけるに昌安追善にとい
ふことを上下の句の上に置て、無常の心をよ
み侍ける

無能子

「まかれ」の後に「り」を補入。

1529 ◎しばし世に玉しくほどのたのしみもやがてつきなんそれもいつまで

〔無能子〕

1530 うつゝとはいはでや過んよのなかをあはにたとへてゆめにたとへて

〔無能子〕

1531 むしの音もよそにななきそ皆人のつゐのすみ家の野□（路カ）の□かつき

〔無能子〕

欠損アリ

1532 いける身のいまもたのまずかげろふのせめてゆふべのかぎりもぞある

〔無能子〕

1533 むせぶにはたのみもまけて鳥べ山にしになびけるけぶりだになし

└10オ

娘身まかりて歎ける比、立川氏如斯もとより、
われも子なん身まかりてなげきふかきよし申

送られける時　　　　　　　　　　　如斯

1534 なきかげを尋侘ると聞からによその哀も身にぞ馴ぬる

返し　　　　　　　　　　　　　　　沖庵

1535 老鶴のこのかなしさをおもひしれ君があはれはおなじ身なれば

深江氏宗有身まかられける時、よみて牌前に手向侍る　　　　　　　〔沖庵〕

1536 梓弓引もたがへず武士のやそじあまりの世をぞつくせる

〔沖庵〕

1537 しばしこそきえものこらめのがれえぬわれも老その森の下露

板部氏月鑑居士みな月末の七日に身まかられけるに、同氏忠昭本へよみてつかはしける　　　　　　　〔沖庵〕

1538 ことの葉の文字も涙にかきくれてむかふ硯のいける身ぞうき

犬塚氏淳渓いたみ子息征之許に送り侍る　　　　　　　〔沖庵〕

1539 なき人もおもへ五十年の友千鳥浪にはなれてひとり鳴音を

〔沖庵〕

10ウ

「おもひやれ」の「や」を見せ消ちにして「し」と訂正。

1540 わが心なぐさめかねつ末の露本のしづくとかつゝいさめても

元禄十六年十月廿日、折田氏盛庵三十三年の
忌日にめぐりければ、西宗寺にて法事おこな
はれける時、まかりて焼香し水をたむけ、次
に和歌三首よみて牌前にそなふ

沖庵

1541 ◎なき人も心しあらば老てかく手向る水のあはれとも見よ

沖庵

11オ

1542 有し世のうつゝも夢のさめはてしさこそくまなき月を見るらん

男身まかりけるに、五月雨の比、猶もの哀に
なげきふかき折、常順本よりをくられし

〔常順〕

1543 ◎いとゞだに老はね覚の物うきにおもひそふらし五月雨の空

返し　沖庵

1544 ◎ふしておもひ起てもはれぬ歎哉時しもこそあれ五月雨の空

宝永二　正統院殿泰窩実春大居士の御牌前にむかひ、
しばらく落涙を押へ、今し般若経を読誦し、

11ウ

次にいともつたなきことの葉なれどやまと歌
五首よみて、をそれながら御手向となし奉る、
やつがれ志の切なる所なれば尊霊も受させ給
へかしと念じ奉る物ならし　、〔沖庵〕

1545 ◎なきことのはじめてありと思ふまで驚く君のさらぬわかれ路　〔沖庵〕

1546 君にわかれつかへし跡をかぞふれば三十やとせの夢なれや夢　〔沖庵〕

1547 ゆらのとの船は風をも頼むらん君にをくれし老いが身のはて　〔沖庵〕

1548 そむくとて雲にはのらず君に別れいかにこの世にすみ染の袖　〔沖庵〕

1549 たのもしな法の道しる君なればうたがふべくもあらぬ後の世

その年の七月玉祭の夜、御牌前に焼香を奉り
て歌をつぶやく　、〔沖庵〕

1550 ◎世は夢の夢にもさらにしら糸のくるてふたまを祭るべしとは　〔沖庵〕

12オ

詞書の前に「宝永二」と注記。

1551 和歌の浦玉の光の浪にきへて今はもくづもよるかたぞなき
正統院殿御一めぐりの忌日に読て御牌前に奉
る　沖庵

1552 ◎君まさで夢路をたどる心には去年のけふともきけばこそし□　〔沖庵〕　虫損アリ

1553 老らくのすがたはづかしなき跡の手向の水に影をうつして　〔沖庵〕

1554 きみと共にきかばこそあれ時鳥なく音なそへそ袖の涙に
御墓に参りて水を上退時、郭公四五声鳴侍る、歌奇妙
〳〵　左注アリ

紹龍公にわかれ奉りてそのまゝ出家をとげて
よめる　慈圭　忠利法名圭字瓊也

1555 ◎かはり行世のありさまを見んもうしすみの衣に身をかへしてん
公、花頂山に住せ給ひて三十年余、誠に夢か
と思ふばかりにかなしくて　、〔慈圭〕

└12ウ

1556 ◎朝夕のけぶりもうすく山さびておもへば夢の花のいたゞき
延享二年八月三日、井手氏水石十三回忌追福

直郷朝臣

1557 夢のまにすぎて今はたおどろくや十とみとせの秋の哀も

延享元年七月廿四日、先師風絃堂源長賢翁七回忌に

、〔直郷朝臣〕

1558 けふぞ空にふるきにかへる七年の秋の哀の雨ぞ催す

└13オ

同じ年、加賀守直英朝臣身まかりけるを、はるかに聞て

直郷朝臣

1559 まこととはあまりかなしき中〳〵にきゝての後もわくかたぞなき

寛保元年、内藤播磨守三回忌に、秋懐旧といふ題にて、黒田故豊前守内室より勧進に

、〔直郷〕

1560 かへり来ぬ秋としりてもかなしさはなれもむかしのけふの心に

長盈

1561 思ひ出て袖は朽木のもみぢ色をかへらぬ秋に言の葉もなし

同じ年文光院一周忌追福秋懐旧

直郷朝臣

1562 なき人のみしは此ころ月ひとりむかしがたりの秋にてらして

└13ウ

西園ナシ

西園ナシ

西園866　詞書「延享元年九月十二日於小城」と文頭にあり。歌「聞ての後も」初句に「――」

西園861　詞書「題にて」の「にて」なし。

西園862　詞書「文光院菅原氏忠康一回忌に　秋懐旧」

十なりし冬極月四日、直堅公うせ給ひけると
きよめる　　　　直郷朝臣

1563 ◎たらちねはむかしの人と成りにけり顔の俤今はこひしき　　西園ナシ

つくしに侍りける比、寒岩上人江都にて入滅
のよしきゝて、追善のうたあまたよみける中
に　　　　直條公

1564 ◎たえせじなのこす其名も高野山法のこと葉の玉川の水　　蒙山1202

おなじ人の追善に独吟連歌し侍りけるに、た
び〳〵両吟もよをしけることおもひいで、
同〔直條〕

1565 ◎おもはずよつらねかはせしことの葉にひとりなみだのかゝるべしとは　　蒙山1203

」14オ

友元法橋妻にをくれて歎侍しころ申つかはし
ける　　　　同〔直條〕

1566 ◎露きえし哀にそへておもふぞよひと本ならず残る小萩を　　蒙山1207

高庸妻身まかりける秋、しぐれの晴間なき日
消息せしつひでに　　　　同〔直條〕

1567 ◎人の世もげに定なきためしとて冬をもまたぬ村時雨哉　　蒙山1209

返し　〔高庸〕

1568 おもひやれうき世を秋の村時雨さらでもいとゞぬるゝ袂を

ふるき哀傷の歌どもあつめて、同じ人のもとへつかはすとて　直條公

1569 かなしさのおなじたぐひをもしほ草かきあつめては泪とぞなる

瀬川時春（じしゅん）身まかりける三月晦日、昌坪もとへ申つかはし侍りける　同〔直條〕

1570 人の世の別にそへて此春のくるゝ名残やさらにかなしき

松村丈軒吾妻にて身まかりける時、老親徳岩もとへ申つかはしける　同〔直條〕

1571 くやしくぞ遠き雲路にへだてけるもえしけぶりの夫だにも見ず

加藤明友三回忌に　同〔直條〕

1572 なき人のいさめ置てし言の葉をけふはなみだぞ袖にこたふる

文月のはじめ僧理□（境）とぶらひ来りて、ちかき程にしたしき人の十三回忌とむらふよし申侍りければ、其日にあたりて申つかはしける　同〔直條〕

14ウ 15オ

蒙山1211
蒙山1212
蒙山1225「それだにも」
蒙山1226「僧理境」
虫損アリ

1573 ◎墨染の袖にもけふは露や置うかりし秋のむかしがたりに　蒙山1230

秋の比、或人の忌日に雨のふりければ

同〔直條〕

1574 ◎思ひいづるかたみの□(雲)や是ならんけふ袖ぬらす秋の村雨　蒙山1237 欠損アリ 詞書「穐の比」

徳岸居士身まかりける比　同〔直條〕

1575 ◎なき人のわがあやまりをいさめつることばはきえずむかふ面かげ　」15ウ　蒙山1240

稲葉右京亮景通夏の比、豊後の国にて身まか
られにける事を秋のはじめ武州にてつたへ
きゝて、追善の歌よみ侍りける中に

同〔直條〕

1576 ◎したふぞよ雲がくれしはみじか夜の月の秋にも残るおもかげ　蒙山1241

亡妻百日〱法事などとり行ひて

同〔直條〕

1577 ◎わかれ路は十といひつゝとをざかる日数も夢の内にかなしき　蒙山1258

夏の比、したしき二人にをくれ、秋またなげ
く事侍しにおもひつゞけける

同〔直條〕

1578 ◎玉くしげふたゝびうきを見し夢にまた露そへてまどふかなしさ　16オ　蒙山1259「夢そへて」

亮海禅師歌よみて見せ給ひけるを、かへしつかはすとて

同〔直條〕

1579 妙なれやひかりことなることの葉を法の衣のたまさかに見て　蒙山1285　1579と1580は傍線で囲み抹消。

天台宗の何がしの僧正、歌ひとつかきてとのぞまれけるに

〔直條〕

1580 とはゞやなひとつこゝろにみつと見るつたへはさらにふかきみのりを　16ウ　蒙山1286

心空院殿三十三回忌、寄華旧懐といへるを

犬塚惟剛　嘉右衛門

1581 いかにともしるやむかしの花なれとうきをそへぬるけふの色香は

山口昭武　杢衛門

1582 三十みとせあとなる春の花の名をけふなにしおふ月にはみぬかは

岸川久儔　忠左衛門

1583 春雨のふりにし跡のめぐり来て袖にもあまる花の白露

立川良長

1584 ながめ置しその古郷のさくら花今は老木の名のみ残りて　17オ

勝屋安□　利□衛門　虫損アリ

1585 あだなれや花一時の夢の世もみそとみとせの春にめぐりて

川村安顕（金左衛門）

1586 みそみとせおもへば早き月日にてきのふの花もけふはちり行

愛染院法印七回忌に寄露釈教といふ事を真乗坊法師のすゝめにてよめる

原　忠基

1587 露の身とときしばかりの教にてきえぬやもとの心なるらん

沙弥中庵、老の後おさなきうまごにおくれし比、申遣し侍し

紹龍

1588 闇に迷ふ心ぞしるきかなしさをこの老らくも思ひこそやれ

中務朝英かねて病身に侍りしかど、きのふけふ死すべきとは露もおもはざりしに、痘の愁に寄りて此比俄に身まかり侍りけり、よはひ三十三誠に病納るごときは猶死やらで、此鹿城の家のためにもありて宜しき物は、此のごとく娑婆のならひとはいひながら、うたて〳〵くもあはれにぞおもひ侍る

格峯禅師

17ウ

1589 行べきはなをとゞまりてしばらくもとゞめまほしき人は先立
格峯禅師
「よみ人しらず」を見せ消ちにして格峯禅師と傍記。

田中氏利盛三回忌に
直條朝臣

1590 三とせふるなみだの雨に袖ぬれてけふ木のもとをとふもかなしき
〔直條〕蒙山ナシ

おなじ日に

1591 めぐりあふけふはみとせの秋の夢さめぬ心になをぞかなしき
〔直條〕蒙山ナシ

1592 とふ跡の法のむしろはめのまへに見る面影をしきしのぶらめ
月鑑　蒙山ナシ

1593 かなしさぞ猶さめやらぬわかれつるその世の秋を夢になしても
〔月鑑〕

1594 むまれつる本の台と言の葉のけふのたむけにひとりそふらん
胤元

1595 わすられぬ夢の名残はめぐりあふみとせののちも猶ぞかなしき
〔胤元〕

風紘堂長賢十七回忌に秋懐旧
直郷

1596 面影ぞ見しにもあらぬとふ跡の法のむしろはしきしのべども

18オ　18ウ

1597 露ふかきこと葉も秋にかれしよのうつる月日をなをしたふかな　西園ナシ

正勝

1598 けふはなを人の俤身にしみてむかしにかよふ袖の秋かぜ

忠寛

1599 いく秋のふるともしらで鈴虫の鳴音にきゝし昔をぞ思ふ

徳雲院殿廿五回忌御諱辰に御寺に供なして

長露

1600 さかへます君が手向のそめ紙はかくるゝ中にもうれしとや見る

文光院先師の十三回忌に　ゝ〔長露〕

1601 ちかゝらぬ秋と成けりうきとをみ□（つ）る□（は）今の心地せしまに　虫損アリ

〔長露〕

1602 くらからぬ文の光の世にたえて□くともし火もなきぞかなしき　虫損アリ

此日夢童子一周忌辰に　ゝ〔長露〕

1603 むまれぬるその日もまたでみどり子のかくれし今ぞめぐり来にけり　」19オ

〔長露〕

1604 花とだにいひもならはではてし身はたむけ草ともみわくまじきを

〔長露〕

1605 薫ものゝけぶりの内になき玉のき□ひじきものにて
郭公催旧懐　忠基
1606 ◎ありし世の軒端ながらも時鳥こゑにしば〳〵□(昔)カかたらふ
母のいたみにこもり居侍る八月十五夜に　沖庵
1607 ◎今宵たゞ我からくもるなき跡のもにすむ秋の月のひかりは

（白紙二丁）

19ウ

欠損アリ

欠損アリ。本書418に重出。「昔かたらふ」

羇旅歌

摂州室の浦に舟をよせて、名村氏の家にやどかりぬ、あるじ高砂の松のことなど申出しければ
直條朝臣

1608 ◎とへば世にわが身のとしも高砂のおのへの松のまつことはなし

蒙山ナシ

後二入　赤間関薄墨松を眺望して　、〔直條〕

1609 夕まぐれこや薄墨の松の名に霞棚引春の海づら

蒙山ナシ
「後二入」と注記。詞書、歌ともに合点で抹消。

旅のうさとて　、〔直條〕

1610 ◎うら山に旅のつかれはわするれど猶わすれえぬ故さとの空

蒙山ナシ

難波江に舟をとゞめて　、〔直條〕

1611 ◎さらでだにたぐひなにはのうら浪の猶いひしらず霞む明ぼの

」1オ

蒙山1400　歌題「難波にて」

雑二入　宇治にて　、〔直條〕

1612 宇治川やこりつむ柴のしばしだにいとまもなみに行かへる船

「雑二入」と注記。詞書、歌ともに合点で抹消。
蒙山1392。本書1839に重出。

後二入　旅立て武蔵国のうちにやどりける夜月を見てよめる　、〔直條〕

1613 あけやすきうらみもそひぬむさしあぶみさすが一夜の月の名残に

蒙山1346「後二入」と注記。詞書、歌ともに合点で抹消。

文字関に舟がゝりし月をながめて

、〔直條〕

1614 ◎ 後二入
霞む夜の月やうつし絵打むかふ硯の海の浪のみるめに

蒙山ナシ

三河の国八はしの跡にたちよりて見侍けるに杜若のさかりなりければ在五中将のむかしいひいで、

、〔直條〕

1615 とはゞやなむかしのあとにかきつばた花はしるらん旅の心を

蒙山1372「あとの」「後二入」と注記。詞書、歌ともに合点で抹消。

」1ウ

逢坂にて清水をたづねて

、〔直條〕

1616 後二入
あふ坂や清水に秋をせき入てやま風かよふ音ぞすゞしき

蒙山1384　詞書の文頭に「おなじ所にて」の加筆あり。歌「音のすゞしさ」「後二入」と注記。詞書、歌ともに合点で抹消。

都の山の端をはる〴〵と詠やりて

、〔直條〕

1617 ◎ しら雲にまがふそれ（ママ）とへだて来ぬみやこの山の面影もうし

蒙山1394「まがふや」

芦屋ちかき所に舟がゝりせし夜

、〔直條〕

1618 ◎ あしの屋の沖の友舟しるべにてわがすむかたに行蛍かな

蒙山1410「しるべして」

長門国阿弥陀寺に詣て安徳天皇の御影平家一

門の画像を拝しそゞろに懐旧のなみだもよほしてかくなん　、〔直條〕

1619 ◎この海の硯や代ゝのことぶきに名のみ残してきえしうたかた　〔直條〕

蒙山1432　詞書「もよほして」のあとに「おもひつゞけ侍ける」の加筆あり。

1620 たづね来てむかしをとへば海づらにきえし名残も浪のうたかた

└2オ

蒙山1433

羇旅　、〔直條〕

1621 ◎旅にしもきゝみる歌の国ぶりもみやこのつとにかきやとめまし

蒙山1074「旅にして」

旅行　、〔直條〕

1622 ◎はる〴〵と越し山路の行末に今一坂の見えてくるしき

蒙山1082

夕旅行　、〔直條〕

1623 ◎ほしぬべき袖の夕日も影きえて葉分露けき野路の篠原

蒙山1086

山旅　、〔直條〕

1624 ◎越わびぬかゝる山路の朝霧も知らで夜深く出し旅人

蒙山1089

旅友　、〔直條〕

1625 ◎都よりちぎらぬ友もなれにけり旅のあはれをかたりあはせて

└2ウ

蒙山1092

旅宿　、〔直條〕

1626 ◎やどりとふ里は夜な〳〵かはれどもむすぶは同じ草枕かな

蒙山1095

六月の比旅宿にて月を見て　、〔直條〕

1627 ◎おしまじや夢もなつ野ゝ(の)草まくらむすべばしらむ月の明方　蒙山1099「おしまばや」

嬉野といふところにやどりて　、〔直條〕

1628 ◎ねられずよ枕かる野ゝ(の)草の葉に露置そへてあらし吹夜は　蒙山1102

旅泊　、〔直條〕

1629 ◎風あらき浪の枕はふる里をみつの泊の夢もたのまじ　蒙山1108

夏のはじめ旅だちて楓園を出侍るとて　、〔直條〕

1630 ◎このやどの庭の楓の若みどりたつたび衣いつかへりみん　」3オ　蒙山1343「みむ」

海眺望　、〔直條〕

1631 ◎あま人のたくもの煙それも猶よそめさびしき磯の松陰　蒙山1133

海路　、〔直條〕

1632 ◎舟とめてひろふ浪間のかひつものそれも都をみる目だになし　蒙山1118

旅だちて武蔵の国のうちにやどりける夜よみ侍ける　、〔直條〕

1633 ◎あけやすきうらみもそひぬ武蔵あぶみさすが一夜の月の名残に　蒙山1346

鴫立沢にて　、〔直條〕

1634 ◎秋にみし鴫たつ沢のことの葉のおもかげそへてしげる夏草　蒙山1347

小ゆるぎの礒　、〔直條〕

1635 ◎白浪のたちもとまらでこゆるぎのいそぎ馴にし旅はくるしき　蒙山1349

」3ウ

箱根山　、〔直條〕

1636 ◎あやにしきおりゐるゝかと箱根山から紅につゝじ咲ころ　蒙山1350　「おりいるゝ」

神カ

三嶋社にまうでゝ　、〔直條〕

1637 ◎くもりなき神の恵を立よりてこゝにみしまのみたらしの水　蒙山1352「神カ」と注記。

夕べに不二を詠めて　、〔直條〕

1638 ◎雨雲にすそ野はくれてのこる日の高根に匂ふ不二の白雪　蒙山1353

夏の比ふじの根をすぎ侍るとて　、〔直條〕

1639 ◎めづらしな不二のしば山しげりそふ青葉に雪のけぢめ別れて　蒙山1354

三穂松原　、〔直條〕

1640 ◎吾妻路のいづくはあれどおきつ波かゝる所に三穂のうら松　蒙山1357

袖師浦　、〔直條〕

1641 ◎あつき日もしらじな浪にぬれ衣ほさぬ袖師のうらのあま人　蒙山1358

」4オ

1642 たび衣ぬれつゝすゞしよる浪もかゝる袖師の浦の松かぜ　〔直條〕　蒙山1359

1643 ◎六月の比、清美関にやどりける夜、月のくまなかりければ　〔直條〕
あかず見るほども浪間の影きよみ関の名おしき短夜の月　蒙山1360

1644 ◎三保松原を眺望して　〔直條〕
一筆のたがうつし絵か三穂が崎浪にくまある浦の松風　蒙山1361

1645 ◎宇津山　〔直條〕
秋の色にけたれんものか宇津の山みどり露けき蘿〈つた〉の青葉は　蒙山1363

1646 ◎岡部にてほとゝぎすをきゝて　〔直條〕
ほとゝぎすこゝにちぎりて水くきの岡べの里にすぐる一こゑ　蒙山1364

4ウ

1647 ◎金屋にて　〔直條〕
たびねする麓は佐夜の山おろし松の響に夢もむすばず　蒙山1365　「松のひゞきに」「中山」の「中」を「ヒ」として抹消。

1648 ◎佐夜中山　〔直條〕
かさなれる雲吹分て松風の道しるべするさよの中山　蒙山1366

浜松旅宿郭公を聞て　〔直條〕

1649 ◎沖津風夕浪かくるはま松の根にあらはれて鳴ほとゝぎす 〔直條〕 蒙山1368

1650 涼しさは秋かと夏もなみよする浜松陰にかよふ夕風 蒙山1369

同じ所にて、昔東照大権現のこゝにすませ給ひけることおもひでゝ、〔直條〕

1651 ◎根をふかくうへてさかふる君が代も浜松が枝をためしにぞ見る 蒙山1370 「にぞしる」の「し」に「見」と傍記。

矢はぎ橋にて、〔直條〕

1652 ◎あふぐぞよおさまれる世はあづさ弓やはぎの橋もやすき行来を 」5オ 蒙山1371

三河国八はしの跡たちよりて見侍けるに、杜若の盛りなりければ在五中将の昔おもひいでゝ、〔直條〕

1653 ◎とはゞやなむかしのあとのかきつばた花は知らん旅の心を 蒙山1372

あつたの杜を拝して、〔直條〕

1654 ◎なをてらせこゝにおさめていにしへのつるぎの光りくもりなき世を 蒙山1373

浜名橋の跡をたづねて、〔直條〕

1655 ◎世にたえて又もつくらぬあとなれや浜名のはしもむかしながらに 蒙山1374

鏡山、〔直條〕

1656 ◎近江路や霞も霧もなつの日にむかふかゞみの山ぞくもらぬ　蒙山1375

草津　、〔直條〕

1657 ◎まどはずやことしげき世もかくすぎん夏の草津の道の一すぢ　5ウ　蒙山1377

粟津　、〔直條〕

1658 ◎あはづ野ゝ(の)芝生がうへも浪たえて湖ひろき五月雨のころ　蒙山1378

江湖　、〔直條〕

1659 ◎さゞ浪や水うみ涼し影うつす都の不二の山のみどりに　蒙山1379

月の夜三井寺にいたりて　、〔直條〕

1660 ◎心こそ猶すみまされさやかなる月にことゝふ三井の古寺　蒙山1382

逢坂　、〔直條〕

1661 ◎道しある御代につかへてあまたゝび行あふ坂の関も戸ざゝず　蒙山1383

同じ所にて清水を尋て　、〔直條〕

1662 ◎あふ坂や清水に秋をせき入て山風かよふ音の涼しさ　蒙山1384

夏夜淀の河船にて月を見て　、〔直條〕

1663 ◎影うつす月のかつらの棹さして夜ぶね涼しき淀の川波　6オ　蒙山1396

水野　、〔直條〕

1664 ◎かり枕さそふ水野ゝ(の)あやめ草一夜の妻とねをやひかまし　蒙山1399

難波にて　、〔直條〕

1665 行かよふ袖には夏もなには江のあし分小舟風ぞ涼しき ◎　蒙山1402

〔直條〕

1666 うづもれぬ堀江の波の玉かとも見えて蛍の影ぞより来る　蒙山1403

哀傷二入

同じ所にて久しくあひしり侍ける人の、去年身まかりける家を尋ね侍しに、軒の橘のむかしなつかしくかほりければ　、〔直條〕

1667 袖ふれしにほひはもとのにほひにて人こそ見えね軒のたち花　蒙山1404「哀傷二入」と注記。詞書、歌とも合点で抹消。

前二有

蘆（あし）屋ちかき所に舟がゝりして　、〔直條〕

1668 あしのやの沖の友舟しるべにて我すむかたに行蛍かな　」6ウ　蒙山1410「しるべして」「前二有」と注記。詞書、歌とも合点で抹消。

兵庫内裏の旧跡にて　、〔直條〕

1669 あれまさる野べに雲ゐの跡とへばむかしこたふる松の夕風 ◎　蒙山1413

橘廷尉正成墓にまうでて　、〔直條〕

1670 跡したふ花たち花にほとゝぎす今もさ月の雨のふる声 ◎　蒙山1414

須磨　、〔直條〕

1671 もしほやく柴といふ物折〳〵の烟さびしき須磨の山ざと ◎　蒙山1416

淡路嶋にあそびて臥龍といふ松に結び付ける　、〔直條〕

1672 ◎なみ風のかゝる所に竜のふすすがたむべなる松の一もと　蒙山1418

絵嶋　、〔直條〕

1673 ◎誰筆にうつす絵嶋の浪の花かけてめづらし礒のまつがね　蒙山1419

明石　、〔直條〕

1674 ◎尋ね来てみぬ世を忍ぶあかしがたその俤や浦の朝霧　」7オ　蒙山1422「みぬ世ぞ」

室浦　、〔直條〕

1675 ◎うらの名のむろの木涼し行て見ぬ常世の風もかよふばかりに　蒙山1424

備前小嶋にて　、〔直條〕

1676 ◎岩木にも心とゞむる春の色や又も小じまの霞む明ぼの　蒙山1426

鞆浦　、〔直條〕

1677 ◎わすれめや浪路霞て残るよの有明の月を友のうら舟　蒙山1427

前ニ有　長門国阿弥陀寺にまうでゝ、安徳天皇平家一門の画像を拝し、そゞろに懐旧の涙もよほしておもひつゞけ侍ける　、〔直條〕

1678 たづね来てむかしをとへば海づらに消し名残もなみのうたかた　」7ウ　蒙山1433「前ニ有」と注記。詞書、初句に合点で抹消。

よぶこのうらに舟がゝりせし時

、〔直條〕

1679 舟◎よするあら礒浪に声す也われやよぶこのうらのあま人　蒙山1435

筑前国竈門山　、〔直條〕

1680 やま◎の名の竈は春にあらはれてたかぬけぶりも立霞かな　蒙山1436

冬のはじめひれふる山にて　、〔直條〕

1681 いに◎しへの涙をとめて雲の袖ひれふる山にふるしぐれかも　蒙山1437

旅宿嵐　重達

1682 故郷◎をしたふ旅寝の夢もみず枕にかよふ松の嵐に

しらさぎのむれゐる松にて　柳園

1683 旅衣◎日数かさねて白鷺のむれゐる松にゆき暮る空

冷水峠といふ山より古郷のかたをかへり見て　└8オ

よめるかくし題　柳園

1684 一（不明）たびやみつ塩とをく松浦がたみるめもよそに霞むふる里

三吟狂雲集の中に

三保浦　、〔柳園〕

1685 木末◎にも浪の花さく海童のはるをときはに三ほの松原

近江路御通の時　　直朝朝臣
1686 たちよりて見るまでもなしかゞみ山うたがふべくもあらぬよはひは
浮嶋原　　嬉野氏妻
1687 秋風のわけ行草の袂には露も涙もうき嶋がはら
本書1714に重出。
高師山　　、〔嬉野氏妻〕
1688 すみのぼる月は雲井に高師山ふもとの霧のたちもをよばで
└8ウ
富士を見て　　直條朝臣
1689 年毎に見れどもあかぬふじのねはいつも初音の山時鳥
蒙山ナシ
富士をよめる　　よみ人不知
1690 ふじといふもさらにおろかや山といふ山ならぬ山の山にぞありける
直朝公御亭の会　当座
旅泊夢　　忠道
1691 あはれとてかたりあはする友だにも浪のまくらの夢ぞかなしき
直郷公御夢想歌字冠句和歌の中に
旅行　な　　猶龍
1692 なれもせぬ国津そ□□□里賤の教る道にたよりてぞ行
やよひ尽肥州佐賀より旅立て神埼といふ駅に

宿りを求て　　秀実

1693 ◎□世に咲てふ花をかざしてぞ君が門出の末や契らん

〔秀実〕　9オ

欠損アリ

1694 □神ざきに花のもゝちとせ旅の行ゑの空も長閑に

欠損アリ

天満宮奉納三十首和歌の中に

羇中燈　　沖庵

1695 ◎旅寝して伴ひあかず故郷のおもかげさらぬともし火の影

旅泊　　、〔沖庵〕

1696 ◎みなと舟たゆたふ波も心せよ梶をまくらの故郷の空[夢]

一とせ直郷朝臣にしたがひ室といふ所にとま
りてよめる　　観礼

1697 ◎ちぎりをくかしまの里のことの葉を思ひ出けり室のね覚に　9ウ

雑二入　名所川　　藤原昌純

「雑二入」と注記。初句に合点にて抹消。

1698 大井川秋よりさきの秋なれやとなせのたきに落る夕風

旅宿夜雨　　直郷朝臣

1699 ふるをとに袖もゝよほす旅ねしてきくやなみだの雨もまれなる

西園ナシ
初句に「――」

旅行友　　、〔直郷〕

1700 いく日たびおなじこゝろにともなひて野暮山くれかたる友人◎
元文二年、木曾路をとをりけるに浅間の嶽の
煙を見て興じてよめる　よみ人しらず〔直郷〕
1701 唐大和山の名いはでしるはたゞ浅間のけぶり富士のしら雪◎
羇中雪　於千穂
1702 行末をいそぐ旅路にいとはずとつもるもわくる雪の山道
（不明□）
└10オ
神無月の比、武雄といふ所にやどり侍りしに
存誠子すゝめて　直條公
1703 また人もむすばゞ旅の哀しれ霜がるゝ野ゝ（の）草の枕も◎
夏の夜鏡山ちかき旅宿にて月を見て　仝〔直條〕
1704 まち出てくもらぬ月のかゞみ山むかへば明るみじか夜ぞうき◎
都の山をはるぐ〳〵とながめやりて　同〔直條〕
1705 これも又かくるゝまではとばかりにかへりみやこの山の端の月◎
生田の森をたづねて　同〔直條〕
└10ウ
1706 秋ならでとふもすゞしや梓弓よそに生田の森の下風◎

1700 西園ナシ
1701 西園728　詞書「浅間山」
本書では「よみ人しらず」であるが「西園和歌集」により「直郷」に変更する。
1702 不明は欠損アリ
1703 蒙山1103「枕を」
1704 蒙山1376
1705 蒙山1395「都の山の」
1706 蒙山1411「涼しやあつき日も」

兵庫内裏の旧跡にて　同〔直條〕

1707 たづね来て袖こそぬるれ夏草の露もむかしの芝の砌に　蒙山1412

須磨寺にて　同〔直條〕

1708 礒の浪入相の鐘に声そへてゆふぐれさびし須磨の山寺　蒙山1417

前二有 淡路嶋にあそびて臥龍といふ松にむすび付ける　同〔直條〕

1709 波風のかゝるところに竜のふすがたむべなる松の一本　蒙山1418「前二有」と注記。詞書、歌ともに合点で抹消。

└11オ

鳴尾浦を過て　同〔直條〕

1710 波かけて袖になるおのうら風にすゞしさあかぬ舟の内哉　蒙山1423

長州文字関に舟がゝりせし夕、薄墨松をながめやりて　同〔直條〕

1711 ゆふまぐれたが一ふでかうすずみの松かげかすむもじのうらなみ　蒙山1434

旅泊夢　宇都宮義敬

1712 浪枕うき寝の床はかはれども幾夜かおなじ故郷の夢

雑二入 三月廿九日の□(夜)カ周防灘といへる海上にて波風しづかなるまゝ睡眠せし内、夢中に此歌をかんじて　原　忠基

└11ウ

1713 梓弓春を心の行先にくらべても見ん八嶋浦浪
前ニ有　浮嶋原　嬉野氏　女　妻ナルベシ

1714 秋風の分行草の袂には露も涙もうき嶋が原
前ニ有　高師山　同〔嬉野氏女〈妻〉〕

1715 すみのぼる月は雲井に高師山ふもとの霧のたつもをよばで
ふなかぢを室積のみなとにとゞめし比ほひ、
菊の節にあひて　直郷

1716 時しあればいとひし浪にうかれ舟のぼる山路の菊の日ながら
〔直郷〕

1717 たれこめし身にもいづらし舟の内にけふとてぞ見る菊の一枝
長盈

1718 舟とむるけふこゝぬかのしら菊やにほひは波の花のかざしも
義道

1719 浦人のこと葉をきくのさかづきに浮てしらるゝ船の追風
柿本奉納十首和歌の中に
海路　長盈

1720 西の海八重の塩路のゆゝしきにこゝも難波のはては有りけり

└12オ

「雑ニ入」と注記。詞書、歌とも合点で抹消。本書1908に重出。

「前ニ有」と注記。詞書、歌ともに合点で抹消。本書1687に重出。

「前ニ有」と注記。詞書、歌ともに合点で抹消。

西園ナシ

西園ナシ
初句に「――」

旅宿夢覚　　　　　　　義道

1721 故郷にかよふ夢路をかり枕こゝろあらしの音に覚ぬる ◎

12ウ

（白紙三丁）

雑

吉益就宣都に侍りける秋の比、東より申つかはしける　直條朝臣

1722 君もおもへ我もしのばん東路もおなじみやこの秋の夜の月

蒙山ナシ
「したはん」の「た」に「の」と傍記。

神無月はじめの五日、祐徳院にまうで、あるじの君御修法の御有さまを見奉るにも、たうとくそゞろに涙おとし侍ける、この日沖庵法師歌よみし返しとてかくなん

、〔直條〕

1723 めぐりあふえにしもうれし花車ちりの世とをき法の薗生に

蒙山ナシ

十六夜吉益就宣とぶらひ来りけるに

、〔直條〕

1724 さくむめの立枝ならでもとはるゝやおもひの外の柴の戸の月

└1オ

蒙山ナシ

冬のはじめ青山の庵にてよめる

、〔直條〕

1725 ◎冬にまつ人めはかれし柴の戸に木の葉をつれてとふあらし哉

〔直條〕 蒙山ナシ

1726 いとゞまた落葉かく也ひとりゐてさびしさはなを山の嵐に 蒙山ナシ

冬の初、了珉とぶらひ来けるに

、〔直條〕

1727 ◎けふぞしる山路のおちばふみ分てことゝふ人のふかき情を 蒙山ナシ

吉益就宣がもとへ、ひさしくをとづれざりし
おこたりなど申つかはすとて

、〔直條〕

1728 ◎いとまなく世わたる道に中絶てあはぬをいかにこひしとかしる 蒙山ナシ

夏の比、ひさしくとはぬ人のもとへ申つかは
し侍ける

、〔直條〕

1729 ◎見せばやな君はとひ来ぬ日比へて庭は道なくしげる夏草 蒙山ナシ

冬の日ある山里に旅ねして 、〔直條〕

1730 ◎霜寒き草の枕もむすびをきしちぎりをかれずとふやどりかな 」1ウ 蒙山ナシ

法華経を読誦し侍るとて 、〔直條〕

1731 ◎あふぐぞよ八まきの法の花のひもとけるが中にふかき色香を 蒙山ナシ

山人の庵をたづねて　　　　　　　　、〔直條〕

1732 世のちりの身をもけがさじ分のぼる雲いや高き山の庵は　　蒙山ナシ

八月十五夜、香国禅師とぶらひ来り給ひて、

諸ともに月をもてあそびて　、〔直條〕

1733 とはれ来し法の光に照そふやたかき名をかる秋の夜の月　　蒙山ナシ

〔直條〕

1734 名にたかきこよひの月をとはれ来し法の光にならべてぞ見る　　蒙山ナシ

是行上人庵室をとぶらひ侍て

、〔直條〕

1735 住人のこゝろよいかにとゝひ来れば秋のあはれもふかき山寺　　蒙山ナシ

〔直條〕

1736 とひ見ずばいかでしらまし山かづらかゝる所の秋のあはれも　　蒙山ナシ

〔直條〕

1737 猶ふかきよろづの法ももとめじな西のあるじを君とたのみて　　蒙山ナシ

この庵にちかき長谷寺の鐘もきこえければ

〔直條〕

1738 まれに来てきけば心ぞすみまさるこゝもはつ瀬の入あひの鐘　　蒙山ナシ

└2オ

夕ぐれに庵ちかき長谷寺の鐘の声のきこえたるも物す
ごし、この寺はそのかみ初瀬をうつし侍しよしあるじ
のかたり給ひければ、かくなんよみし　　左注アリ

重陽、時春とぶらひ来けるに　〔直條〕

1739 あかず猶なさけくまばや宿の菊おりわすられじけふもとはれて　　蒙山ナシ

返し　時春(じしゅん)

1740 咲菊の折をわすれずとふ宿のふかきなさけを色香にぞ見る　　蒙山ナシ

同じ日

例ならずおはしましぬる人に　時春

1741 心よくむすべる袖に仙人(やまびと)のよはひをゆづれ菊の下水　　蒙山ナシ

返し　直條朝臣

1742 仙人(やまびと)のためしを菊に種とりしこのことの葉は千世もつきせじ　　蒙山ナシ 「菊の」の「の」に「に」と傍記。

└2ウ

九月十三夜、専や法し林白泉とぶらひ来りて

月見侍りしに　、〔直條〕

1743 すみますや後の名をえてこよひ見る桂の枝もなが月のかげ　　蒙山ナシ

楓園にて

1744 立ぞよるもみぢの陰は身におはぬ錦を袖の色にうつして　、〔直條〕　蒙山ナシ

1745 山里の庭の松がきひまをあらみそむる紅葉の色ぞかくれぬ　、〔直條〕　蒙山ナシ

1746 山ふかみこと〻（たれをかこ〻にか／とふべきか）ふたれを松垣のひまに色そふ秋の紅葉ゞ　、〔直條〕　蒙山ナシ

神無月のはじめ青山に侍りて

1747 人めこそまづかれ初れ冬はまだあさぢが霜もをかぬ山路に　、〔直條〕　」3オ　蒙山ナシ

つれ〴〵に富士をよみ侍ける

1748 ◎名のみきくすみてふ山をふじの根にくらべばいづれ空にたちけん　、〔直條〕　蒙山ナシ

1749 天地にこや高き名の人ならばたゞ我ひとりの雪のふじの根　〔直條〕　蒙山ナシ

礒山につゝじ咲けるを見て　、〔直條〕

1750 ◎うら人の礒の山畑やく火かと見るくれなゐの岩つゝじ哉　蒙山ナシ

了然法師たのめてこざりける比、申つかはし

侍ける　、〔直條〕

1751 法の師（言の葉か）は偽あらじとばかりにたのめてまちし日数へにける　〔直條〕　蒙山ナシ

1752 さみだれのはれぬ日数をかごとにてとはぬをいかにこひしとか見る　〔直條〕　蒙山ナシ

1753 うらみはやまたじ日数もさみだれのふるをかごとにとはぬつらさは　」3ウ　蒙山ナシ

八月十二夜、花頂山見性寺にまかり、沖庵木下など月をながめて　、〔直條〕

1754 心こそ猶すみまされさやかなる月にこと丶ふ秋の山寺　蒙山1382 詞書「月の秋（三井寺にいたりて」。歌「三井の古寺」

すぎし比、矢ばせの舟にのり夕ぐれにしがの浦を過侍りしことおもひいで丶、かの眺望をよみ侍ける　、〔直條〕

1755 ◎雲か丶るしがの山里くる丶日のひかりをのこすにほの水海　蒙山ナシ

神無月二十二日、花頂山にまかり紅葉残梢を見て　、〔直條〕

1756 誰為の秋のかたみかあらし吹山路にたへてのこるもみぢ葉　、〔直條〕　蒙山ナシ

1757 心あれやかたみにしたふ秋の色の残る木の葉にたゆむ山風　〔直條〕

1758 みし秋の千入〈ちしほ〉よりげに山松の木の間にあかず残るもみぢ葉　〔直條〕

」4オ

1759 あらし吹山路にもれて秋の色ののこすをあかずみねの紅葉ゞ

福源寺にて

1760 伝へ来て千とせの後も御仏の光かゝぐる法のともし火　〔直條〕

羇旅ニ有

武蔵をたちいづる時

1761 この宿の庭の楓のわかみどりたつたび衣いつかへり見ん　〔直條〕

紅葉の比木庭にて

1762 たのめしもけふは暮けりから錦またも来てみん山の紅葉ゞ(ば)　〔直條〕

神無月の比、専玄禅衲深山の庵をとぶらひて

1763 尋来る道こそまどふ紅葉ばの散そひしもる山のいほりは　(つ)カ　〔直條〕

1764 山ふかみ人は音せぬ柴の戸をさすがになれてとふ時雨かな　〔直條〕

秋の比庭の景を

」4ウ

蒙山ナシ

蒙山ナシ

蒙山ナシ

蒙山ナシ

蒙山1343　詞書「夏のはじめ旅たちて楓園を出侍るとて」

「羇旅ニ有」と注記。詞書、歌とも合点で抹消。

蒙山ナシ

蒙山ナシ

蒙山ナシ

1765 さびしともいはゞこゝろも浅茅原はらふ人なき露のたかさを　蒙山ナシ

三嶽蔵王森の花を尋て　、〔直條〕

1766 神垣やうつせばこゝもよしといふ芳野よく見る山桜かな　蒙山ナシ

〔直條〕

1767 しづけしな薪のおのゝ音計(ばかり)ひとりみ山の花にきこえて　蒙山ナシ

〔直條〕

1768 またや見ん山桜戸の明る夜に月と花との霞む面影　蒙山ナシ

〔直條〕

1769 花の枝をこづたふ鳥も心せよ羽風に落る露もこそあれ　蒙山ナシ

木庭の河辺を眺望して　〔直條〕

1770 一かたにみどりのけぶりなびくめり柳つゞきの春の河浪　蒙山ナシ

花の時普明寺にて　〔直條〕

1771 花ぞなを色香もそひぬをのづからはろ(ママ)ふ塵なき法のむしろに　└5オ　蒙山ナシ

〔直條〕

1772 花にけふ染る心のそのまゝにちりて御法の種とだになれ　蒙山ナシ

題しらず　、〔直條〕

1773 ◎花をのみおもひ入江にしづ心なにはの春は身をつくしつ□　蒙山ナシ　虫損アリ

1774　一とせはほどなきものよ春の日のくる丶間おそき空におもへば　〔直條〕
蒙山ナシ

摂津守直恒が歌に御添削被成候奥に
直郷

1775　などてわれよしやあしやも難波江のかずの玉藻をわけぞまよへる　直條朝臣
稲佐にて
西園ナシ　詞書、初句に「――」

1776　山ふかき谷にならひし鶯はまれにうき世の人くとや鳴
蒙山77　詞書「山里にて鶯をき丶て」

5ウ

夏の日、青山の幽栖に人のとぶらひ来りければ　〔直條〕

1777　かよふべき道も夏野丶(の)柴の戸をいかにとめてか人のとひけん　〔直條〕
暁寝覚
蒙山ナシ

1778　おどろかす鐘より後は夢たえて夜深きまどに月ぞ残れる　〔直條〕
暁雲
蒙山946

1779　影ほそく有明の月も残る夜にかくてもみばや峯のよこ雲　〔直條〕
名所松
蒙山952

1780　およぶべきすがたならねどいにしへの風をぞしのぶ和かのうら杢　〔直條〕
竹為友
蒙山957

1781 ◎友とうへてなるゝ学の窓の竹すぐなる道の一ふしも見ん　└6オ　蒙山963

暮林鳥宿　、〔直條〕

1782 ◎くろゆづる世ともしらでや村雀くるゝ林にねぐらあらそふ　蒙山967

閑居　、〔直條〕

1783 ◎さしこもるむぐらの門にしづかなる心ひとつの道を残して　蒙山975

閑居水声　、〔直條〕

1784 ◎曳ことの名にながれたる水の音をやどからすめる心にぞきく　蒙山976

桂巌和尚普明寺をいでゝ吉田と云山ざとに住
給ひし時、申遣し侍ける　、〔直條〕

1785 ◎法の水心すむらしのがれこしうき世の外の山のいほりに　蒙山977

閑中燈　、〔直條〕

1786 ◎てらし見る文をむかしの人めにて人めはたえしまどのともし火　└6ウ　蒙山979

故郷　、〔直條〕

1787 ◎里はあれぬみし世ふりにし軒の松まがきの菊ぞさすが残れる　蒙山984

山家　、〔直條〕

のがれてはいとふべき世のうきことゝ身にしらですむ山のしづけさ

1788 ◎のがれても峯のさはらびおり〳〵の人めくるしき山陰の庵　蒙山992

1788の前に「のがれては～」とあり、全て合点で抹消。　1788㊓索引にとる。

〔直條〕

1789 心たゞちりを出なばすむ山のあさきもふかき道もとめてん　蒙山1001

山舘竹　、〔直條〕

1790 ◎しづかなるまどに月日はくれ竹のうきふししらぬ山かげの庵　蒙山1014「月ひは」

山家煙　、〔直條〕

1791 ◎すむ人のほだ焼ならし山陰にたつるも色のうす煙かは　蒙山1015「うすき煙は」

後二出　崇勝尼北山の庵をたづねて　、〔直條〕

1792 踏分てとはずばしらじ君がすむ山路の落葉ふかきあはれも　」7オ　蒙山1024「後二出」と注記。1792は詞書、歌とも抹消のつもり。

山中滝　、〔直條〕

1793 ◎めづらしな山はみどりの眉ずみにしら玉かけて落る滝つ瀬　蒙山1025

春のはじめ格峯山居をとぶらひて　、〔直條〕

1794 ◎世に遠き山はこよみもなき庵をとひ来て花の春と告ぬる　蒙山1026

野亭　、〔直條〕

1795 ◎庵しめて野守が庭の花なれや我とはうへぬあざみさゆりも　蒙山1032

奥山立庵法眼武蔵野の別墅野月亭をとぶらひて　、〔直條〕

1796 ◎むさし野や霞もきりも夏草のみどりにつゞく雪のふじの根　蒙山1034

豆州熱海の里にすめる隠者、庵室を睡鷗軒と
なづけしに、歌かきてをくれとある人申けれ
ば　、〔直條〕

」7ウ

1797 しづかなる心になれて軒ちかくかもめもねぶる波の上かな　蒙山1036

山寺　、〔直條〕

1798 ◎しづかなる山もこゝろにしら雲のなかばを分てすみぞめの袖　蒙山1045

東明庵にて　古寺雨　、〔直條〕

1799 ◎夕がすみ雨かきくらしふる寺に声さへしめる軒のまつ風　蒙山1050

福源寺再興の後かの寺にて　、〔直條〕

1800 今こゝにひかりかゝげてふる寺のたえたるをつぐ法のともし火　蒙山1051

前二有　是行上人、長谷寺とてはつ瀬をうつせし山寺
に住侍りける比、尋まかりて　、〔直條〕

1801 庵しめて聞や心にちりの世もはつ瀬をうつす山寺のかね　蒙山1052「前二有」と注記。詞書「是行上人」と初句に合点を付し抹消。

田家　、〔直條〕

1802 ◎ねられずよ山田の庵の秋風に稲葉のほなみよる〳〵のこゑ　蒙山1057

」8オ

旅ニ出

神無月の比、武雄といふところにやどり侍り
しに、存誠にすゝめて　、〔直條〕

1803 又人もむすばゞ旅のあはれしれ霜がるゝ野ゝ(の)草のまくらも

つくしに侍りける秋、資茂卿の許より
資茂卿

1804 うき秋はいづくもおなじ船出してみよや都の雪の明ぼの

そのとしの冬、吾妻に下り侍りけるにさはる
事ありて、京にも立よらざりければ伏見の旅
宿より此御返事奉りける　直條

1805 心のみかよふとはしれ草枕よそに都のゆきの山のは

吾妻より故郷にかへり侍るとて、都にのぼり
侍りしに御亭にめし、管絃などもよほし給ひ、
名残おしませ給ふとて花山院内大臣定誠公
〔定誠公〕

1806 たび衣立やいまはのわかれ路を引とゞめなんいと竹のこゑ

御返し　直條朝臣

1807 きくからに名残をそへてわかれ路の心ぼそきはいと竹のこゑ

」8ウ

蒙山1103「枕を」「旅ニ出」と注記。詞書「神無月」と初句に合点を付し抹消。

蒙山1105「うき秋は」本書「秋の」の「の」を「は」に改め傍記。

蒙山1106

蒙山1122

蒙山1123

眺望　〔直條〕

1808 手に◎とらぬ墨がきなれや遠かたの雲水白く山青くして　蒙山1125

夕眺望　、〔直條〕

1809 夕◎霞里はそなたとしら鷺の行ゐにうすき松のむらだち　蒙山1131

海、、〔眺望〕　、〔直條〕

1810 泉郎（あま）◎のすむ里もしら。て（れカ）浦浪のよるのながめに残るともし火　蒙山1141 「しられて」

月前、、〔眺望〕　、〔直條〕

1811 や◎はた山松をはなれて澄のぼる月はとばたの末もくもらず　蒙山1142

暮漁火　、〔直條〕

1812 く◎る丶よりひとつふたつとともす火の浪に数そふ沖のつり□（船）　蒙山1144 虫損アリ

9オ

百首の和歌御批判の事申入侍りしを、御合点の後、返し給ふとて資茂卿　〔資茂卿〕

1813 吹◎風のたよりしなくはしらぬ火のつくしのおくの玉の光りも　蒙山1153

御返し　、〔直條〕

1814 た◎づねてもなにのみるめかみやこ人つくしの海の浪のもくづは　蒙山1154

述懐　、〔直條〕

1815 か◎へり見てしらば日ごとにひとつをも身にあらたむる心ともがな　蒙山1163

1816 ◎いかにみんかすみよ露よおり〳〵のあはれしりたる心なりせば　」9ウ　蒙山1168
寄情、、〔述懐〕　、〔直條〕

1817 ◎はれやらぬ身のあはれしれよな〳〵の露とひなれし袖の月影　蒙山1171
寄月、、〔述懐〕　、〔直條〕

1818 ◎けふもまた何をなしてかくるゝ日の入あひの鐘に身をぞおどろく　蒙山1175
夕幽思　、〔直條〕

1819 ◎けふもまたあすさへあらば手枕のきのふの夢にむすびそへまし　蒙山1179
往時如夢　、〔直條〕

1820 ◎夜の雨ふりにしこともも今さらにおもかげきえぬともし火の本　蒙山1185「ともし火のもと」
懐旧　、〔直條〕

1821 ◎しのぶぞよむかへばむかしみし友をひとりふたりと月にかぞへて　蒙山1187
対月忍昔　、〔直條〕

1822 ◎ひらけ猶いまもむかしの文のうちにのこるまことの道をたづねて　」10オ　蒙山1189
披書懐古　、〔直條〕

1823 ◎ことの葉のたねに生てふ草もあらば枕にむすべ春の夜の夢　蒙山1190
夜夢　、〔直條〕
無常　、〔直條〕

1824 ◎さとし置仏の道はいな妻のひかりにたぐふうき世とをしれ　蒙山1194

寄月、、〔無常〕　、〔直條〕

1825 ◎消やすきあはれをそへてやどしみる月の影さへあだし野々(の)露　蒙山1197

釈教　、〔直條〕

1826 ◎立かへりこゝろにとはゞ法の道ありやなしやも我ぞこたへん　蒙山1273

龍女成仏　、〔直條〕

1827 ◎さゝげたる玉のひかりもくもりなき月のみなとの海にすむらし　蒙山1282

孔子　、〔直條〕

1828 ◎しるしおくことばの花の春秋はつたへて今も世ににほひける　」10ウ　蒙山1287　「にほひけれ」

顔回　、〔直條〕

1829 ◎たぐひなく学びをこのむ名をとめて今はなしてふ跡もかしこし　蒙山1288

子陵釣臺　、〔直條〕

1830 ◎きよき江に釣のうてなの上にこそあやしきほしのかげはやどさめ　蒙山1289

李夫人　、〔直條〕

1831 ◎しばしだにたちものこらば夕煙よしものいはぬすがたなりとも　蒙山1290

書　、〔直條〕

1832 ◎かしこくもむすびし縄の末かけてくちせぬ道を世に残しけれ　蒙山1292

筆　、〔直條〕

1833 ◎かく文字のみづのすがたを一ふでにのぞめる池の心ふかしも

蒙山1293

深草にまかりて、草山隠士元政子が墓をたづねて　、〔直條〕

1834 ◎高き名はうづみもはてず苔の露むかしをかけてぬるゝ袖かな

蒙山1386　詞書「深草にまかりて」は記述なし。

11オ

墨染寺にて　、〔直條〕

1835 ◎墨染のおしへを花にわするなよ冬木の桜春にあふとも

蒙山1387

夏の比勧修寺をたづね氷の池を見て　、〔直條〕

1836 ◎くもりなくてらす御法や山寺に爰〈ここ〉も氷の池のかゞみは

蒙山1388

伏見山にあそび宇治川を眺望して　、〔直條〕

1837 ◎ふし見山一むら松の木の間よりみえて間近き宇治の川橋

蒙山1389

黄檗山萬福寺にて　、〔直條〕

1838 ◎世をてらすひかりやこゝにもろこしの法をつたへし寺のともし火

蒙山1390

宇治にて　、〔直條〕

11ウ

1839 ◎宇治川やこりつむ柴のしばしだにいとまも浪に行かへるふね

蒙山1392。本書1612に重出。四句「なみに」

妙心寺にて花園院の御影を拝して
、〔直條〕

1840 九重に咲しむかしは夢なれや今ぞまことの法の花ぞの

蒙山1393

天王寺にて
、〔直條〕

1841 万代の末もたえじな難波寺亀井の水のふかき御法は

蒙山1407

すみだ河にて
、〔直條〕

1842 すみだ川すむてふ鳥の名もつらし心づくしはいかゞとはなん

蒙山1438

四十二番歌合の中に

庭松
冬隆

1843 をのづからなるれば友と成にけり植し軒端の松の夕風

四十二番歌合三十二番「右」。「左」は貞正。

12オ

おなじく

松不改色
宗継

1844 武士もいとまある世はことの葉の色もかはらぬ和歌の浦松

四十二番歌合四十番「左」。「右」は俊村。

福嶋氏正視の君わがすめる楓園の宿を、はじめてとひ来ませしことをよろこぼひて
直郷朝臣

1845 とはれぬるけふより後は折〳〵にむつびかたらんともがきの道

西園982 詞書「元文五年」文頭にあり。

色則是空空則是色といふ事を

、〔直郷〕

1846 ふるかとよ見るまに消てさだまらぬ青葉がうへの春の淡雪

松有佳色　蔵山

1847 ◎千年経ん松の葉ごとに色ぞそふつきせぬ御代の春の数かも

└12ウ

渦牛の庵にて　猶龍

1848 草の戸をとはずはしらじ塵の世のなかにもそまぬ人の心は

ことの葉そへよとありける御詠歌、あまりや
すらかにうけ給はりければ　、〔猶龍〕

1849 ことの葉にいひもやられず花のゝちつきせぬ春の色ふかみ草

題しらず　、〔猶龍〕

1850 よしといひあしといはれて難波江をわたる此よのかりふしぞうき

法華経随喜功徳品千萬劫難遇の心をよめる　常如

1851 ◎あひがたき此身と聞ば言の葉も妙なる法の花の教に

返し　秀実

1852 ◎法の花今やひらけて逢坂の関路へだてぬ道の春風

└13オ

西園980　詞書「といふ事を」なし。
歌二句「見るが内にも」
初句に「――」

天満宮奉納草庵集題百首和歌の中に
暁鶏　　秀実

1853 隙をなみつかふる道はかしこくも八こゑの鳥を待て出らん

おなじく
里竹　　〔秀実〕

1854 山里の折かけ垣やかくろへし竹の茂みにうき世へだてゝ

草庵集題句題百首和歌の中に
閉門留野鹿　　〔秀実〕

1855 蓬生のとぢつる門に野辺近くなれてをじかのふしどゝぞなる

おなじく
世路山河嶮　　〔秀実〕

1856 山河の道は越ずも過なまし世のさかしさはいかに渡らん

おなじく
僧談悟色空　　〔秀実〕

1857 とく法のもとはおなじきことはりも色のまゝなる空にしらるれ

代をゆづりて明年の正月元日によみ侍ける
玄栄法印

13ウ

1858 うかりける嵐も今朝はよそにのみ心静けき春にあふ哉

菩提品の心をよめる　堅明

1859 かしこしな法のためとや薪こり水くむわざもいとはざりけん

堅明集344　歌題「提婆品の心をよめる」

世尊拈華　、〔堅明〕

1860 今も猶しる人やしる鷲の山そのひと枝の花の色香を

堅明集345

六字名号のうちを句ごとのかみにをきて、念仏の心をよめる　、〔堅明〕

1861 南〈なむ〉をとなへむかふ仏のあまねくもみちびく筋に誰れかもるべき

堅明集357　詞書「よめる」不記。歌「陀連か」

山家　、〔堅明〕

1862 行かよふ心よいかにうき世ぞと柴の戸ざしのわずかしれども

」14オ

堅明集386「さすがしれども」

したしき法師のへだたれる所に侍りけるに、よみてつかはしける　堅明

1863 柴の戸を出る明くれの道とはゞたち居にむかふ波のとを山

堅明集ナシ

焉石法師深き山の奥に庵むすびて住侍ける折、申遣しける　豊嶋氏重達

1864 心のみかよふとはしれ世のうきめ見えぬ山路に墨染の袖

返し　焉石法師にかはらせ給ひて

1865 心だにおもひ入野の露わけば何かへだてん墨染の袖

格峯老和尚

1866 おもひしれ世のうきことはあらあれ(ママ)是非もとまらぬかりのやどりは

〔格峯〕

」14ウ

鄭氏幽軒おもひの外の事侍りて、吉田といへる山のおくに住侍りけるに読て遣しける

豊嶋氏

1867 おもひやる心とはしれ罪なくてさすらふ人の松の戸の月

かへし

幽軒

1868 初雁の音をだにきかぬ山栖(やまずみ)にうれしくもみる松の戸の月

清水ながる、柳陰に西行法師を書ける屛風に

豊嶋氏

1869 ◎しばしとて立なとまりそ柳かげ心とゞむる宿ならぬかは

鄭氏幽軒のもとより「幾たびかおもひたちしもいたづらにとはで月日のけふに過つる」と申おくられける返事

、〔豊嶋氏〕

1870 わすれじなかくていま見ることの葉にとはぬもふかき人の心を

」15オ

「あら」の次に「ば」の脱字あるか。

詞書の中の歌索引にとる。1870㊓

幽軒やつがれが荒屋に尋来て「名はたてじ秋のしるしも見えなくに人の心ぞけふは身にしむ」と聞えければ返事　豊嶋氏

1871 身にしむと聞ししるしも見えなくに君がことばの道はふかしな

元禄六辛酉水無月終一日、夢中に「色にそむ心をかねてさわらずは法のまことをいかでしらまし」と見て夢さめぬ不思議におもひ書きとゞめて、格峯老和尚へ御目にかけ、ればあそばしくだされける御詠　〔格峯〕

○色にそむ

1872 ◎心もてさとりとしらば色よりもふかくやそまん法のいつはり

出家の後　山家に春をむかへて　豊嶋氏

1873 四方に吹風もさはらぬ柴の戸に春ぞしらるれ軒の梅が香

朝夕□□なく語りなぐさみ侍し友を、思ひの外の事ありて、ふかき山の奥に住侍りぬ、年月経ておとづれざりければいかばかり恨らんと、わがおこたりのほどもかなしくよろづお

└15ウ

1871補 詞書の中の歌索引にとる。

1872補 「○色にそむ」と注記。詞書の中の歌、初句索引にとる。

1873の歌、詞書全てに傍線を付し抹消（見せ消ち）。

虫損アリ

もひ出る事侍りて、読てつかはしける
豊嶋氏

1874 あはれしれなれしむかしもわすれては夢かとぞおもふ夢の世中
風鈴に読て書付侍る　、〔豊嶋氏〕

1875 鐘もならず風も音せぬしづけさを人のこゝろになどひゞくらん
一字不説と仏のゝ給ひしこと不審(いぶかし)ければたはぶれに読て格峯老和尚へ捧奉りける
、〔豊嶋氏〕

1876 説をくもとかぬまことの御法をばとかぬと説しことの葉ぞうき
御返し　〔格峯〕

1877 説とかぬ法もまことも偽もみな色かはることの葉ぞなき
再犯不客
天瑞法師世をのがれて、人めまれなる山の奥に住侍りけるに尋まかりて読侍りける
重達　豊嶋

1878 これも又えにしかしこし山深く一樹の陰にむすぶ庵は
いのちながければ恥おほし人は四十にたらぬ

16オ

「まことの」の「の」を見せ消ちで「も」と傍記。

ほどにてしなんこそめやすかるべけれと、兼
好法師のかけることまことなるかなと覚え
て　　　、〔重達〕

1879 消やらでこしや四十を過る身の恥をかさぬる末の白露 └16ウ

老のならひとして、秋のよのながきを恨み、
来しかた行末のことなどおもひつゞけ侍る折
しも、暁ちかくなりて鹿の音たゞこゝもとに
をとづれければ　　重達

1880 老が身のいかにせよとや小男鹿の枕にちかき暁の声

閑居　　、〔重達〕

1881 ◎身を秋の露の枕にふし侘て夢もむすばぬ蓬生の宿

後ニ入　、、〔閑居〕水　　、〔重達〕

1882 のがれすむこの山陰の埋水わが影とめて友とこそ見れ

稲佐山といふ所に尋まかりて、松の陰にしば
しやすらひ侍りて　　、〔重達〕

1883 この山を絵師もうつさば松陰にやすらふ我を書もそへてよ └17オ

瑞鷹禅師深山の庵室を尋て　重達

「後ニ入」と注記。詞書、歌とも合点で抹消。

1884 分てけふとはずはしらじ塵の世をよそに深山の柴の庵は
出家ののぞみ心にまかせければ、曹源庵断橋尊師の御影前にして、頭をすりつたなき腰おれ一首綴侍る　、〔重達〕

1885 年月のわがあらましもけふよりはよしや心もすみ染の袖
山里に住侍りける比、閑居を読侍る　沖庵

1886 ◎かくれ家を尋そめしはさびしさにならはぬ折の心也けり
述懐　、〔沖庵〕

1887 ◎世中をなか〳〵今はいとはじよいくうきことも過しきつれば
有所の会に、往事如夢といへる事を　、〔沖庵〕

1888 ◎こしかたはきのふの夢と跡もなしはかなく残るけふのうつゝや
原氏忠利家会当座
述懐　、〔沖庵〕

1889 ◎うきたびの心にいりしその山もあらましごとに過るはかなさ
暁　、〔沖庵〕

17ウ

1890◎夕ぐれの哀はなれてすぐしきぬ老のね覚のよこ雲の空

ある山里にまかりける時読侍る

、〔沖庵〕

1891◎来て見れば世のいとはしき山ざとに身を心ともなさぬくやしさ

長慶集句題和歌の中に

蔬食足充饑　秀実

1892◎ゆたかなる身にしあらねど朝夕にたつるや同じ煙なるらん

18オ

百人無一直　、〔秀実〕

1893◎すぐなるは一本もなしくれ竹のよの間につもる雪の下折

唯農最辛苦　、〔秀実〕

1894◎わきてうき世のことはりや秋の田を苅まで民の心づくしは

白日頭上走　、〔秀実〕

1895◎うつり行光の陰に身は老てまなくかしらにつもる白雪

不帰天上月桂　、〔秀実〕

1896◎たがうへし月の桂の種も今みのるむかしの空やゆかしき

随分有風波　、〔秀実〕

1897◎海川も沢辺も池もそれ〴〵に身におふほどの浪風ぞたつ

18ウ

頓領畎畝問　、〔秀実〕

1898 をきふしの夜も安からで露深き山田もる身の庵ぞさびしき

莫将山上松結託水上萍　、〔秀実〕

1899 山高き松にたぐへて池水に世をうき草のよるべなき身を

五十にみちける時、かの遽伯玉が四十九年の
非をしるといひし事を思ひ出て

堅明

1900 いその波こえにし跡のあやまりをけふ立かへりしる身ならばや　堅明集ナシ

樵夫　、〔堅明〕

1901 山がつのわざぞくるしき身の程はかろきもをもくはこぶ妻木に　堅明集ナシ

題しらず　直朝朝臣

1902 打もふす夢路関もる老らくの昔を見せて行嵐かな

19オ

断橋和尚

1903 昔世にあらば今日此身はあらじすてしぞ老の初也けり

題しらず　此歌口伝　直朝朝臣

1904 頼むぞよまだ二葉なる紫のゆかりは我も遠からぬ身に

返し　光茂朝臣

1905 たのむとはおやの心か紫のゆかりは我も遠からぬ身ぞ
隠居の時読侍りける　玄栄法印

1906 ながらへばか丶る折をもありやしつ浮世のわざを人にゆづりて
後二入
述懐の心を　藤原通寛妻

1907 つれもなき身（頼み）は山めぐる夕時雨ふるかひもなき世にも住哉
三月廿九日昼の間まどろみけるに、周防灘といへる所にて夢中によめる　柳園

1908 梓弓はるを心の行先にくらべても見ん八島うら波
秋夜述懐　断橋和尚

1909 ◎か丶る身の長くもあらばいかにせん人をも世をも秋の夜の露
後二有
春釈教　良永　愛野氏　永―栄ノ字

1910 ふる程は同じ御法のはるさめもうくる草木は花の色〳〵
後二入
春懐旧　月鑑　板部氏

1911 いにしへを語り合てしのぶかなともに老木の花の友人
窓竹　読人不知

1912 ◎世にたえぬ身の哀しれ植置て明くれなる丶窓のくれ竹
題しらず　よみ人しらず

└19ウ

└20オ

「後二入」と注記。詞書、歌とも合点で抹消。本書「歌」傍線右に「頼み」と傍記。

本書1713と同じ。作者名は忠基と記す。

「後二有」と注記。詞書、歌とも合点で抹消。

「後二入」と注記。初句に合点で抹消。

1913 数ならぬもくづもよらば和歌の浦にあつむる玉の色やけがれん　沖庵

閑居水

1914 谷の戸の水をよすがにのがれ来て住かひあれと身をぞいさむる　林氏

1915 住なれし松の下庵あれにけり水の外なき苔の上かな　原氏

1916 岩間もる水をぞ友にすむ庵は夢より外の人もやは見る　御厨氏

1917 山里にすめる心に陰あらばうつす鏡の水やにごらん　南里氏

1918 のがれ住此山陰の埋水わが影とめて友とこそ見れ　木下氏

1919 遁ては世のうき事をかたらなん心の友と聞水の音　沖庵

十首和歌

1920 立ならぶさくらもなびく青柳のをのがすがたや花にかすらん　並木氏

1921 世のちりを葉分の風にはらはせて竹の林になるゝ起ふし

20ウ

1922 山賤のかこふかきねのふかみ草これも身にをかぬ花の色哉　月鑑

1923 をく露もそれとぞ見えぬ草の原夜はほたるのおなじひかりに　忠昭

堅明集ナシ

1924 花に香はおよばぬ草も行末の千とせを絵がく杢のむら立　朝日氏

21オ

1925 わけて行野辺の千種の花衣きつゝなれてもあかぬころ哉　月鑑

1926 老をせくふちともよどめうちはらふ袖さへ千世の菊の下露　朝日氏

1927 紅葉〻の色もふかめて夕日影千しほの後のしぐれとぞなる　並木氏

1928 これも又人なとがめそかり衣わくればうつる萩が花ずり　沖庵

1929 誰為に身をつくしてかなにはがたあし辺のかりの音のみ鳴らん　忠昭

堅明集ナシ

元禄十九月十三夜兼題和歌五首の中に

21ウ

霜月四日会兼題三首の中に

釈教

1930 心もて心をつたふ道芝の露にもぬれよ老の衣手

忠利

1931 鷲の山遠きむかしをそのまゝにかはらで見するあかほしの空

秀安

1932 弓の山遠きむかしの面影も見るばかりなる法のことのは

重達

1933 をしへをく道はありともわしの山分入るおくのおもはるゝ哉

政

1934 吹つたふ法の教は天もつちも草木もおなじ鷲の山風

作者不知

1935 迷はじな分入山はくらくとも心にともす法のともし火

観正

1936 天にみち地にもあまるひゞきかなとかぬと説し法の一こゑ

沖庵

1937 たがためとわけぬ御法のくらき夜に霜ふむ鳥の跡は見えけり

実一

22オ

詞書の「月十三～五首の中に」を傍線にて抹消。

「をくの」の「を」に「お」と傍記。

常順

1938 道◎ならぬたゞそのまゝの道ならばまよひの道もまよひならまし

閑中燈　直條朝臣

1939 花◎にをち花にむすびてともし火はひとりむかふもあかぬ影かな　蒙山980

枕流軒に尋まかりて　月鑑

1940 たづね入みやまの庵の竹すだれかゝるうき世の外もありけり

元禄十一臘月十七日、直定公浅浦となんいふ所をしり給しに、民どもはじめて貢を奉りける、白雪いたく降ければ祝ひの歌よみて直朝公に奉る二首　沖庵

└22ウ

1941 とよとしも雪にしられて君にけふさゝぐるみつぎ数もつきせじ

〔沖庵〕

1942 十がへりの花見せそめて君にいまよはひを契る雪の松が枝

御かへし　直朝朝臣

1943 豊としの雪をみつぎに猶そへてさゝげくるてふ民もゆたかに

〔直朝朝臣〕

1944 とがへりの花咲にけりけふの雪ともによはひをちぎる枩が枝

高源院殿御法事観音懺法の供養終りければ
、〔直朝朝臣〕

1945 うらゝかに日は山の端に入ぬれどこの老らくの袖ぞかはかぬ

23オ

後ニ出

老述懐　贈カ 僧答あり　実嵩

1946 をろかなる老のならひか去とてはいけるうらみの日々にまされる

深山庵にて　梁山

1947 我影ぞ知る人にせん誰をかもひとりみやまの秋の夜の月

小浜帰帆　、〔梁山〕

1948 追風にかへる舟人わが浦のとまやの煙空にしられて

題しらず　断橋和尚

1949 老にけり病のためにながらへてさきのむくひやうけつくすらん

三所ニ出　前ニ入

寄時雨述懐　嬉野氏妻

1950 たぐひなき身は山めぐる夕しぐれふるかひもなき世にもすむかな

23ウ

煩悩即菩提　禅梁

1951 ◎ちりそへてこのはをながす清瀧の川瀬にのこる波とてもなし

みやま庵にて　萬女

「後ニ出」と注記。初句に合点で抹消。

「三所ニ出　前ニ入」と注記。詞書、歌とも合点で抹消。

1952 わけている人の心もをのづからちりの世とをき山のしづけさ
〔萬女〕

1953 咲花の色にうかれて分もよふ人なとがめそ春の山てら

年比よはひをふかくかくしけれども、一とせの夏おもくわづらひける折、まことの年をいひけるにつけてよめる　山田寛忠

1954 諸共に哀とおもへ今更に年あらわれて跡のはづかし

十三歳にてよませ給ひける歌松不改色　直條朝臣

1955 ◎世にふともかはらぬ御代に相生の松もときはの色を契りて　蒙山ナシ

└24オ

おなじ年の春の比、人の身まかりしに　直條朝臣

1956 ねにかへる花のためしによそへてもまつべき春のなきぞかなしき　拾遺394

おなじ年故郷をたち出侍るとて　、〔直條朝臣〕

1957 故郷に心よせめてとゞめをかん行ゑなき身を待人にして　拾遺369

瑞鷹上人へ奉る　杉本坊

1958 音もなき風にや雲をはらひ捨てなを敷嶋のすめる月影

かへし

思ひもふけぬ方よりさしもしらべたかきこと
の葉を給へければ、そのまゝ詠をくべきにし
もあらず、こゝろにたがひけることの葉おろ
かさをかへり見ず、かきつゞけてかへしとな
し侍る　〔瑞鷹上人〕

1959 音もなき風のすがたをしる人にわれこそは問ふ敷嶋の月　」24ウ

「敷嶋の道行人の袖のかにふれて心の花もし
らるれ」と云うたをよみてやりければかへし

東小路より

1960 敷嶋の道はさま〴〵ひろけれどなをふみまよふ身こそはかなき

谷水　瑞鷹

1961 ◎谷かげやすみてぞしらん世のちりのにごるともなき水のこゝろを

薬草喩品の心をよめる　良栄　愛野氏

1962 一すぢにふる雨にしもあらねどもうくる草木は花のいろ〳〵

御□亭の会当座

詞書の中の歌初句索引にとる。1960㊣補

山家夕　　　　　　　　　　直朝朝臣
1963 いかにせんうき世にかへし山里も夕かはらぬ松かぜの声

老述懐　　　　　　　　　　信金　□□氏
1964 冬枯の草葉にのこる雪みれば老の身にしぞ思ひしらるゝ

五宮奉納百首和歌の中に
望遠帆　　　　　　　　　　忠亮
1965 嶋山も見るめさはらではるぐ〵と真帆引つなぐ舟ぞ数そふ

おなじく
老述懐　　　　　　　　　　秀実
1966 徒に老の波よる石上ふるとし月ははやくながれて

おなじく
上陽人　　　　　　　　　　了性
1967 独りすむ幾とし月か宮の内によるの思ひにひるのなげきは

おなじく
陵園妾　　　　　　　　　　実房　星野
1968 哀世のふる事とへば花に愁へ菊にかなしむ山の隠家

おなじく

」25オ

「うき世の」の「の」に「に」と傍記。

欠損アリ

思往事　常知

1969 行年のかへり来ぬとはしりながらなす事なくて過しくやしさ

おなじく
隣里鶏　秀実

1970 民の戸も明がた近き鳥がねは四のとなりの夢さますらし

おなじく
草庵雨　常知

1971 清（すめ）る世は草の庵にきく雨の軒のしらべもことさらの声

おなじく
山舘竹　了性

1972 足引の仙人しめし宿ならめ千世をまがきの竹のよはひは

おなじく
橋上苔　実房

1973 山ふかみ人もかよはでむす苔はさらに塵なき谷の岩橋

おなじく
旅泊夢　猶龍

1974 古郷を夢に見るめの檝（かぢ）枕打ちをどろかす沖津浦浪

25ウ

歌題「橋上霜」を「橋上苔」に改む。

猶龍上人をともなひて山滝を見る西の滝にて　　　　　　　　　　　　　　　　」26オ
蔵山

1975 むかしみし人をいざなふけふは猶わきて音そふ滝のしら糸

東の滝はわれもともなふ人もはじめて見侍り
て　　、〔蔵山〕

1976 わけ入てみるもわりなきみ山路に滝の音のみよにはかよひぬ

同じ滝にて　　猶龍

1977 わけてけふ問ずはしらじ白浪のよるべもきよき滝つながれを

直郷公にからうた奉りける時よみてたてまつ
りける　　別露

1978 あらかねもかへてこがねとなすは今賢き君が業としぞあふぐ

また老の志をよみて奉りける　　、〔別露〕

1979 和歌の浦たかきみちひの塩風になみの浮舟よるかひもなし　　　　　　　　　　」26ウ

七字の題号を句の上に置て経のこゝろをよみ
侍る　　鉄叟

大　　〔鉄叟〕

1980 大◎内人およばぬ法のくらゐ山こへてもすへのみちぞはるけき

方　〔鉄叟〕

1981 方◎〳〵にいろをわかてどまどかなるおしへはかくもつきぬことの葉

広　〔鉄叟〕

1982 ひ◎ろきよりひろきもさへず月影のもりくる空はもる影もなし

仏　〔鉄叟〕

1983 ほ◎とけにはいづくの秋も手向山もみぢのにしき神かざし来て

」27オ

「秋と」の「と」に「もカ」と傍記。

花　〔鉄叟〕

1984 花◎さかぬたねはなけれど一もとをたれみよし野に植はじめけん

厳　〔鉄叟〕

1985 厳（いつく）◎しなやなぎさくらもこゝのへの春色そふやどのうつし絵

経　〔鉄叟〕

1986 経◎る世にもつきぬ御法にたぐへてははかるべき空つなぐべき風

善財童子五十三□（歳）カのこゝろを　〔鉄叟〕

1987 五◎十あまりみつの曙夢さめてたれか難波のよしあしの友

〔鉄叟〕

1988 さめてのちみる月花も何かせんきのふの夢におとる春秋
春懐旧　　月鑑

1989 いにしへをかたりあはせてしのぶかなともに老木の花の友人
春釈教　　常時 良栄

1990 ふるほどはおなじみのりの春雨もうくる草木は花の色〳〵
元禄六年十一月朔日普明寺月岑和尚開堂せられける時つかはしける　　沖庵

1991 草木までうるほふ色よ此寺の御法の雨や空にふるらん
直朝公はべといふ所に御庵室ありてすませ給ひけるに、卯月の比ほひ、まうで侍りける、その御庵の御しつらひきよらにいはんかたなく、山のけしき雲のゆきゝまで、めづらかに只仙境に入かとおもふばかりにてよみて奉る
〔沖庵〕

1992 つたへこし昔の人のをのゝえもかゝる所にくちや□□ける
其夜はとゞまり君はおほとのごもらでかたらせ給ひける、次の日帰り侍りける時に読侍る

欠損アリ

沖庵

1993 とゞめぬぞうらみなりける君がすむうき世の外の山にこし身を

御返し　〔直朝公〕

1994 とひきつる人だにとめぬ住居かなうき世にあと□遠き山とて　欠損アリ

ある所の会に　顔回　沖庵

1995 天が下しるもしられぬ草の戸もさすがひじりの道はかはらじ

庭松　、〔沖庵〕

1996 うしとのみきゝこそわぶれ夢の世に夢さますべき庭の松風

和歌のことばかたはしかき集て娘にとらせけるおくにかきつく　沖庵

1997 とし月にたえずもひろへちりひぢのつもりとぞなるやまとことの葉

〔28ウ〕

元禄十四年卯月三日の昼、永日かの□□（真覚カ）大師証道歌を見けるに夢裡明々有六趣覚後空々無大千と云る所にて、ねむり付ければ見さして暫まどろみける夢の中に、歌一首よみけれどもさめて後、上の句は分明にて下の句はわすれければ読つぎ侍る　、〔沖庵〕　欠損アリ

1998 ◎おもひねの枕の夢に今ぞしるうつゝのすがたすが〳〵しとも

天満宮奉納二十首和歌の中に

沖庵

1999 ◎老らくの世をこそおもへ山の端の雲に残れる有明の月

おなじく

山家嵐

、〔沖庵〕

2000 ◎をのづから友となさずば山ざとにしばしもたえて聞あらし哉

直朝公よりあそばし給りし御詠歌

〔直朝公〕

2001 しるらめやむかしをかけてなれし友たぐゐやはある老が心を

御返し

沖庵

2002 おほけなや後の世かけてわすれじな身にあまりぬる君の心は

一首にては申上たらず又

、〔沖庵〕

2003 くらべては千尋の海もなにならんわれにめぐみのふかき御こゝろ

旧友なりける林氏実一来りて日めもすかたら

ひ、夕暮に成てかへられける時

実一

」29オ
」29ウ

「夢の」の「の」に「に」と傍記。

2004 たづね来てともに昔をかたるにぞひとつ心の入相の鐘

返し　　　　　　　　　沖庵

2005 入相のかねてもきみを待侘るつきぬは老のむかしがたりに

やよひの比ほひ、さはる事ありてこもりける

折、木下氏常順本より申おこされし

常順

2006 まゝならぬうき世にすめば春の日も老の心にのどけからしな

返し　　　　　　　　　沖庵

2007 老が身をあはれとおもへ夜るはね（ママ）□（て）昼は春日をくらし侘にき

欠損アリ

沖庵が作りし病中夜話と名づけし法語を見て

よめる　　　　　　　　満堂

2008 植置し君が御法の庭の梅幾世ふるとも香やはかくるゝ

返し　　　　　　　　　沖庵

2009 庭の梅はさもあらばあれ見し人のこと葉の花の色ぞ妙なる

また返し　　　　　　　満堂

2010 たへなりと歌の鏡に影うつすよその伝へのこともはづかし

沖庵出家せし比、日来の友達ふたりみたり来

└30オ

て、年よりての出家は身も草臥命もみじかふ
なる物也、ひらにをちよといひければ読て出
し侍ける　　　　黙翁　沖庵

2011 おもへ人身はあさがほの花の露落ての後もいくほどの世ぞ　　左注アリ

となんよみければ此上はとていはず成にける　　30ウ

断橋尊師御詠歌とて出させ給ひける

〔断橋〕

2012 かゝる身のもしながゝらばいかにせん人をも世をも秋の夜の露

〔断橋〕

2013 たえて後なにか心のまゝならんまゝのつぎ橋又わたる身は

御返しのやうにて読て奉る　黙翁

2014 世と共にやすく過ませいにしへもまれなる年はまたはるか也

〔黙翁〕

2015 君は猶仏の道にかなひ来て人をわたすもまゝのつぎ橋

原氏先頃、次郎未（いまだ）少年にして詩をもてあそ
びけるを殊勝の事と思ひ、黙翁法師一章を示
して和を請けるとて、からうた仲秋題閑居と

侍けるを原氏の□□□□なりける人、彼詩に
こたへてよみ侍ける　慈圭　圭—瓊也

2016 遁れきて柴の庵のさびしさを人のとはぬもよしや老が身

月前懐旧　慈圭

2017 こしかたをうつす鏡か月に今見る心地してかくは恋しき

老後述懐をよめる　、〔慈圭〕

2018 ◎おろかなる老のならひかさりとてはいけるうらみの日々にまされる

かへしのつらに　默翁

2019 ◎こしかたを忍ぶ涙にかき曇る月を伴ふ夜はあらじな

また　〔默翁〕

2020 ◎今は身のうさに見るべき世中のうきをおもふもむくゐなるらめ

哀二入　紹龍公にわかれ奉りて、そのまゝ出家をとげ
てよめる　慈圭

2021 かはり行世のありさまを見んもうしすみの衣に身をかへしてん

庚申の日うま子をうみけるにつけて　柳園

2022 わけし身の身よりわかれし益人〈ますひと〉の道をみちびけあまや釣舟

31オ　31ウ

虫損アリ

「哀二入」と注記。詞書、歌ともに合点にて抹消。

遥想往事といふ事をよめる　寛斎

2023 教◎へある窓のともし火そのまゝにかゝげもあへず消やはつべき

かけまくもかしこき御恵のことの葉を給り、心にあまり有がたきまゝに、つたなきをかへり見るにいとまあらねば　常房

2024 めぐみにてひらくる花の色は猶匂ひをながく袖にとゞめん

寄雨述懐　お近（コン）藤原通寛妻

2025 さ◎だめなき身は山めぐる夕時雨ふるかひもなき世にもすむかな

井手氏何がしの少年おもひがけずも我幽居をたづね来りて、へだてなくうちかたらはれ侍けるに、こゝろざしのうれしさいはでたゞにやとて　堅明

2026 おもひきやとしをわすれしまじはりの昔をいまも君にみんとは

賀ニ入　雑の部春詞書少し　松尾局

2027 老が身も君のめぐみにわかやぎて今朝七十の春をたのしむ

名所鶴　於市

2028 幾◎千とせこゝ住吉と浦田鶴のなれてのどけき春のみるめは

32オ

堅明集ナシ

「賀ニ入」と注記。詞書、歌とも合点で抹消。

井手水石

2029 ◎妙なりし法の蓮の花衣身かぎるからにやすき心は 」32ウ

延享二年の冬ひさしく病に臥しけるにつけて

直郷朝臣

2030 ひるもよもいねてくるしき床の上に夢もよそなる身をなげくかな　西園ナシ

病の折、雹のふり、としのくれける比よめる

、〔直郷〕

2031 あすしらぬ身も春をこそまつにふる雹よりはかなとしのなごりを　西園ナシ

浦眺望

、〔直郷〕

2032 ことうらのながめはさぞと思ひ出る春の曙秋の夕ぐれ　西園ナシ　初句に「――」

延享元年十二月朔日夜青山会

探題当座山家夕　常房　西岡

2033 ◎住侘てあやめもわかぬ夕ぐれになれし浮世をいとふ山住 」33オ

山家　氏峯

2034 ◎暮て行月日も分ぬ山里はたゞ花鳥に春やしるらん

天満宮奉納松百首述懐の歌の中に

忠康

2035 身は老になるほの松のまつ友も嵐ばかりの世にや侘けん

おなじく雑の歌の中に　、〔忠康〕

2036 清見がた関吹こゆるいほ原の松風遠くわたる浦浪

元文二年壬十一月十三夜、於御前当座

松有佳色　観礼

2037 さすが又名におふかげをあらはして千代もかはらぬ常盤木の色

池の面にむかしは舟をうかべしかど、今はその事もなしなんどかたりて、紅葉衣かさねても行末たえせず来てとへかしと思はしける

忠康

2038 渡りなば中や絶んと思ふよりかねて舟なき池のもみぢ葉

是は上杉侯楓園に来らせ給ふとき、家臣高津氏歌よみけるに、かへしなんどしけるついでによめる歌也

左注アリ

33ウ

題しらず　清真院

2039 露ふかき葎の宿も曇なく猶もさやけき月を詠る

灯　於千穂

2040 むかふよりかげもさながらしのばれておもふ中なる園のともし火

2041 のがれてはうきをこりつむ山里の妻木の道も身こそやすけれ　〔於千穂〕
閑居
└34オ

2042 をのづからいとへばかなふわが世かなむぐらのとざしさしこもる身は　〔於千穂〕
暁灯

2043 残る夜はなをかゝげてもをのづからかげうすくなる窓のともし火　〔於千穂〕
題しらず

2044 ならはねばいとゆきやらぬ和かの道手引の糸のむすびとゞめ□　おさき
かへし

2045 いつしかに心の花の道ふかくきゝしにまさる大和ことの葉　おしほ
└34ウ
ひさしくあひ見ざる人によみてつかはしける

2046 一とせに一夜あひ逢七夕をうらやむばかり君ぞ恋しき　おしほ
かへし

2047 逢事は幾年月をへだつともふかき心の色はかはらじ　おさき
長盈がよみける歌とて夢中におもほへける　寛斎

欠損アリ

2048 初花の咲そむる枝のかず〳〵におもひありとは知人もなし
　　前二有　庚申の日にうま子をうみけるにつけて　「前二有」と注記。詞書、歌とも合点で抹消。

　　　　　　　　　　　　　　　忠基

2049 わけし身の身よりわかるゝ益人（ますひと）の道をみちびけあまやつり舟　└35オ

　　楓園の家やけて後、しばし忘言庵に住侍るころ
　　　　　　　　　　　　　　　直條公

2050 このまゝにのがれはてばやかりに来てすみつく山の奥のかくれ家　蒙山1018

　　木庭といふ山里にしばしこもりて
　　　　　　　　　　　　　　　同〔直條〕

2051 ◎この里は世の人づてもきかざりき身を耳なしの山がつにして　蒙山1019

　　　　　　　　　　　　　　　〔直條〕

2052 真柴たく深山の庵の夕日かげけぶりにのこる色ぞさびしき　蒙山1020

　　上杉氏尼君、白金といふ山里に住給ひける比、
　　たづねまかりて
　　　　　　　　　　　　　　　同〔直條〕

2053 我も又庵ならべて山里にいつか浮世の塵をのがれん　└35ウ　蒙山1021

　　返し
　　　　　　　　　　　　　　　隠之

2054 山里にいほりならべてすまずともうき世ながらのちりをのがれよ　蒙山1022

立川庵にて　直條公

2055 とはざりし年月いかにあしがきのまじかき山のかゝる住居を

崇勝尼北山の庵をたづねて　同〔直條〕

2056 ふみ分てとはずはしらじ君が住山路の落葉ふかき哀も

前ニ有　春のはじめ格峯山居をとぶらひて　同〔直條〕

2057 世にとをき山はこよみもなき庵をとひ来て花の春と告ぬる

」36オ

亮海禅師歌よみて見せ給ひけるをかへしつかはすとて　同〔直條〕

2058 妙なれやひかりことなることの葉を法の衣のたまさかに見て

天台宗の何がしの僧正歌ひとつかきてとのぞまれけるに　同〔直條〕

2059 とはゞやなひとつ心にみつと見るつたへはさらにふかきみのりを

前ニ有　伏見山にあそび宇治川を眺望して　同〔直條〕

2060 ふしみ山一むら松の木の間よりみえて間ぢかき宇治の川はし

」36ウ

水無瀬古宮のほとりにて月を見て

2055 蒙山1023

2056 蒙山1024

2057 蒙山1026「前ニ有」と注記。詞書、歌とも合点で抹消。

2058 蒙山1285

2059 蒙山1286

2060 蒙山1389「前ニ有」と注記。詞書、歌とも合点で抹消。

2061 ◎これのみやむかしの跡とみなせ河ありていく瀬の浪の月かげ　同〔直條〕　蒙山1398

難波にてひさしくあひしり侍りける人の、去年身まかりける家を尋ね侍りしに、軒のたちばなのむかしなつかしくかほりければ　同〔直條〕

2062 袖ふれしにほひはもとのにほひにて人こそ見えね軒のたちばな　蒙山1404 初句に「――」

おなじ湊より舟にのりて　同〔直條〕

2063 ◎浪枕月の御舟も影とめておなじ湊によるぞすゞしき　蒙山1406

」37オ

独述懐　森田深龍

2064 ◎立さはぐ浪の上なる捨小舟ひとりうき世のわたりがたさは

庭松　酒見氏峯

2065 ◎なれて聞風にしらべもとことはに千とせをちぎる庭の松が枝

原忠基さはることありてこもり居けるに　直郷公

2066 いぶせくもしばししのぶの草の庵さすがへだてし夜半の月かげ　〔直郷〕　西園ナシ

2067 折ふしはとふ人もあるかきのふけふあつさはいかに身にしのぎぬる

御かへし　　忠基

2068 しばしてふこと葉の露のめぐみにてしのぶの軒に月ぞやどれる

〔忠基〕

2069 このころのあつさもさらにわすられてわかのうら風かよふすゞしさ

37ウ

御としわすれといふ事にて、御遊ありける夜、おとこをうな集りて御帰給ふ折取りあへず

仝〔忠基〕

2070 手の跡にひかれて来るや乙女子の袖をつらねし御代の遊は

岩屋山御かりの時、御たちめにてよみて奉る

仝〔忠基〕

2071 山の名はこゝも岩屋の動なき御代をためしにあそぶ狩くら

桜峯御茶屋より御詠歌下し給りけるに、山里は柴人もとひ来ぬとの御事共歌よみて奉りける

仝〔忠基〕

38オ

2072 柴人もとひ来ぬ山は敷嶋の道に道あるたよりなるらし

享保二十年十一月二十九日、当家相伝の書物

西園1000詞書「柳園子におくる」。歌「このごろのあつさは」

を授かりつけて　直郷公

2073 けふしりき和歌の浦路のそれならであけてぞふかきその玉手箱

山家嵐　忠俱

2074 ◎しづけさは思ひなれこし山住もきゝこそわぶれ峯の夜あらし

十一の年喪にこもりける春、門松もしるしばかりに見えければ　直告

2075 門松のしるしばかりに立ながらいはひの事はいく代ともなし

同春花ざかりの比　、〔直告〕

2076 庭桜今は青葉に成にけりまた来る春をまちにやはせん

五十にならせ給ひし試筆に　直條公

2077 ◎旅枕栗かしぐまの夢ならで五十年おどろく春は来にけり

沖庵詠歌煙の下草といひけるを見て　秀安

2078 ◎立のぼるけぶりを和歌の浦に見し君がたく火の下草となれ

返し　沖庵

2079 ◎あつめをく和歌のもくづぞひかりそふかゝること葉の玉をまじへて

上野金吾へよみてつかはしける

」38ウ

西園ナシ　初句に合点で抹消。

西園ナシ　本書237に重出。詞書「十一にならせ給ふとし」「常よりはしるしばかりに」。歌「有ながら」

西園ナシ

蒙山ナシ　本書243に重出。

七浦隠士

2080 こゝにしも吹伝へてよ春の風さくは若木の花のこと葉も

金吾よりこのかへしよみ送り侍りければ

、〔七浦隠士〕

2081 しらざりきさぞと思ひしことの葉も露のひかりのかゝるべしとは

」39オ

古稀の誕日に読侍りける　豊嶋重達

2082 行雲に宿もとめてん老の坂四たびこえにし道もはづかし

駿州浅間神主志貴泰賢に神道口決相伝し侍けるに、家君も彼父昌賢より斯学伝しこと、思ひいで、申つかはしける　直條公

2083 たらちねのむかしをかけて二世まで伝ふる道は神やうくらん

返し　泰賢

2084 二代まで伝ふる道はをのづから神の心にかなふかしこさ

「へだてなく折ふしごとに峯の松かぜだにあらば音伝してよ」と、遊ばし下されし御かへしのこゝろに、長盈がもとまでかきつけをくり侍りける　忠基

」39ウ

初句に「――」

初句に「――」

蒙山1306詞書「神道口斐」。歌「二代まで」

詞書の中の歌初句索引にとる。2085㊓

2085 おとづれは峯の松にもたのむべしあまりへだゝる年月ぞうき

忠基

2086 今はまたみとせの後をまつば色まつより外はことの葉ぞなき

仏涅槃をよめる　天龍

2087 ◎とにかくにすめばものうき夜の鶴の林のほかにまふ袖もあり

広平といへる山〳〵をさらにしろしめして、神無月の山路かりにゐてましける、その御家
づとてもたさせ給へる薪をかけまくもかた
じけな、ふしける草庵にたきて、子のころも
打まどゐつゝ春の心地ぞし侍る、かしこみの
感に堪かねてれいのひがごとをつゞりて御か
たはらにさしをきぬ　忠基

2088 山ざとに宿のさむさもしらかしの妻木折くべほのあかす夜は

〔忠基〕

2089 しもとゆふかつらとながくしめをくや山もこる木もつむ世幾代に

桜峯の別館風にやぶられて、むかしながらの
家のみわづかに残りて、年ひさしくあれにけ
る、癸酉の夏ふたゝびつくりあらためて、は

40オ

じめてまかりける時よみ侍りける
直郷

2090 山鳥の尾上の庵にけふよりはながく〳〵し春あきも馴なん

花頂の山荘過にしとし、わざわひありてより
むなしく旧址となり侍りければ、言志のこゝ
ろにて
〔直郷〕

2091 荻原ややけにしむかし思ひすてゝこの高楼（たかどの）の花もまち見む

賀二入 楽思園の新成を賀してよめる
〔直郷〕

2092 春秋をたのしみおもふ園しめてはなやもみぢをあかずこそみめ

帰耕軒にまかりて秋草を見て
〔直郷〕

2093 春秋もたのしかるらんうへをきてみぎりの花にくねるこゝろは

御返し
忠基

2094 置きうへし千種の花の色ぞ添ふ車とゞむる秋のまがきに

御詠歌数首幷初もみぢの一えだを恵せられけ
るにつけて、おそれみもかへりみず

」40ウ

西園1015 詞書「桜峰の別荘あらたにむすびあげて」。歌「春も秋も馴なむ」

西園ナシ

西園1018 詞書「九月六日楽思園の新成を賀して」
「賀二入」と注記。詞書、歌とも合点で抹消。

西園1019 歌「みぎりの花を」

2095 一えだのもみぢかしこみことの葉の千しほもけふはやどに染見て　　〔忠基〕

神無月の比、桜峯の御館におはしましけるをとぶらひまうで、　　　幸　十四歳

2096 時雨つゝ色そふやまのもみぢ葉は君の恵に千代もつきせじ

紅葉御遊覧のため山里にまし〳〵けるころ、何がしのゐんでん三回忌にあたりけるにおもひやり奉りける　　　忠基

2097 折柴を折たきつゝもおもふらしみとせのむかしけふにあたりて

此ころあらしはげしければ　　〔忠基〕

2098 おもひ入山にあらしや寒からん世に帰る日をまつも久しき

きのえいぬのとし、睦月のすゑつかた、桜峯よりかしまなる忠もとへ御詠歌を給はり侍りければ　　〔忠基〕

2099 春はまだ浅緑なる山ざともこと葉の色や木々に染らん

桜峯に程ちかきふもとの里に、岸川の何がしの折〳〵の花草どもをうつし植て翫びけるう

41オ

ちに、としごろ心をつくして木ぶり枝ざまお
かしくもつくりなしたる、みづからもさすが　41ウ
に見ばへありとおもほえけん、松むめふたつ
の鉢の木をもて来りつゝ見せ侍りけるが短冊
をつけてかへすとて　　直郷公

2100 幾春もみどりふかめてちぎれなを千とせさかゆく宿の松がえ　　西園ナシ

いまひと木の紅梅に短冊をと結ことありけれ
ば　　長盈

2101 手うへつゝそめし心の色に香にこきくれなゐの梅ぞ世に似ぬ

ひさしくやまふの床にふしける楚心艱苦の心
を　　寛斎

2102 いかにその花鶯の色香をば長閑き窓に告わたるらん　〔寛斎〕

2103 霜枯しこのわくらばの朽もせず春の気色も起臥〈おきふし〉に見る　〔寛斎〕

2104 磐樟の船わたりせん摂津の国の神のむかしもかくや有けん

昨日も待くらしぬる沖庵がもとへ申つかはし

ける　紹龍

2105 老もせぬ人にならひてけふもまたとはで入相のかねをきけとや ⌊42オ

毎夜座禅観水月　格峯

2106 ◎むねの月こゝろの水もよな〳〵のしづかなるにぞ消はじめける

前ニ出 花頂山御屏風の絵、柳桜かきたる所歌読て奉

れと在し時　沖庵

2107 立ならぶさくらもなびく青柳のをのがすがたや花にかすらん　「前ニ出」と注記。初句に合点で抹消。

心鏡のこゝろを　直條

2108 くもらじなむかふ鏡を其まゝに心にかけててらすひかりは　蒙山ナシ

返し　泰賢　惣社志貴

2109 もとよりも心にかけします鏡くもらぬ影を見るがあやしき

岩屋にて水会に　輪三

2110 ◎手向する水会の雨のひまなくもあのよこのよも潤へるらし ⌊42ウ

ある人富士のたかねよりふもとまで、かた〳〵
は雪にかくれて、かたへばかりあらはれたる
所をゑがゝせ、かゝる夢をなん見つればうつ
しとゞめぬ、さんせよかしとのぞまれて

長盈

2111 ◎たぐひなや雲の真袖につゝみてもあまりてはるゝ雪のふじのね

岡松　　直藤

2112 ◎春の花秋の紅葉に立ならびいつもふりせぬ岡の辺の松

田家煙　　直郷

2113 ◎をしねつむ田面の庵にたきすつる夕の煙ほそくなびくぞ　　西園ナシ

題しらず　　信恒

2114 雪や霜氷と水の成行は人の心もかはる世の中

〔信恒〕

2115 一日をも千とせとおもひ世にすむは今朝咲そむる朝顔の花

〔信恒〕

2116 ひと足をはじめ千里も行べきを物ごとはじめおはりつとめよ

」43オ

春の比、山ざとにまかりて、たらちねのすみ侍りしふるき跡を見るに、植置し桜の咲みだれたるを見て　　月鑑

2117 ◎時しあれ花にもぬるゝ袂かな昔のはるを忍ぶなみだに

同妻浄雪

2118 あかで見んのきの青葉も色そへて君をいく世の行末の春
◎

前二入　芦辺に雁のむれゐる所をかきたる絵に
堅明

2119 たがために身をつくしてか難波がたあしべのかりの音のみなくらん

名所川　並木昌純

2120 大井川秋よりさきの秋なれやとなせの滝に落る夕風

（白紙ナシ）

43ウ

堅明集ナシ
「前二入」と注記。初句に合点で抹消。

神祇歌

住吉にて　　直條朝臣

2121 何ならぬことの葉ながら手向ばや神のあはれむ道にまかせて　蒙山1409

神祇　　〃〔直條〕

2122 あふげ猶大和ことの葉伝えきて今も神代の風のすがたを　蒙山1296

〔直條〕

2123 敷嶋の道をぞいのる神も猶あはぎが原のあはれとはみよ　蒙山1297

端籬　　〃〔直條〕

2124 神の道おもひわかねど松陰に見る心すむあけの玉がき　蒙山1303

北野奉納百首の中に　　〃〔直條〕

2125 一夜松人の国にもことの葉に伝えてあふぐ宮居かしこき　蒙山1300

1オ

稲佐の宮にまうでゝ　　〃〔直條〕

2126 散うせぬ松やこたへむ跡たれしこの神垣の昔がたりも　蒙山1304

豊玉姫の社にて　　〃〔直條〕

2127 今も世にめぐみやふかきわたつ海の浪より出し神のこゝろは　蒙山1305

雑二入

駿州浅間神主志貴泰賢に神道口決相伝し侍けるに、家君も彼父昌賢より斯道仰しこと、おもひいで、申つかはしける　〔直條〕

2128 たらちねのむかしをかけて二世まで伝ふる道は神やうくらん

返し　泰賢

2129 二代まで伝ふる道はをのづから神の心にかなふかしこさ　」1ウ

藤森社にまうで、　直條朝臣

2130 あふがめや神代のことをこの神のしるしとゞむる文のかしこさ

室明神にまうで侍けるに、俄に雨ふり雷鳴ければ　〔直條〕

2131 西の海やこゝにいますと夕立の雲をわかちてなる神の音

豊前国隼鞆（はやとも）明神にまうでゝ、順風を祈申けるに、其夕おひ風吹て舟出し侍とて　〔直條〕

2132 追風に真帆ひく舟ははや友の神の恵みにあふぞうれしき

題しらず　須磨女　八沢自的妻

2133 あまてらす神にねがひの梅の花色香もふかき敷嶋の道

「雑二入」と注記。詞書、歌とも合点で抹消。

蒙山1306　詞書「口斐相伝し」。歌「二代まで」

蒙山1307　初句に「――」

蒙山1385

蒙山1425

蒙山1431

〔須磨女〕

2134 千早振神にいのりて植置し軒端の梅の栄へ久しき └2オ

〔須磨女〕

神祇　堅明

2135 契をきて幾年なれし梅の花匂ひつきせぬ宿のゆたけさ

社頭風　、〔堅明〕

2136 ◎いつはあれど神の心もわきて猶咲花衣はるやのどけき　堅明集372

2137 ◎神垣や万代よばふ声立て松に長閑き春のはつ風　堅明集373

、、〔社頭〕祝　藤原重達　豊嶋氏

2138 跡たれし神のめぐみに草も木もさかふる御代をなをあふぐかな　初句に「——」

寄社祝　堅明

2139 ◎あふぎ見んたてし昔の宮柱今もうごかぬ国のすがた□　堅明集ナシ　欠損アリ

伊勢御遷宮ありける年神祇　忠基

2140 ◎いちじるきめぐみ成けり宮柱立かえてなを天てらす神 └2ウ

長崎諏訪明神にて御祭の前の日もふで、よめる　柳園

2141 ◎なかば猶かけても見まし神垣ににぎはへる世の人の袂を

元禄十九月十三夜兼題和歌五首の中に

社頭祝　　　　　　御詠〔直朝〕

2142 ◎老にだに花をやまたん男山さかゆく御代の春を頼みて

月鑑

2143 ◎行末をかけてぞいのる君が代のつきぬ願もみつの鏡に

忠昭

2144 ◎神も猶君が千とせを契てや御垣の松を植はじめけん　　堅明集ナシ

純〔昌純〕

2145 ◎祈るより神ぞかけ引みしめ縄直なる君が代を守りつゝ　」3オ

元〔胤元〕

2146 ◎神山や今も生そふ玉椿八千代もしるし君が行末

一〔実一〕

2147 ◎玉つ嶋や芦間の田鶴も声そへて猶万代の和歌の浦波

〔重達〕　　欠損アリ

2148 ◎跡たれし神の恵に草も木もさかふる御代を猶仰かな

庵〔沖庵〕

2149 ◎幾代へん君を守りの神は猶千木のかたそぎかたしともせじ

神祇　　　　　　　　　　　　　　　　忠利

2150 照せ猶豊あし原に跡たれし神の岩戸をあけの□□（玉垣）カ

天満宮奉納三十首和歌の中に

社頭祝　　　　　　　　　　　　　　　沖庵

2151 わがたのむ君がよはひに契をけ神の井垣の松の千とせを

此歌の奥に書付ける　　　　　　　　　、〔沖庵〕

2152 うけずとも神も哀とおもひしれ□□□ほひてよめる言の葉

社頭祝言　　　　　　　　　　　　　　、〔沖庵〕

2153 日の本の宮ゐ久しき神風や高麗も百済も猶なびくらん

延享三年弥生中の八日柿本の御前にさゝげ奉りける　　　　　　直郷朝臣

2154 世々あふぐその名たかつの山ざくら神のみしめにかくるしら雲

延享二年九月廿一日　於青山邸清筒神祀奉納　　　　　、〔直郷〕

2155 神まつるけふ長月のながかつらうけて千百秋こゝにあふらん

寛保元年九月十五日京都森蔭社神事奉納　社頭月　　　　　直郷朝臣

3ウ　4オ

「あし原の」の「の」を改め「に」と傍記。虫損アリ

虫損アリ

西園ナシ　初句に「――」

西園ナシ　「清筒」は重ねがき。初句に「――」

2156 くもりなき神の心に森陰の月にみせたるよゝの光は

西園ナシ

寛保元年九月廿一日、はじめて松蔭社清筒霊社の御祭に寄松神祇といへることを

、〔直郷〕

2157 神わざのたえずさかふる松かげのやしろ木だかき千代のみどりに

忠基

西園1074　詞書「松蔭社」なし。「といへることを」は「といふことを」。

2158 千とせへん松にかならず柱なすそのはる秋を神はみ□□（そな）へ

真武

欠損アリ

2159 幾千とせ神のめぐみをみづ垣のまつの立枝の色もかはらで

長盈

4ウ

2160 とこしへに神はたち木の枝葉にてさかゆく末をみづがきの松

十一月廿五日天満宮奉納

直郷朝臣

2161 神まつる霜ふり月の末かけてかはらぬ松やむめもほゝゑむ

歌道のことにつけて三神にちかひ奉りてよめる

観礼

西園1075　詞書「寛保二年」を補入。「天満宮」なし。初句に「――」

2162 神すべてたゞしき道ぞ守りますかゞみの影を□□す□らむ

聖廟奉納

秀実

欠損アリ

2163 ◎松が枝を青和幣（あをにぎて）とや梅が香もきよらに祭る天満（あまみつ）の神

宰府天満宮に参詣しけるに、名におふ飛梅枯たるよし聞て、よみてその梅にむすびつけ、る

川原氏　□□衛門

└5オ

欠損アリ

2164 ◎天地をかけりし梅の根にあらばなど一たびの花はさかざる

かくよみけるにほどなく生出けるとなんかたりつたふる

左注アリ

2165 此春は吉田の山の八重榊さしかざしたるめぐみをぞ□□（まつ）

延享二年神道を吉田三位門弟にうけ侍ける昨年の春よみ侍ける

直郷朝臣

西園990　詞書「延享二年」の記述なし。「吉田家門弟に望つかはしけるにつけて」。歌「めぐみをぞまつ」

欠損アリ

天満宮によみて捧げ侍りける

忠康

2166 ◎紅葉〻のにしきならねど白菊を折て手向る露のまに〳〵

天満宮奉納松百首神祇の歌の中に

、〔忠康〕

2167 ◎をさめをく神のしるしや箱崎の松は八千代の色を見すらん

前二入　室明神にまうで侍りけるに、にはかに雨ふり

└5ウ

雷鳴ければ　　直條公

2168 西の海やこゝにいますと夕立の雲をわかちて鳴神の音

蒙山1425「前ニ入」と注記。詞書、歌とも合点で抹消。

天満宮奉納　　唐嶋忠行

2169 さそはれて爰に北野(の)ゝ梅が香を吹来るかどの松のはる風

〔唐嶋忠行〕

2170 にごりなき御代は北野(の)ゝ松が枝にちぎりて久し□の梅が香

欠損アリ

天神奉納　　観礼

2171 あ◎ふげ猶神と君との道すぐに民までめぐむけふの祭は

欠損アリ

たのめる御□□□のいたはらせ給ふことあり
て、太宰府へ御代参にまうでゝ、すみやかに
かへらせ給ひける。御子孫の繁昌を祈り□る
とて　　実房

6オ

2172 守◎れなをもれぬ恵の神垣にかけてぞ祈る君がさかへを

天満宮奉納に　癸酉二月廿五日　　□□公

欠損アリ

2173 こゝろ葉にさすが立枝の梅が香はけふ神まつる折にけやけき

三月十八日柿本奉納に　　、〔□□公〕

欠損アリ

2174 しら雲とながめし花はうへぞなき色香よし野ゝ(の)やまとことの葉

松蔭社奉納の歌に　昌方

2175 いく秋かまつりうやまふ神垣に色も常磐(ときわ)にさかふさかきは

天満宮奉納に　長盈

」6ウ

2176 さきあはせ折あはせつる梅松に霜ふり月やたえぬ神ごと

神祇の歌に　信恒

2177 神代よりながれすみぬる五十鈴(いすず)川心もきよきみづがきの内

天満宮にて催されし会に

社頭祝　沖庵

2178 ◎神垣や内外にたてる榊葉のしげきは君が千世の数かも

前ニ有

庚申十一月廿五日、天満宮をまつりて神前に

捧奉りける　忠康

2179 松が枝を青和幣とや梅が香もきよらに祭る天満(あまみつ)の神

」7オ

(白紙四丁)

「前ニ有」と注記。初句に合点で抹消。

解　　説

本書の概要、成立について

本書は祐徳稲荷神社（佐賀県鹿島市）が所蔵する鹿島鍋島家「中川文庫」の中に存在する和歌集である。和歌集の草稿本であるが、「題名のない和歌集」である。

しかし、これをそのまま題名とすることは、ほかに題名をもたない和歌集が出現した場合、紛わしいので便宜上『鹿陽和歌集』（仮称）と命名されている。以下、『鹿陽和歌集』と称する。

この和歌集はその存在は早くから知られていて、当然、翻刻が進められているものと思っていた。一昨年（平成二十三年）の三月に本書が未翻刻ということを知り、翻刻を願い出ることにした。

翻字を進めていく中で、虫損、欠損によって判読不能の文字がかなりの数に上り、一首の体裁をなさない歌も多く、翻字する価値があるのかとの思いから、暫く中断する時期もあった。

しかし、たとえ、今は歌意不明の歌であっても、また歌題、作者名だけの歌であったり、一部分だけの歌であっても、翻字しておく意義はあるのではと思い返して、そのまま不明は不明のまま残すことにした。

ここで本書の概要を記すと、まず端的にいえば、佐賀本藩の支藩である鹿島藩の領内に脈々と詠み継がれ伝えられてきた江戸時代前~中期、およそ百五十年にわたる鹿島歌壇の集大成としての和歌集であるといえよう。

内容は鹿島藩の藩主直朝、直條、直郷を中心として、その藩主に関わる人たちの歌集である。それぞれの侍臣、家臣、またそのゆかりの人たち約百六十名の歌人群の歌から構成されている。歌数は二千百七十余首（初句索引で立項不可の数首は除く）を収める。

その歌数の内訳を記せば、直條（約四割強）次いで沖庵、直郷、堅明の歌が抜きん出て多数を占めている。

部立ては十部の部立てをもち、現在、「春・夏」「秋・冬」「賀歌・離別歌・哀傷歌」「羇旅歌・雑・神祇歌」の四冊に分類、編集され、それぞれ綴じ糸で括られている。またその他の体裁について記せば、表紙、題簽、外題、内題、序文、跋文の全てをもたず、それぞれの部立ての巻頭に部立て名を記す。次に歌題（一部は詞書）、作者名、歌を記す。部立てが終了するところで遊紙の幾丁かを残す。追加と補充のための余白としたものと思われる。

ここで本書の状態についてふれると先にも記したように料紙は楮紙のためか虫損と欠損がひどく、判読できない文字も多い。このまま放っておけば更に不明な文字も増加するであろう。

歌集の体裁からすれば不備な部分も多いが浄書本のない現在では当時の鹿島藩における和歌や歌人を知る上で得難い文献といえよう。

このように草稿本という性格もあって、編者や編集、成立も不明とせざるを得ない。

編者や編纂の目的も推論の域を出ないが、祖父直條の文事を景仰してやまない直郷の関与が考えられよう。あるいは直郷没後の成立であれば、直朝から直郷までとつづく永年にわたる鹿島歌壇の総集としての歌集作成を発案する直郷近習の歌人がいたことを思い描くこともできよう。

たとえば、直郷のほかに編者として挙げるとすれば、やはり直郷の側近く仕え、和歌や文事に長じていたと思われる板部堅明、霜村長盈、原忠基（柳園）あたりが考えられようか。

成立についてはこれも憶測するほかないが、直郷時代、あるいは直郷没後であれば、没年をそれほど遠く隔たる時期ではないだろうと思われる。

ただし、一つだけ成立の手がかりを与えてくれる記述がある。それはこの歌集の「春」の冒頭歌である原忠基の歌の「歌題」近くに記す「乙丑」（きのとうし・いっちゅう）の干支名である。この記述が忠基の歌の年次を表すともみることもできるが、この歌以外に干支名だけを記している例はないところから、また歌集の冒頭に記していることから考えると、『鹿陽和歌集』の選集に着手した時期を示しているとはいえまいか。因みにこの年号は西暦年で一七四五年、和暦では延享二年である。これは直郷二十八歳の年にあたる。なお、この年は直條、さらに直朝夫人祐徳院の没後四十周年の年でもある。従ってこの説をとれば直郷の編纂への関与が十分考えられよう。

次に歌の配置（列）や構成、その他についての特徴をあげる。

一般的には巻頭歌や巻末歌などには一定の配慮がなされるべきだがそうした身分的な、あるいは年次順などの配置、構成は考慮されていない。これは本書が草稿本として、初期の段階にあることを示していると考えられよう。ただ季節（四季）の部立ての歌はおよそ季節の推移によって配列されている。また恋の部は独立して部立てを設けず「賀歌」のあとに書き続けられている。

作者名は一定した表記ではない。姓名のうちフルネームの場合もあるが、ほとんどは名前の場合が多く、一字に省略したり、同一作者の歌が連続する場合は記号の「〻」を使用する場合が多い。ところが、必ずしも前歌の作者と決められない場合も生じる。記号「〻」が不記であったり欠損していたりするからである。

このように不備も多い本書ではあるが、ここには藩主と家臣の贈答の歌が多く、藩主を交えた歌の集いなど頻繁に催されていることから主従の強い絆を知ることができよう。それと同時に家臣同士の幅広い親交があったことも自ずと感じさせる歌集である。

本書には直條の歌が最も多く収載されている。このことは、編者の編集意図として、直條こそが名実ともに鹿島歌壇随一の歌人であり、ひと際傑出した存在であったことを示しているといえよう。

ところで直條の歌をはじめ、鹿島藩内の歌人が遺した歌の多くはまだ手つかずの状態といえる。直條の歌に限ってだけでも、ここに収められた歌はほんの一部分に過ぎないのである。

今後、未翻刻の歌群と直條ほかの鹿島藩歌人群の全貌が解明されていくことを切に願うものである。

鍋島直朝の文事

肥前国鹿島藩（佐賀本藩の支藩）の藩主であった鍋島直朝（一六二二―一七〇九）についてはこれまで、名君として君主の立場から語られる場合が多かった。

まず君主として果した功績を挙げれば農地の開発と拡大、その利用を推進するために山野の開墾と利水・治水に取り組んだことである。

さらに開墾地や山林を領民に宛がうことで勤労意欲を養い、生活の安定を図る、そのことがおのずと領内の治安や発展をもたらすという施策を講じたのである。他藩でしばしば起きる百姓一揆が鹿島藩では殆ど見られないということがそれの証左であろう。

今も「トンのみぞ」や「トンの池」という名称で呼ばれる溝（水路）、池（堤塘）が各地に遺る。トンとは「殿さま」の呼称で殿さまが築いた水路、堤塘として敬意を込めて呼ばれ直朝の功績を今に称えているのである。すなわち高津原、水梨、鮒越、深山、諸星などの各地に遺る堤塘、水道がそれであり、荒蕪の土地を開拓し美田に変じ、灌漑の推進に努めたのである。

ほかにも有明海沿岸に干拓の業を起こす新田の開拓や山林開発と殖林、さらには製陶業による産業の奨励にも努めるなど領民が恩沢に浴するに暇ない領主であったことが推察されるのである。

他方、営農にとって災いの原因ともなる水旱の弊害を除き、井堰の制を定めて水利の争いを除去したこと、また開拓現場に領主自ら赴き、陣頭指揮に当たったとの言い伝えも残る。こうした事績や人となりを勘案するに直朝はなによりも民心を尊重し、民政に意を注いだ君主であったことが理解され、名君と崇められる所以を知るのである。

ところで、直朝の事績を知るには「直朝公御年譜」更に後世、それを根拠として著されたと思われる「藤津郡人物小志」（池田毅著、昭和六年刊）がある。更にそれらを出典としたと思われる「鹿島市史」（昭和四十九年刊）がある。

今、これら三誌の文献をもとに記しているのであるが、これまで記述した事績のほかに直朝の人物を窺い知ることのできる武芸や文事面について次のように記す。「御年譜」に

公、性　果毅ニシテ胆量アリ。壮歳ニシテ剣ヲ柳生但馬守及ビ飛騨守ニ学ンデ終ニ其ノ妙ニ達ス。軍法ヲ堀江甚三郎重治、神道ヲ惣社内宮内昌賢ヨリ伝へ、桂巌和尚ニ参禅シ、書ヲ母夫人高源君ニ学ンデ善ク書ス。又能ク画ス。又飛鳥井雅章卿ヲ師トシテ歌道、書法、蹴鞠ヲ受ク。観世七大夫ヲ師トシテ舞曲ヲ工ニス。曽テ江府ニ在ル時、光茂公ト屢、歌合アリ。又光茂公及ビ多久長門板部忠通ト会シテ詠ズル所ノ十五番歌合ノ書アリ。

一方、「藤津郡人物小志」には、

公は剣法を柳生但馬守、兵法を堀江甚三郎にその他、神道、禅、国雅、書法などを学び、みなその薀奥を極めざるなし、真蹟品の残存するもの頗る多し。

と。その末尾に和歌を二首記す。このことから直朝の多芸多才ぶりを知るのであるが、実際はそれらを裏づける資料や文献の残存は極めて少ない。

文献としては祐徳稲荷神社所蔵の鹿島鍋島家に伝えられる「中川文庫」があるが、この中にも直朝の著述作品は殆ど残存していない。それでもこれらの文献に記すように国雅（漢籍に対する国文、和歌など）や書法を知ることのできるものは多少は存在する。神社蔵の書や画の掛幅などである。

更に「神道」と「禅」の宗教的、精神文化的な見地からみれば、直朝の文化事業や功績は極めて多大なものがあるといえよう。

『神道』においては「御年譜」にも記すように昌賢より相伝を伝授したことが分かる。これについては『鹿陽和歌集』の二一二八番直條の歌と二一二九番、昌賢の子、泰賢との贈答の歌がある。その詞書に「家君も彼父昌賢より斯道仰しこと、おもひいで丶」とあるように父子二代に亘って相伝されたことを知る。

他方、直朝の神道との関わりにおいては夫人萬子媛（のちの祐徳院）が信奉する信仰への支援も特筆されることである。すなわち夫人が祀ることになる稲荷大神を祭神とする寺院（祐徳院。後の祐徳稲荷神社）を開基するにおいて物心両面の後援者であったことである。

祐徳院（法号）は愛息の早世を端緒として、神仏への奉仕を発願、かつて父より授っていた稲荷大神の分霊を、今の社殿の地に勧請されひたすら神仏に奉仕される。貞享四年（一六八七）のことである。やがて八十歳宝永二年（一七〇五）の時、今の石壁社の寿蔵に座し断食の行を積みつつ入定される。そうした祐徳院の希有かつ敬虔な神仏への信仰が崇敬者の増加を生み、現在の隆盛をみるに至ったのである。これは直朝の物心両面にわたる尽力なくしては果し得なかった祐徳院の偉業であろう。

一方、禅の教えについては、当時、中国の隠元によりもたらされ、わが国の仏教界に大きな影響を与えた黄檗宗がある。隠元は高弟の木庵、即非らと共に禅を伝え沈滞した仏教界に新風を吹き込むことになる。やがて将軍家綱の保護を受け、日本の各地に、最新の知識と教養による黄檗宗及び禅の教えは伝播されていく。この禅の教えは直ちに直朝の帰依するところとなり、その長子直孝（格峯・断橋和尚）や桂巌禅師（即非の弟子・普明寺の開山）らは直朝の助けを借りて寺院の創建や教化普及と発展に努めることになる。更に黄檗宗から派生した黄檗文化とよばれる各種の文化遺産がある。黄檗寺院に残されている仏像や書道、絵画、文房具、出版物、医術や日常の煎茶などに至るまで、その文化の影響は多岐にわたって、日本人の生活に浸透しているのである。黄檗文化をもつ他の地域と比較しても、その質量ともに遜色のない鹿島藩であることが検証され、考察されている。

このように幕府の黄檗宗への帰依をいち早くとり入れ信奉した直朝の先見性に注目されるのである。

こうした観点から直朝をとらえるならば直朝の文事面における功績もまた多大なるものがあると言えよう。

また後世、十三代直彬が編んだ「懐古帖」と名づけられた折帖一冊がある。これは直朝・直條・祐徳院をはじめ、直朝の母高源院、直孝（格峯）直條の生母寿性院、朝則らの直筆になる短冊、色紙、詩箋を貼交ぜしたものである。その中には七首だけ直朝自作の和歌が貼交ぜされていて文事面の一端を知ることができる。このようにこれまでは少ない資料による直朝の文事面の考察であった。

ところがここに紹介する『鹿陽和歌集』には七十五首の和歌を見ることができる。これによって直朝の文事や人物を知る手がかりを与えてくれ、新たな直朝像を思い描かせてくれるのである。この和歌集を翻刻する機会に恵まれたので、そこから知られるいくつかの知見を述べたい。

ここには直朝（紹龍・御詠）の名で二十首、茂継の名で四十五首が収められている。直朝という名称より早い時期の名称が茂継である。その「茂継亭会」という歌会の場が記されている詞書が七首みえる。

ここで「茂継亭会」の七首をはじめ、「青山亭会」更には「光茂亭会」など、直朝に関連する歌会の会場名、歌番号、作者名、詞書に年次をもつ歌はその年月日、歌題、さらに兼題と当座の別を列挙してみると以下の通りである。

①光茂亭会　一三七番　茂継公
承応二年（一六五三）二月朔日
「梅花盛」（兼題）

②光茂亭会　一四三番　茂継
承応二年（一六五三）三月十四日
「柳風」（兼題）

③光茂亭会　一五七番　直朝
寛文八年（一六六八）正月廿九日
「毎家楽春」（当座）

④光茂亭会　七二二番　直朝

寛文八年（一六六八）正月廿九日
「四辺紅葉」（当座）
⑤光茂亭会　一三〇六番　直朝
寛文八年（一六六八）正月廿九日
「寄鳥恋」（当座）
⑥青山亭会　一一七番　茂継
「湖上霞」（兼題）
⑦茂継亭会　一四九番　茂継
「題知らず」（当座）
⑧茂継亭会　一五二番　茂継
「夕花」（当座）
⑨茂継亭会　四二八番　茂継
「月前郭公」（兼題）
⑩茂継亭会　七二八番　茂継
「八月十五夜」
⑪茂継亭会　一〇三五番　茂継
「庭霜」（当座）
⑫茂継亭会　一〇四〇番　茂継
「歳暮祝」

⑬茂継亭会　一二九〇番　茂継
「寄菖蒲恋」（当座）
⑭直朝公六十の御賀の時、御会　九七五番　沖庵
天和元年（一六八一）霜月十五日
「冬月」（兼題）
⑮花頂山御会　六八五番　直朝公
元禄十（一六九七）九月十三夜
「閑居月」（兼題）
⑯花頂山御会　七七〇番　沖庵
「谷紅葉」
⑰花頂山紹龍公御会　七八四番　沖庵
宝永四年（一七〇七）八月十五夜
「題知らず」
⑱御□亭の会　一九六三番　直朝朝臣
「山家夕」（当座）
⑲利永亭会　一四四番　茂継
「海辺霞」（兼題）
⑳朝日氏胤元家会　九七一番　沖庵
「水鳥」

㉑愛野氏常能会　九七二番　沖庵
「山家雪」
㉒並木氏昌純家にて　九七四番　沖庵
「閑庭雪」
㉓元禄十霜月四日会　一〇〇五番　忠利
「初時雨」（兼題）
㉔霜月四日会　一〇二三番　忠利
「冬月」（当座）
㉕霜月四日会　一九三〇番　忠利
「釈教」（兼題）
㉖九月十三夜原氏忠利家会　一二四九番　沖庵
「経年恋」
㉗有所の会　六五二番　沖庵
「海辺月」
㉘有所の会　一二四七番　沖庵
「契変恋」
㉙胤元家会　一二五〇番　沖庵
「互忍不逢恋」
㉚青山亭会　一二八三番　茂継
「寄雲恋」（兼題）
㉛利永亭会　一二八七番　忠通
「寄鶯恋」（当座）
㉜有所の会　一八八八番　沖庵
「往事如夢」
㉝原氏忠利家会　一八八九番　沖庵
「述懐」（当座）

まず「茂継亭会」とある歌番号は（一四九、一五二、四二八、七二八、一〇三五、一〇四〇、一二九〇）である「青山亭会」の名称で二首（一一七、一二八三）。この会でも、茂継名が使用されている。この「青山亭」は参観交代における江戸の青山にあった藩邸の名称である。

また、茂継（直朝）は光茂亭会での歌会にも名を列ねている。光茂（一六三二―一七〇〇）は佐賀本藩の二代藩主で勝茂の孫であり、直朝の甥に当たる。臨終の床で古今伝授を受けるほど和歌に執心した大名であった。

光茂と茂継（直朝）が同席する歌会は回数にして少なくとも三回開催されていることがこの歌集からは知られる。すなわち承応二年（一六五三）の二回と寛文八年（一六六八）の一回の都合三回である。前者の歌会では茂継（一三七、一四三番）後者では直朝（一五七、七三二、一三〇六番）の名称で記されている。

右記ではこれら歌会が明記されているものはその歌会の第一首目を取り上げ、それ以外は省略して掲げなかった。しかし、それらの歌についても記すことにする。

⑪「茂継亭会」一〇三五番、茂継歌の後につづく、一〇三六番忠道の歌と一〇三七番茂継の二首は同じ歌会の席で詠まれたものである。⑬一二九〇番につづく一二九一番忠通と一二九三番忠通の歌、さらに一二九二番と一二九四番の茂継の二首もまた「茂継亭会」で成った歌ということになる。

また⑥「青山亭会」一一七番茂継の歌の注記に「青山亭会兼題十首の中に」とあるところから、以下の一一八番から一二四番の歌も合せて八首がこの歌会の十首詠と思われる。

更に一二五番忠通の歌にも「右同」と注記があり、それ以下の一二六番から一三二番までの七首と、一三四番の忠通の歌が、その際の十首詠と考えられる。このほかに㉚「青山亭会」一二八三番の歌につづく一二八四番茂継の歌と一二八五番、一二八六番忠通の二首と都合三首もまた「青山亭会」時の歌である。従ってここに表示しなかった茂継と忠通の歌は合せて二十首余りが茂継（直朝）が主催した歌会で詠まれていることになる。

更に詞書に年次をもつ歌会の開催は⑭「直朝公六十の御賀の時、御会」（天和元年・一六八一）である。これは沖庵九七五番の歌の詞書にみえる。

次いで⑮「花頂山御会」元禄十年（一六九七）直朝六八五番。同じく⑰「花頂山紹龍公御会」宝永四年（一七〇七）沖庵七八四番の歌などである。

この「和歌集」の直朝（茂継）の歌を中心に見るとき、直朝より早い名称である茂継名の歌を多くみることができることから、直朝は若い頃から歌に親しみ、藩政に身を置く治政の傍ら、折につけ、日常的に歌を詠み歌会を催しているることが知られるのである。

更にそれは侍臣や家臣の邸宅が歌会の場となり、社交的な集まりの場ともなって多くの歌人集団を形成して行くという発展の過程を窺い知ることもできるのである。

⑥～⑱と㉚はいずれも茂継（直朝）を主催者や亭主とする歌会である。藩主自らこのように多くの歌会を催していることは、やはり直朝の歌道への執心ぶりを表してもいよう。

このことは「御年譜」に記すように直朝が当代を代表する飛鳥井雅章卿に歌道を師事したこと、他方、この和歌集には数こそ少ないが同じ鍋島家系譜の繋累の中に、和歌をこよなく好む歌人大名、光茂が存在したこと、本書でも中心的な歌人であり、多くの歌が所収されている歌合の判者も務めた板部忠通（月鑑）や豊嶋（矢沢）沖庵らの存在など、人的な交流や環境にも恵まれていたと言えるのである。

ここに収められた歌は直朝・直條・直郷とゆかりの歌人たちの歌の一部に過ぎないが、この歌集には鹿島藩における和歌の歴史、歌人たちの歌に寄せる思いや歌をとりまく交流など鹿島の文化の香りが詰まっている。鹿島藩という小さな藩に花開いた、後世に誇る新たな文化遺産であろう。

その後の直朝の第二子、四代直條や直條の孫、六代直郷は好学の大名であり、多くの著述作品や蔵書から文人大名と称される人たちであるが、そのルーツは正に直朝、その人に端を発していたといえるのである。

直朝の人物について

ここで直朝の人物像をよく伝えるものとして直朝「御年譜」の四十八歳の条がある。他に正茂の「御年譜」や正茂関係で後世に著された記述を参考として直朝の人物について記すことにする。

直朝には永年、蟠っていた懸案があった。この案件を解決するために、本藩二代藩主光茂の助力を願い出る。直朝が鹿島藩主に叙任するに際して、正茂との間に軋轢が生じたのである。正茂の父忠茂は鹿島藩初代藩主であり、直朝の父勝茂は本藩初代藩主、忠茂は勝茂の弟である。ここで正茂の後継問題がもち上がる。正茂に嗣子がなかったため、勝茂はわが子直朝を後継とするために正茂の養子とすることを伝えてきた。

この時三十一歳の正茂はまだ自分に嗣子の恵みがないわけではないと強く反対した。仮に嗣子に恵まれなければ弟の茂久を後継者とするとして譲らず本藩との対立を招いた。

更に正茂は関ケ原以後、外様大名の佐賀藩が安泰でいられるのは父の功績があるからだと強く主張した。忠茂はかつて、十八歳の時、忠茂の父直茂の計らいで徳川家康へ恭順の意を表すため、人質として差し出され、後の将軍徳川秀忠の小姓となり、その忠勤によって佐賀藩取り潰しの難を救った実績をいうのである。そうした正茂の主張を聞き入れるどころか勝茂は強引に鹿島藩の跡目として直朝を養子にしてしまった。直朝十五歳（一六三六）のときである。ところがその翌年、皮肉なことに正茂に正恭が誕生したのである。更にその年、島原の乱では正茂は在府中で参戦する機会がなかったこと、一方、直朝は若年で官位が昇進し、正茂との職制（官位序列）に格差が生じたことから正茂の勝茂への反目が再び表面化する。その上、勝茂が正茂に隠居を求めたことや正茂が弟茂久を後継者として幕府に上奏したことなどから、勝茂と直朝対正茂の対立はますます激化していき、本藩対支藩の上下関係のゆえもあって正茂は窮地へ追い詰められていったのである。遂に正茂は鹿島の領地を捨て、勝茂、直朝と袂を分かつことになる。正茂はかつて、父が幕府から拝領していた下総国矢作領（千葉県佐原市、現在の香取市）の旗本となるが後々まで禍根を残すこととなるのである。直朝は実にそうした負い目を抱いて、今日まで約三十年の歳月を送ってきたのであった。そうした永年の確執の解消を計るべく、本藩藩主の光茂に正茂（宗甫）との対面の機会を願い出るのである。

尤も、これ以前、『鹿島年譜』によれば正恭と光茂の間ではすでに和睦が成されていた。正恭とその室を縁組みさせた室の養い親の働きかけがあったからである。しかし、父正茂は頑として聞き入れることはなかったのである。その直朝の丹心は光茂の心を動かし、正茂と直朝の対話が実現する。やがて両者の間にわだかまっていた鬱積が氷解し、旧交が回復するのである。その再会の場面を直朝の「御年譜」は次のように記す。

願ハクバ生前今一タビ宗甫（正茂）ニ対面シテ旧好ノ恩義ヲ謝センコトヲ。只是ヲ思フノミト。光茂公感歎シテ之ヲ許シ玉フ。（略）相共ニ先ズ口言フコトヲ得ズシテ涙ヲハラハラト流シ玉フ。既ニシテ恩情ノ泯ビザルコトヲ述べ、且ツ年寿ノ幸ニ延シコトヲ喜ビ玉フ。ココニ於テ多年ノ鬱懐一時ニ霧ノ如ク散ジ氷ノ如ク解クト。

これは直朝の父勝茂と正茂との確執から生起したことではあるが、直朝の計らいによって積年の禍根を除き、和親を回復することができたのである。直朝にとって家門を同根とする血族が末代まで啀み合い、敵意と汚名を引き摺ることに堪えられないものがあったであろう。それを回避する責務をだれよりも感じていたのが直朝であったろう。かねてから直朝と光茂との親和関係が築かれていたことも和解が成就した要因であろう。しかし、何よりも直朝の度量の広さと深い情愛のもち主であった人となりを想い描かせてくれるのである。

直條略年譜

次に鍋島直條の略歴を記すことにする。

鍋島直條は鹿島藩第三代藩主、鍋島直朝の次男として鹿島（常広城）本丸で生まれる。明暦元年（一六五五）二月二日。

母堂は鍋島隼人孝顕の女（寿性院）。

直條自ら記す「感往録」の六歳の条に実母に初めて「伊呂波」を習うとある。

また七歳、「大学」を学ぶ（感往録、以下（感）と記す）。その時の師は並木氏（年譜、以下（譜）と記す）とある。

八歳「孝経」「錦繡段」を学ぶ（感）（譜）、始めて武事を習う（譜）、などとあり、これらの記述は直條の神童ぶりや聡明さを物語るものであろう。

この年、父、花山院定好の女萬子媛（後陽成天皇の曾孫・後の祐徳院）と再婚。直條と三歳上の兄直孝（後、長子であったが家督を継がず、禅僧となり格峯・断橋実外と称す）の継母となる。

このように直孝、直條兄弟の人並みはずれた早い学問への芽生えと関心は生母や生母なき後の継母による勉学の環境とその指導に負うところ大なるものがあったであろう。

父直朝と生母寿性院の素性、血筋の良さもさることながら、京育ちで公卿としての教養を身につけた文化人、萬子媛の養育は幼い二人を大いに感化させ、影響を与えたであろうことが想像される。

そのことは次の事象からも明らかであろう。

十二歳で『鹿陽四十二番歌合』に七首の和歌を初めて詠み、「四書」を読む（感）。十三歳自撰した初めての和歌集となる『蒙山子少年詠』を詠みはじめている。この年十三歳の歌は、本書『鹿陽和歌集』にも三首見ることができる（一九五五番～一九五七番）。

十四歳、始めて「春遊の詩」を作る（譜）。「歳末、病ニカカル。コノ際ニアタリ、直條密カニ自ラ遺命ヲ記ス」

（譜）とあり、この年齢で遺言書を識したと記す。

十五歳、福源寺の梅嶺に詩作を師事（譜）、後に『楓園和歌集』となる和歌を詠みはじめたり、「禅ニ帰スルノ心」（感）や儒学に意を注いだり、多方面への関心を示す。

十七歳、寛文十一年（一六七一）父の隠居により家督を継いで四代藩主となる（叙任は次年）。七月於千代（直澄の女）と結婚。九月父に従って江戸へ赴く。江戸においては、林家の林鵞峰から論語の講義を受け、道中では、かねて関心を寄せていた漢詩人で隠逸者、深草元政の旧蹟を訪ねるなど、これらの体験は若い直條の好学心を一層掻き立てたことだろう。

この十七、八歳は直條の人生にとって一大転機ともなる、言わばカルチャーショックを感じた時期であったと思われる。

爾来、江戸と鹿島を隔年に往還する参覲交代によって、直條の文学への目が大きく開かれることになるのである。

その後も、林家で催される詩会にたびたび招かれ林鵞峰、整宇（鳳岡・信篤）父子、人見竹洞らと交流し、中でも整宇、竹洞とは生涯にわたり深い親交を結ぶことになる。

一方、詩文のみに限らず、他の文事においても当代一流の学者、文人墨客らと交わり、多くの著作物とともに直條の名声を高からしめていくのである。

ここからは『御年譜』の記述を軸において、先行の研究、考証がある島津氏、井上氏の記述を引用、参考とさせて頂き、ほかに『鹿陽和歌集』などの新たな知見をも加え、直條の事蹟を辿りたいと思う。なお著述作品は井上氏の研究に負うところ大であることを付記する。

十八歳（寛文十二年・一六七二年）

- 一月島原藩主松平忠房の江戸藩邸で林鳳岡、幕府儒員人見竹洞らと親交あり（忠房夫人は父直朝の妹）。
- 三月直朝、江都発シ、直條、江府ニ留ル（譜）
- 「十二月備前守ニ任ズ」（譜）
- 加藤友明勿斎と詩文の贈答あり。

十九歳（延宝元年・一六七三年）

- 四月始メテ、暇ヲ賜フ〈江戸出立〉
- 五月江都発シ、六月始封邑ニ入ル（譜）
- 七月文丸（文麿）逝去（生母ハ祐徳院〈萬子媛〉）。
- 断橋（直條の兄）「法泉庵ヲ造リ桂岩〈巌〉和尚来リ住ス」（譜）
- 直條、剣馬ヲ献ジ、家継ニ謁見スル（譜）

二十歳（延宝二年・一六七四年）

- 江府ニ朝ス（譜）
- 秋、林整宇ニ請ヒテ和漢詩配ヲ定ム（譜）
- このころ、鍋島綱茂（佐賀藩主）との交流あり。

二十一歳（延宝三年・一六七五年）

- 四月還邑ス〈暇ヲ賜フ〉（譜）
- コノ時、字ヲ伯棟、江府青山ノ宅ヲ楓園トイフ（譜）
- 尚絅、白雲主人トイフ（譜）
- 春、直條、江戸藩邸にて鵞峰より「楓園賦并序」一篇を草してもらう。
- 『信筆録』（最初の紀行作品〈漢文日記体〉）成る。
- 江戸滞在中の日野弘資を訪ね、入門を許される。
- 日野弘資、和歌ノ巧拙ヲ論ズ（譜）

二十二歳（延宝四年・一六七六年）

- 江府ニ朝ス（譜）
- 『楓園集』五百余首。自序に直條の創作姿勢を窺うことができる。
- 十月『楓園雅集詩』一巻成る。弘文院学士鵞峰、鳳岡らとの紅葉見の折の記念の漢詩文集。鵞峰跋（祐徳博物館蔵）。
- 『感往録』ヲ著ハス（譜）
- 『遊厳島記』（漢文日記体）成る。
- 『北嚮録』（漢文日記体）成る。

二十三歳（延宝五年・一六七七年）

- 暇ヲ賜フ（譜）
- 『泰窩記』（楓園詩稿）林整宇主人林直民識す。

・桂巌禅師が普明寺を開山。開基は直孝（格峯）

二十四歳（延宝六年・一六七八年）

・江府ニ朝ス（譜）

・直朝、能古見花木庭（花岡）山に隠棲。

・鹿島大洪水。飢饉。糧食ヲ頒ツ（譜）

・法泉寺建立。

・格峯、高野山へ参詣ス（譜）

二十五歳（延宝七年・一六七九年）

・暇ヲ賜フ（譜）

・普明寺仏殿落成ス（譜）

・小城・蓮池・鹿島の三家、本藩へ口上書提出する。

・『鹿島潮信集』成る（二十五歳までの文人墨客との贈答詩文を集めたもの）。

・直能（小城藩二代藩主）『夫木和歌集五句索引』を編み、朝廷に奉献する。

・八月直條歌合に、沖庵の歌（六四九番「袖にしも～」）。

二十六歳（延宝八年・一六八〇年）

・江府ニ朝ス（譜）

・中尾（古枝）の天満社を鬼門の守り神とする（興善院〈光山良明住職〉に直條の『藤瀬地蔵堂記』一巻所蔵される）。

・林鵞峰、世を去る（六十四歳。若い直條に詩文の才能を見い出した儒学者）。

二十七歳（天和元年・一六八一年）

・暇ヲ賜フ（譜）

・蓮池藩主直之・鹿島藩主直條、八朔祝儀として、幕府に太刀を贈り、本藩との不和を生じる。

・「天和元年十一月十三日昌純亭歌合」直條、並木昌純、朝日胤元、林実一、矢沢別春、南里高達、矢沢沖庵、板部月鑑らの歌あり。

・「望月長好身まかりし時」直條の歌（一四七五番「思ひ出る～」）

二十八歳（天和二年・一六八二年）

- 江府ニ朝ス（譜）

- 冬、『楓園叢談』を述作。自序あり（近世前期の文人たち、藤原惺窩、石川丈山、深草元政、木下長嘯子、望月長孝らの隠逸に関する随筆や林家を代表する詩友らの見聞した不可思議な話）。
- この年「三嶽（能古見）八景」を儒官に依頼して成った七言絶句あり。この年は鵞峰の没後なので生前依頼があったものか。ほかに整宇・竹洞・狛庸ら。
- 壬戌紀行（漢詩紀行）成る。
- 徳死去（二歳・母宝善院）

二十九歳（天和三年・一六八三年）

- 暇ヲ賜フ（譜）

- 三月宗藩（佐賀藩）「三家格式」を制定し、三支藩を統制下に置く。
- 本藩と三家との紛争、一応落着。
- 普明寺開堂アリ（譜）
- 「亡母寿性院二十五回の仏事まえのとし、兄実外と申合て普明寺にて営ける法場に侍りておもひつゞけゝる」直條の歌（一四七八番「なき影も～」一四七九番「けふかゝる～」）。

三十歳（貞享元年・一六八四年）

- 江府ニ朝ス（譜）

- 格峯小城ニ一寺建立（譜）
- 直條の第一子誕生（朝英・心空院・早世）
- この年疫病流行。

三十一歳（貞享二年・一六八五年）

- 暇ヲ賜フ（譜）

- 五月「蒙山説」（別号蒙山の由来）人見竹洞識す。
- 『鹿島小志』（鹿島藩の地誌）自序。
- 『乙丑第一紀行』（漢文）成る。
- 『乙丑第二紀行』（和文）成る。
- 『温泉紀行』（漢文）成る。
- 養祖父正茂八十賀に直條の歌あり（一一四八番「いは

ふぞよ～」）。

三十二歳（貞享三年・一六八六年）

江府ニ朝ス（譜）

- 正茂（鹿島藩二代藩主）逝去（八十一歳）
- 『長崎紀行』（漢文）成る。
- 『蓬窓随筆』（漢文）成る。
- 『丙寅東行』（漢文）成る。
- 能見物アリ（譜）
- この頃和文紀行への興味高まる。
- 高津原に堤完成。

三十三歳（貞享四年・一六八七年）

暇ヲ賜フ（譜）

- 九月朝清（生母祐徳院）逝去（二十一歳）
- 祐徳院殿、古田村（古枝村）清境の地に殿宇を建立。稲荷大神を勧請する。子の短命を憐れんで剃髪、尼となる（祐徳院、後の祐徳稲荷神社の創建）。
- 『楓園詩集』成る（三十三歳までの六百余首の漢詩を収める）。
- 『興来日録』（漢文）成る。
- 『丁卯紀行』（和文）成る。
- 直條の和歌の師、日野弘資、資茂父子相次いで逝去。直條、追悼の「哀傷歌」あり（弘資哀傷歌一四六〇番「めぐりあふ～」一四六三番「したふぞよ～」一四八二番「今も猶～」資茂への哀傷歌一四七六番「しらざりき～」）。
- 「朝清公のおもひに沈なげく比」、沖庵の歌（一五一一番「聞てこそ～」）。

三十四歳（元禄元年・一六八八年）

- 四月妻（千代）を亡くす（三十六歳　法名　宝善院寂堪浄空）。

江府ニ朝ス（譜）
九月鹿島発駕。十一月伏見着。逗留。十二月三日着府。

- 九月『浮海藻』漢詩文の紀行成る。
- 佐賀紀行成る。
- 十月『武雄紀行』を遺す。

- この頃より連歌に関心を寄せる。

三十五歳（元禄二年・一六八九年）

- 一月御登城
- 四月宝善院一周忌
- 「妻の一回忌に東都に侍りて」、直條の歌（一四八九番「おもひ出る〜」）。
- 暇ヲ賜フ（譜）
- 八月鹿邑帰着
- 直能没（佐賀藩歌壇端緒の人・六十八歳）
- 『楓園綴錦集』（江戸青山の藩邸、楓園に寄せられた詩を集めたもの）成る。
- 『己巳紀行』（和文）成る。

三十六歳（元禄三年・一六九〇年）

- 江府ニ朝ス（譜）
- 九月『蒙山和歌集』（自撰和歌集・直條跋）成る。
- 『直條朝臣歌集』成る。
- 『遊輌浦紀行』（漢文）成る。
- 『庚午紀行』（和文）成る。
- 二月鹿邑ニテ鉄砲ノ上覧アリ（譜）

三十七歳（元禄四年・一六九一年）

- 一月御登城
- 暇ヲ賜フ（譜）
- 『遊湯島記』（漢文）成る。
- 『辛未紀行』（和文）成る。
- 直朝七旬（七十歳）の御賀に沖庵の歌あり（一一六六番「老の坂〜」）。
- 直朝七十歳ノ誕辰大イニ慶礼ヲ行フ。申楽ヲ設ク。退隠後、毎歳此月能ヲ興行スル（譜）

三十八歳（元禄五年・一六九二年）

- 江府ニ朝ス（譜）
- 朝則逝去（直條の弟二十六歳）
- 直條、松岡社の下宮を若宮社（大村方）とする。
- 朝則追善の和歌三首、沖庵の歌あり（一五一六番「なき人に〜」）。

- 寿性院三十三回忌に、直條の歌（一四八〇番「三十あまり～」）。
- 『遊宇治記』（漢文）成る。
- 『壬申紀行』（和文）成る。

三十九歳（元禄六年・一六九三年）

- 暇ヲ賜フ（譜）
- 直條の第二子誕生（茂之・十四歳で没）
- 直朝、広平に屋敷を構える。
- 『癸酉夏西帰記行』（和文）成る。
- 『楓園詩集』この年より始まる（直條三十九歳以降の漢詩九百余首を集めたもの）。
- 直條この頃より『桑弧』編纂が試みられるか。
- 十一月普明寺月岑和尚開堂に沖庵の歌あり（一九九一番「草木まで～」）。

四十歳（元禄七年・一六九四年）

- 江府ニ朝ス（譜）
- 直條の女幾誕生（後の春臺院）
- 『桑弧』（紀行文学全集十二冊。人見竹洞序〈竹洞は直條の精神的支えの人で十八歳年上〉）の編纂。
- この頃『桑弧』成立か。
- 『臥隠休々集』自序（漢文の随筆。隠逸思想深まる）。
- この頃、本格的な連歌作者として活躍。
- 直朝、佐賀本藩、光茂より大野中河内（土地）の進呈あり（譜）
- 紹龍様（直朝）七十三歳の時の歌あり（「山家橋」四二七番「うつし植て～」）。

四十一歳（元禄八年・一六九五年）

- 暇ヲ賜フ（譜）
- 四月直堅（直條の第三子）生れる（後の五代藩主）。
- 宝善院（直條の妻）七回忌に、直條の歌（一五二〇番「けふことに～」）。
- 『老いのくりごと』（和文紀行の傑作）成る。
- 『北西録』（漢文）成る。

四十二歳（元禄九年・一六九六年）

・江府ニ朝ス（譜）
・参覲交代の途中、大淀三千風訪問。
・『清風録』（茶道に関する本）を成す。
・直朝、広平の「波倍（はべ）」に亭を営む（本書に「波倍」を訪問した歌あり。沖庵の歌、七八〇番「百草の～」）。

四十三歳（元禄十年・一六九七年）

・この年、次の年二年間は病気のため、参覲交代を休み、江戸青山の藩邸に滞在。
・病ノ為、江都ニ在リ（譜）
・コノ歳、側室中野氏ヲ立テ正室トナス（譜）
・四月『懐旧連歌』（時春と）成る。
・林大学頭・里村昌信・昌純・瀬川時春・人見竹洞ら多数の文人墨客と交流あり。
・この年、九月十三夜花頂山御会あり（直朝の歌一二一六九番「いかにせん～」一二一四二番「老にだに～」忠利の歌一九三〇番「心もて～」など）。

・直朝、忠房ニ能ヲ学ブ（譜）

四十四歳（元禄十一年・一六九八年）

・江都ニ在リ（譜）
・青山邸ニ稲荷祠ヲ立ツ（譜）
・『連歌詠』（時春と）成る。
・十一月『管神御法楽』成る。
・直朝、浅浦を訪ねた時、沖庵の歌一九四一番「とよとしも～」一九四二番「十がへりの～」直朝の歌一九四三番「豊としの～」あり。

四十五歳（元禄十二年・一六九九年）

・暇ヲ賜フ。九月還邑（譜）
・青山火災（孺人難ヲ避ク）（譜）
・この年に編んだ『蒙山法喜集』では仏教殊に黄檗や曹洞宗への傾斜が著しい。
・『茶案』（茶道の書）自序および月潭道澄の評あり。
・直朝の寿像を専立寺へ贈る。
・八月鹿島洪水。人家流失し被害甚大。

四十六歳（元禄十三年・一七〇〇年）

- 東都〈江府〉ニ登ル（譜）

今回は伊万里より船にて発途。

- 五月直條、鍛冶橋城門守衛を命じられる。
- この頃までの文人墨客との贈答詩文を『楓園綴錦集』に収める。
- 『庚辰紀行』（漢詩・和歌・連歌発句の紀行）成る。
- 沖庵七十の賀に直朝・直條より贈り物あり。原忠利の歌あり（一一九九番「稀にきく〜」）。

四十七歳（元禄十四年・一七〇一年）

- 暇ヲ賜フ（譜）
- 『辛巳紀行』（漢詩・和歌・連歌発句の紀行）成る。
- 正月直朝八十の御賀あり。

直條、時に江府にあれば、予め命じておき、鳩杖を献上する。

直條の杖に彫る歌　一一八二番「つきせじな〜」

直朝の返歌　一一八三番「つきもせぬ〜」

ほかにも

直朝　一一八一番「のどけさは〜」

板部月鑑　一一八七番「かぎりなき〜」

原　忠利　一一八八番「八十年に〜」

順恒　一一八四番「行年の〜」

木下常令　一一九一番「八千代へん〜」

八沢沖庵　一一九二番「うつし置て〜」

朝日胤元　一一九〇番「行末も〜」

南里高達　一一九三番「君がいま〜」

林　実一　一一九四番「いはふより〜」

四十八歳（元禄十五年・一七〇二年）

- 江府ニ朝ス（譜）
- 八月青山邸、新築落慶（譜）
- 十二月白銀別荘ニ菅神ノ祠ヲ建ツ（譜）
- 直條の歌あり（一四三一番「今しばし〜」）。

四十九歳（元禄十六年・一七〇三年）

- 二月直條、仙洞使御馳走役ヲ果タサレル（譜）
- 暇ヲ賜フ　七月還郷（譜）

五十歳（宝永元年・一七〇四年）

- 江都ニ到ル。三月伊万里ヨリ発途（譜）

《直條、最後の参観交代》

- 五月直條、常盤橋城門守衛を命じられる。
- 『甲申紀行』（漢詩・和歌・連歌発句の紀行）成る。
- 「祐徳開山瑞顔大師行業記」（龍海和尚撰）掛幅成る（祐徳博物館蔵）。
- 直朝と沖庵の贈答歌あり（直朝の歌二〇四番「色も香も～」沖庵の歌二〇五番「見ればなを～」）。

五十一歳（宝永二年・一七〇五年）

- 一月祐徳院、八十歳の祝誕アリ（譜）
- 四月祐徳院（瑞顔大師）寂す（八十歳）。
- 四月直條、江府ニテ世ヲ去ル（五十一歳）
- この月、直朝、薙髪して紹龍と称す（花頂奉仕の士数人落髪す）。
- 六月直堅、襲封。綱吉に謁見する（十一歳）。
- 林大学頭林信篤（整宇）直條追悼の碑銘を識す（普明寺墓地に後世、直郷建立）。
- 沖庵の紹龍へ奉る歌あり（二〇九番「幾千代も～」）。
- 「正統院様御死去の節」直朝の歌（一五二二番「いける日の～」）。

没後一年（宝永三年・一七〇六年）

- 鍋島綱茂（好学の佐賀本藩藩主・五十五歳）世を去る。

没後二年（宝永四年・一七〇七年）

- 直堅、霊元天皇に陳希夷の図像を奉献する（直條秘蔵の図像）。
- 八月「花頂山紹龍公御会の時、詠み侍る」沖庵の歌あり（七八四番「今宵しも～」）。

没後三年（宝永五年・一七〇八年）

- 直堅、仙洞御所普請役を命じられる（幼少のため上京せず、藩士ら四百余人遣わす）。
- 「上進陳仙睡像記」直堅が天皇に献上したことで恩賜がなされたことの一部始終を格峯が巻物に識す（祐徳

博物館所蔵)。

恩賜の品目＝「詠歌大概」
「百人一首」
「未来記両中吟」

- 正統院様（直條）御三回忌の日に、断橋和尚の歌（一五一八番「我ひとり〜」)。

没後四年（宝永六年・一七〇九年）

- 直堅、従五位下和泉守に叙任。
- 直朝の米寿を祝う賀宴あり（直朝「米」の字を与える）。
- 紹龍公御年八十八を祝う沖庵の歌あり（一二〇九番「君越る〜」)。
- 十一月直朝、世を去る（十一月十九日・八十八歳、法号普明寺殿　道号　高岳紹龍大居士と称す）。
- 「仙洞恩賜歌書偈并引」月潭道澄識す（祐徳博物館蔵）。

付記

平成二十一年十二月三日「鹿島史談会」の講演資料としてこれを記す。

参考文献

島津忠夫著『島津忠夫著作集』十巻（全十五巻、和泉書院、平成十八〈二〇〇六〉年刊）
井上敏幸・福田秀一編著『桑弧』四巻（全四巻、古典文庫、平成十三〈二〇〇一〉年刊）

初句索引

凡例

一、本索引は『鹿陽和歌集』所載全歌の初句索引である。
一、更に詞書に所収の歌については注目されると判断した歌のみに限定して初句索引の中に収め、歌番号の下に㊞と記して掲げた。
一、配列は初句をまず示し、初句が同じものは二句までを歴史的仮名遣いの五十音順で示した。
一、初句索引はひらがな書きとするのが通常であるが、あえて本文通りの漢字を交えた表記とした。本文の仮名表記が、歴史的仮名遣いと異なる場合は、歴史的仮名遣いによる位置に本文のままに掲げた。
一、初句が欠損の場合、①四句で示した。②四句も欠損の場合は四句の一部分を示した（728番、977番、1011番の三首である）。この項は初句索引の末尾に記した。
一、初句が誤記と思われる場合、特例として本書の表記を訂正して初句とした。本書「1156番」の「わかゞやる」を対校本の「わかゞへる」に変更して記した。

あ

明石がた 580
あかず猶 1739
あかず見る
―心の色も 665
―ほども浪間の 1643
あかず見ん
―心のくまの 652
―手折し菊の 871
―やしなひたてし 815
―世のことわざも 65
―酔をすゝむる 818
あかで聞 1126
あかで見し 1045
あかで見ん
―のきの青葉も 104 2118
秋かぜに 923
秋風に 833
秋風の
―ふくをかごとに 662
―わけ行草の 1687
―分行草の 1714
秋来ると 676
秋暮て 1012
秋となり 806
秋ならで 1706
秋にきく 10
秋になを 840
秋にみし 1634
秋の色に 1645
秋の田の 1173
秋の露 1097
秋の野や 593
秋の夜の
―そら吹はらふ 719
―月吹風に 723
秋は千種 807
秋ふけて 765
秋まだき 420
秋もはや
―最中になれば 661
―更行夜半の 673
秋山の 901
明るまで
―としは残れる 378
明る迄
―もみぢにつらく 1061
明がたは 931
明ぬ夜と 1084
あげまきの 297
あけやすき
―うらみもそひぬ 1613 1633
明わたる
―遠山ざくら 308
―山さくら戸は 306
朝霞 1227
朝沓の 801
浅芽生の 582
朝な〳〵
―露置まよふ 1100
―をきそふ霜に 940
朝日影
―さしものどけき 68
―さすがにしるし 5
朝日さす
―うみべの末の 1226
―水の上こそ 1224
あさみどり 291
朝夕に 591
朝夕の 1556
芦鴨の 971
あしの屋の
―沖の友舟 1618
あしのやの
―沖の友舟 1668
足引の 1972
あじろ人 1103
飛鳥川 424
あすしらぬ 2031
あだなれや 1585
あつかりし 902
あつき日の 498
あつき日も 1641
梓弓
―春を心の 1713
―はるを心の 1908
―引もたがへず 1536
あづさ弓
―矢たけ心や 1128
吾妻路の
―いづくはあれど 1640
東路の
―富士の白雪 1417
吾妻路や 1424
東路を 1427
東野の 1430
あつめをく
―和歌のもくづぞ 779 2079
跡したふ 1670
跡たえて
―とはれぬ庭の 1262
―人なき庭に 1488
跡たれし
―神のめぐみに 2138
―神の恵に 2148
あはずとも 1250
あはづ野ゝ 1658
あはでふる 1395
あはで世を 1498
あはれさは 861
あはれしれ 1874
あはれてふ
―心も千々の 623
―ことをあまたに 675
あはれとて 1691
哀とも 1271
哀なり

—おなじね覚か　698
あはれ也
—峰の松吹　1293
哀世に　756
哀世の　1968
あひおもふ
—中ならばこそ　1383
あひ思ふ
—中の衣の　677
あひがたき　1851
逢見ての　1325
あふがめや　2130
あふぎ見ん　2139
あふぐぞよ
—おさまれる世は　1652
—八まきの法の　1731
あふぐ也　1165
あふげ猶
—神と君との　2171
—大和ことの葉　2122
逢事は
—幾年月を　2047
逢ことは
—中〳〵かなし　1337
あふ事は
—ぬ□立鳥を　1389
あふ坂や
—清水に秋を　1616　1662
あふまでと
—たのむ心の　1305
逢迄と
—おしむいのちは　1382
近江路や　1656
雨雲に　1638
雨雲の　906
天津風　32
あまてらす　2133
天とぶや　803
天の河
—いかにわたして　709
—契かはらぬ　895
天の川
—舟路はるかに　910
海士のすむ
—うらみもそひぬ　1365
泉郎のすむ
—里もしられて　1810
あまの戸の　371
天の戸を　1152
天のはら　729
あま人の　1631
天が下　1995
天地と　957
天地に　1749
天地の　1121
天地を　2164
雨にいま　193
天にみち　1936
雨により　1264
雨の音も　351
天の道　34
雨もなを　365
あやなくに　452
あやにくに　950
あやにしき　1636
あらかねも　1978
あらしたつ　1076
あらし吹
—野末の鷹も　1089
—山路にもれて　1759
霰ふる　981
有明の　168
有し世の
—うつゝも夢の　1542
ありし世の
—軒端ながらも　418　1606
あれまさる　1669
青海に　637

い

いかでいま　572
いかなれば
—あふせは絶て　1331
—人の心の　1272
いかにせん
—あまのたくもの　1286
—うき世にかへし　1963
—おも影のみを　1239
—心のをくの　1269
いかにその　2102
いかにぞよ　55
いかにとも　1581
いかにみん　1816
いく秋か　2175
いく秋の　1599
幾秋も　631
幾瀬へて　539
幾度か
—いけの水鳥　1001
—池の水鳥　1036
幾たびか　1870（補）
幾千度　743
いく千年
—神の守りて　1144
幾千とせ
—神のめぐみを　2159
—こゝすみよしと　1212
—こゝ住吉と　2028
幾千代と　1162
幾千代の　763
幾千代も　209
いく千世を　1220
いく春か　341
幾春も　2100
いく日たび　1700
幾代へん　2149
池波の　184
池の面に　325
池水に
—陰をうつして　386

—さゞ波見せて 221
池水は 1053
いける日の 1522
いける身の 1532
いざゝらば
—声をくらべん 1019
—ふじのけぶりに 1302
—夢をもさませ 1016
いざさらば
—花にむすばん 56
いすゞ川 255
伊勢の海人の 273
いそげ賤 234
五十あまり 1987
五十をば 1214
磯の浪
—入相の鐘に 1708
いその波
—こえにし跡の 1900
いたづらに
—幾年月を 1059 1314
徒に
—老の波よる 1966
いちじるき 2140
いつか又 1312
厳しな 1985
いづくにか 270
いづことも 340
いつしかに
—心の花の 2045
—山すみなれて 952
いつとても 787
いつとなく
—塩やく浦の 1387
—ふるともしらで 928
いつの世に 998
いつはあれど 2136
いつはとは 71
いつはりの 1393
いつまでか
—人はあはでの 1255
—人はなびかで 1291
いつまでも
—枯も残らん 1125
—くもりはあらじ 1174
いつも見る 937
いと竹に
—うつしてきくも 1151
—残すしらべも 1473
いとゞだに 1543
いとゞまた
—落葉かく也 1726
—露ぞ置そふ 879
いとふかき 72
いとまある 61
いとまあれば 440
いとまなき 579
いとまなく 1728
いとまなみ 925
いにしへの 1681
いにしへも
—稀なる年の 1160
—まれなる年の 1203
いにしへを
—語り合て 1911
—かたりあはせて 1989
いのちながき 1155
いのり来て 1248
いのりても 1360
祈るより 2145
岩木にも 1676
磐樟の 2104
いはふぞよ 1148
いはふより 1194
岩間もる 1916
いぶせくも 2066
家づとに
—手折ばゆるせ 59
—手折れる花の 384
庵しめて
—聞や心に 1801
—野守が庭の 1795
今こゝに
—春やいたると 777
—ひかりかゝげて 1800
今しばし
—さだかにもなけ 478
—なれなん花に 1431
いまぞしる
—あふせを祈る 1237
—心づくしの 876
—□□□□□ 1010
今ぞしる
—春とはいはじ 776
今はとて 299
今は又
—秋もいなばの 1006
今はまた
—みとせの後を 2086
今は身の 2020
今も猶
—しる人やしる 1860
—をしへはのこる 1482
いまもなを
—おしへは残る 1461
今も世に 2127
いもやすく 570
いやましの 1327
入相の 2005
入かたの
—影となりても 462
—月ものこりて 880
入日の 569
色〳〵に 1064
色かへぬ 589
色ならば
—うつるばかりぞ 105
—是やいく入 839
色にそむ 1872 ㊫
色にめで

―香をなつかしみ　346
いろにめで
―野をなつかしみ　887
色は猶　968
色深き　703
色見えて　1294
色も香も
―猶いやましの　204
―まさきのかづら　1171

う

鵜川たつ　484
鵜飼舟　522
うかりける　1858
うかれいづる　885
うき秋は
―いづくもおなじ　1804
―おもひすてゝも　1497
うき思ひ　1333
うきたびの　1889
うき中に
―たのむもはかな　1251
―人の心の　1273
うきふしの　1060
うきふしや　1319
うき舟の　1313
うき身には
―たがまことをか　1364
―つれなしとても　1288
うき世には　356㊚
鶯の　226
うけずとも　2152
うしとのみ　1996
うすくこき　632
うすくこく
―染るにしきも　916
―染なす色を　762
うすみどり　73
打いでぬ　1385
宇治川や
―こりつむ柴の　1612 1839
うちつけに　1348
打はふ□　126
打はへて　202
うち見れば　953
打むかふ　1374
打むれて
―声も賑ふ　470
うちむれて
―とるや山田の　495
―なるゝは水の　943
打もねぬ　122
打もふす　1902
打わたす　653
移し植て
―友と成ぬる　397
うつし植て
―友と也ぬる　430
―むかし忍ぶの　427
うつし置て　1192
うつすとも　101
うつゝとは　1530
うづもれぬ　1666
うつり行　1895
うつる日の　112
うつろはむ　1260
海川も　1897
海の上に　792
梅さくら　323
梅さける　375
浦風に　1017
浦風の　1416
うら風や　533
うらがるゝ　1099
浦の名の
―人めしのぶの　1343
―むろ木いざよふ　499
うらの名の
―むろの木涼し　1675
うら人の
―礒の山畑　1750
浦人の
―こと葉をきくの　1719
うらみはや　1753
うら山に　1610
うらゝかに　1945
うれしさも　1072
うれしてふ　219
うれしとて　93
植置し　2008
栽置て　1177
うへし世の　115

え

枝かはす　588
えにしあらば　1421

お

老が身の
―いかにせよとや　1880
―かくながらへて　1509
―夢をもさませ　717
―□□□の　1013
老が身も
―君のめぐみに　1211 2027
老が身を　2007
老鶴の　1535
老にけり　1949
老にだに　2142
老にもろき　769
老の坂
―みたびこえしを　1195
―やすく越しを　1166
老の波　1170
老の身ぞ　948
老もせぬ　2105
老らくの
―すがたはづかし　1553
―世をこそおもへ　1999
老らくは　21

老をせく 1926
をかずしも 617
置きうへし 2094
置かへて
―露やてらさん 1453 1468
沖津風 1649
おきつ波 863
をきふしの 1898
をく霜の 964
をく露の 995
置露も
―秋のはじめと 798
をく露も
―それとぞ見えぬ 1923
置やけさは 797
をくれじの 1486
をくれしは 1449
おくれぬる 1487
おしとおもふ 638
おしまじな 699
おしまじや 1627
おしめとや 683
音立て 980
おとづれは 2085
音もなき
―風にや雲を 1958
―風のすがたを 1959
おどろかす 1778
おどろけと 66
同じ世に
―ありときゝしは 1483
―心かよはゞ 513
おなじ世に
―心かよはゞ 1470
をのが友 992
おのが身の 439
をのづから
―いとへばかなふ 2042
―遠き神代に 945
―友となさずば 2000
―なるれば友と 1843
欄干に 557
生いでし 1159
追風に
―かへる舟人 1948
―真帆ひく舟は 2132
大麻の 540
大内人 1980
おほけなや 2002
大空の 147
おぼろ夜の
―つきぬおもひを 1339
朧夜の
―匂ひを梅の 139
大井川
―秋よりさきの 1698 2120
―音に聞より 1282
―ながれも見えず 650
―夏もあらしの 529
面影ぞ 1596
俤の 1361
面影を
―したふ夜床の 1329
―しのべば今も 1447
おもはずよ 1565
思ひいづる
―かたみの雲や 1574
おもひ出る
―比も卯月の 1489
思ひ出る
―袖ぞぬれそふ 1494
―そよ言の葉の 1475
おもひ出て
―おのがかげにも 907
思ひ出て
―しのぶにたへぬ 1501
―袖は朽木の 1561
おもひいでゝ
―しのぶむかしは 1458
おもひ入 2098
おもひ河
―とし月よどむ 1351
思ひ川
―浪のうたかた 1256
思ひきや
―かゝるさ□□□ 1304
おもひきや
―としをわすれし 2026
おもひしれ 1866
おもひたつ 1259
おもひねの
―花をよすがら 82
―枕の夢に 1998
思ひねの
―夢に夜すがら 134
おもひやる
―心とはしれ 1867
―心もすゞし 502
―夕の空を 1275
おもひやれ
―うき世を秋の 1568
―ふる里ながら 875
思ふぞよ 172
おもへ人
―身のよしあしも 941
―身はあさがほの 2011
およびなや 622
およぶべき 1780
織女に 825
織女の 827
をろかなる
―老のならひか 1946
おろかなる
―老のならひか 2018

か

鏡山 1075
かゝる身の
―長くもあらば 1909
―もしながゝらば 2012

かきおこす 1109
かきくらし 929
かきたゑて 1370
かきつむる 1149
かきならす 599
かぎりなき 1187
かきわけて 961
かくぞ猶 38
かくばかり
―霜かれはてし 1202
―涙は海と 1252
かく文字の 1833
かくれ家を 1886
隠なく 706
影仰ぐ 1527
影うつす
―月のかつらの 1663
―月のひかりも 39
陰うつす
―砌の池の 107
陰うつる
―谷の清水の 360
―花もも丶てふ 174
かげとめて
―ながる丶水も 857
影とめて
―夕日ながる丶 881
かげのこる 1107
影ほそく 1779
影やどす
―浪こ丶もとに 856
―庭の草場は 1065
鵲の 963
かさなれる 1648
かさぬべき 35
かしこくも 1832
かしこしな
―こと葉の種も 13
―法のためとや 1859
数〳〵に 1309
かすかなる 543
かすかにも 619
数ならぬ 1913
霞たつ 331
霞むとも 171
霞む夜の 1614
風あらき 1629
風きほひ 1043
風寒み 1113
風過る 76
風に立 852
風になびき 222
風の音
―虫の声さへ 1047
―おさまる春の 108 262
風の音は
―くる丶まがきに 788
―しぐれにまがふ 851
風のみか 927
風吹ば 330
風まさる 1000
風渡る
―浅茅が露に 583
―波の浮寝の 1052
かぞふれば 36
かぞへ来し 1396
方〳〵に 1981
かぢ枕 794
かつきゆる 1063
かつ忍び 1515
門松の
―しるしばかりに
かなしさぞ 237 2075
かなしさの 1593
かなしさは 1569
―たゞその折の 1466
悲しさは
―たゞそのおりの 1474
鐘もならず 1875
河嶋の 651
かはらじな 245
かはり行
―世にもありせば 1330
―世のありさまを 1555 2021
かはるなよ 1354
かひなしや
―人の心の 1279 1375
かへり来て 670
かへり来ぬ 1560
かへり見て 1815
かへる雁
―去年こし秋の 300
―そなたの空の 128
帰る雁
―とこ世もついの 27
―とこ世もつゐの 120
かほり来る
―朝風すゞし 509
―花たち花は 467
神垣や
―内外にたてる 655 2178
―うつせばこ丶も 1766
―夜の間の雪も 1073
―万代よばふ 2137
神がきや
―花のしらゆふ 156
神すべて 2162
神のます 256
神の道 2124
神まつる
―けふ長月の 2155
―霜ふり月の 2161
神めでし 1130
神も猶 2144
神やしる 1164
神山や 2146
神代より 2177
神わざの 2157

かよふべき 1777
唐衣 1316
唐大和 1701
雁金や 1438
雁ぞなく 663
かり枕 1664
かれはてし 1035
枯はてゝ 1102
枯果ん 697
か□□な 989

き

消残る 53
消やすき 1825
消やらで 1879
聞かぬには 422
きかぬ間は 477
聞あかぬ 441
聞初る
—只一声は 396
—たゞ一こゑは 426
聞てこそ 1511
きゝ馴て 712
木々はすでに 1136
きくからに 1807
聞たびに 832
来て見よと 89
来て見れば 1891
衣〳〵の 1355
きのふけふ
—霞の衣 374
—むすび置にし 1504
きのふこそ 1070
きのふにも 648
木のめはる 372
木の本に
—たちやすらへば 347
—杖をつらねて 1452
木のもとを 1472
君がいま 1193
君がしる 658
君がすむ 1292
君が為 1422
君が代の
—ためし□□ぬ 999
—ときはやためし 1147
君が代は
—千々のやしろに 1153
—光そふらん 1426
君が代を 474
君こそは 99
君越る 1209
きみと共に 1554
君ならで 207
君にわかれ 1546
君の身に 1400
君は猶
—君につかふる 1444
—仏の道に 2015
君まさで 1552
君もおもへ 1722
きよき江に 1830
清見がた
—関吹こゆる 2036
—□□□床の 976
きり〳〵す
—過にし秋を 646
—とまらぬ秋の 695

く

草木まで 1991
草すさぶ 674
草の戸を 1848
草ふしの 752
くちはてば 1054
くべき宵 828
汲てしる 1247
酌めば□□ 745
雲かゝる 1755
雲の間の 1023
雲はなを 1069
くもらじな 2108
くもらずよ 864
くもりなき
—神の心に 2156
—神の恵を 1637
くもりなく
—てらす御法や 1836
—松の葉てらす 555
曇るとも
—名こそかくれね 782
—よしやさはらじ 894
曇れたゞ 1363
くやしくぞ 1571
くらからぬ 1602
くらぶれば 409
くらべては 2003
くらべなば 1249
くらべ見ん 1245
来る秋は 896
来る春や 75
暮るまで 549
くるゝより 1812
暮かゝる
—鐘に待身の 1388
—春の田面に 354
くれ竹の 1172
呉竹も 1507
暮て行
—秋の草葉の 694
—秋の名残や 681
—月日も分ぬ 2034
—春の名残ぞ 158
くれて行
—春のかたみと 159
紅に 24
紅の
—色にて□□も 150
—かゝる色をば 40
暮ぬれば 581

暮行と　682
くろゆづる　1782

け

今朝置し　986
けさは猶　1008
けさははや　232
今朝は又　1007
けさまでは　138
げにも此　1215
実も名は　640
けふかゝる
―御法ならずば　1465 1479
けふことに
―手向る法の　1520
けふ毎に
―なごりくはゝる　951
けふさらに　611
けふし見る
―色香もそひて　361 565
けふしもあれ　1457
けふしりき　2073
けふぞしる
―糸によるてふ　1112
―山路のおちば　1727
けふぞ空に　1558
けふといへば　534
けふにつむ　236
けふのみと　878
けふはかつ　624
けふは猶
―いのるねがひも　380
けふはなを
―こゑのあやをも　561
―人の俤　1598
けふは又　1432
今日はまづ　166
けふまつる　1131
けふもまた
―あすさへあらば　1819
―何をなしてか　1818
けふも又
―さりし昔と　416
―まつによはらで　393
けふよりぞ　1185
けふよりは
―なれも御代にや　759
―又来んとしの　1425

こ

越やらで　130
越わびぬ　1624
こがらしの　985
こがるゝと　1391
こゝにしも
―吹伝へてよ　1033 2080
九重に　1840
こゝもとは　891
こゝろあらば　161
心ある人に　1029
こゝろあれや
―伊勢をのあまの　859
心あれや
―かたみにしたふ　1757
心こそ
―猶すみまされ　1660 1754
心ざし　8
心しる　959
心せよ　1349
心たゞ　1789
心だに　1865
心とく　284
心なき
―身となおもひそ　200
―身とは今はた　934
心には　197
心のみ
―かよふとはしれ　1805 1864
こゝろ葉に　2173
心ひく　1270
心もて
―心をつたふ　1930
―さとりとしらば　57 1872
心よく　1741
こしかたは　1888
こしかたを
―うつす鏡か　2017
―忍ぶ涙に　2019
木末にも　1685
梢より　1140
こぞのけふ　1510
こぞのはる　224
ことうらの　2032
こと木より　1218
こと更に　510
ことしまた
―色香もさらに　359 563
ことゝひし　1477
ことにいでゝ　326
ことの葉に
―いひもやられず　1849
言の葉に
―つたえて見せよ　318
言の葉の
―末をむすばで　1308
ことの葉の
―たねに生てふ　1823
―露のひかりは　802
―露ももりては　1340
―露やちりひぢ　799
―文字も涙に　1538
ことのはは　1371
ことの葉も　1176
こと花は　521
ことはりの　1517
こぬ人の　1324
来ぬ人を　1392
この秋の　1456

籠の内に 659
この海の 1619
湖の海や 125
このころの
—あつさもさらに 2069
此ころの
—時雨に染て 612
—花は奥まで 187
此比の
—日数重る 339
この里は 2051
この殿に 136
此春は
—袖の色さへ 211
—吉田の山の 2165
このまゝに 2050
木の間もる 654
このやどの
—庭の楓の 1630
この宿の
—庭の楓の 1761
この山を 1883
此夕
—律にかよへる 829
このゆふべ
—おりしあやなき 442
この夜比 568
この世とは 668
恋草の 1296
恋〳〵て 1265
恋しなん 1303
恋せじの 1240
こひ渡る 1258
こぼすべき 1143
氷とく 16
来む春の 1048
こよひこそ 846
こよひ此
—あふとも暮を 405 614
今宵しも
—千里の外の 784
こよひしも
—つまやちぎりて 598
今宵たゞ
—我からくもる 657 1607
こよひ又 602
これのみや 2061
これも又
—えにしかしこし 1878
—かくるゝまでは 1705
—かへさわすれよ 817
—神代もきかず 732
—春のものとや 186
—人なとがめそ 1928
ころは今 461
ころははや 433
声たてぬ 445

さ

寒まさる
—嵐もうしや 1050
さえまさる
—夜半のなよ竹 1122
さかづきの 343
さかふらん 1219
さかへます 1600
さかりとは 848
さきあはせ 2176
咲出る
—花の色香も 6
—花はけふより 173
咲いづる
—藤のしなひや 329
咲初る 303
咲つぎし 9
咲にけり 286
咲匂ふ
—花のしづくや 175
—一木の花の 227
さき分て 179
咲梅の 277
咲菊の 1740
さく花の
—色香につくす 44
咲花の
—色にうかれて 1953
咲花は 616
さく藤の 198
さくむめの 1724
桜かり 320 ㊓
さくら咲
—庭の日影も 338 357
桜花
—いそぐ心に 208
—霞が中に 352
—風よりさきに 216
—たをる一枝は 7
—ちらぬかぎりは 131
—ちるをおしまぬ 387
—とてもちりなば 220
—とめこし山の 45
さゝげたる 1827
さゞ浪や 1659
笹の葉の 1066
さしこもる 1783
さしのぼる 605
さしむかひ
—まだこぬ秋の 391 459
さすが又 2037
さぞな世の 26
さそはれて 2169
さだかなる 437
さだめなき 2025
さつきまつ 551
里ごとに 516
さとし置 1824
里ちかく 613
里の子の 17
里はあれぬ
—春やむかしの 315

—見し世の友に 114
—みしよの春の 292
—みし世ふりにし 1787
里人の 869
さなきだに 1266
さのみこよひ 151
淋しさに 573
さびしさは
—いつをいつとも 587
—なをこそまされ 942
さびしさも
—いとはぬ色や 735
—なれはしらじや 1051
さびしさを 1009
さびしとも 1765
さほ姫の
—霞の衣 84 1138
—春のうすきぬ 194
—柳の髪の 41
佐保姫の
—こぞめ衣の 289
—春のうわさの 22
掉姫も 74
さみだれに 483
五月雨の
—うらみもはれて 407
—まだ晴やらぬ 541
さみだれの
—はれぬ日数を 1752
さめてのち 1988
さやかなる
—月に端居の 791
—月のひかりを 914
—光のみかは 603
さやけさは 821
さゆる夜の 1104
寒る夜は 983
さよ深み 438
小夜更て 1015
さらでだに 1611
さらぬだに 753
さればとて 996

し

志賀の浦や
—たぐひなぎさの 860
—松の梢の 722
鹿の音に 714
敷嶋の
—道はさまぐ 1960
—道行人の 1960(補)
—道をぞいのる 2123
しぐれ来て 1085
しぐれする
—比はもなかの 726 1132
時雨つゝ 2096
時雨には 1415
時雨ふる 970
時雨行 1026
しげるとも 468
したひこし 1420
志たふかな 1450
したふぞよ
—あけぼのかすむ 337
—雲がくれしは 1576
—残るこゝゐの 1463
したへども
—あやなくくれて 335
—うつる日数は 333
下紅葉 789
しづかなる
—心になれて 1797
—まどに月日は 1790
—山もこゝろに 1798
閑なる
—庭の垣ねに 737
しづけさは
—思ひなれこし 4 2074
しづけしな 1767
しづのめや 550
賤のをが 324
しつ□□□ 979
しのばれん 795
忍びても 466
しのぶぞよ
—秋はむかしの 1448
—老いよりさきの 42
—むかへばむかし 1821
しのぶとも 392
しのぶべき 1384
忍ぶ身は 1332
しばしこそ
—かぞへもみしか 519
—きえものこらめ 1537
しばしだに
—たちものこらば 1831
—人はすまねど 1505
しばしてふ 2068
しばしとて
—立なとまりそ 1869
—立よる松の 480
しばし世に 1529
柴の戸の 504
柴の戸は 475
柴の戸を
—出る明くれの 1863
—とふ人もなく 785
—もりくる月に 685
柴人も 2072
しゐて又 1246
潮ならぬ 274
嶋山も 1965
しめはへて 368
霜枯し 2103
霜がれに
—残るお花の 1044
霜枯に
—虫の音かなし 700
霜がれの 1027
霜寒き 1730

しもとゆふ 2089
しら糸の 398
白かさね 552
しらきぬに 48
しら雲と 2174
しら雲に 1617
しら雲の 1366
しらざりき
―うそとおもひし 1034
―かりの玉づさ 1476
―さぞと思ひし 2081
しらせばや
―あら木の真弓 1376
―いはぬもくるし 1334
―さてもとはれぬ 1373
―さのみはいかゞ 1287
白浪の 1635
しるしおく 1828
知るや人 1367
しるらめや
―かけて契の 1378
―むかしをかけて 2001
白妙の 530

す

すぐなるは 1893
涼しさは 1650
涼しさも 520
涼しさを 488
すだれ巻 490
捨し身は 212
捨てだに 431
すはの海や 711
すへ葉まで 2
須磨の海士や 1020
須磨の浦 884
すみがまに 1039
住すてし 30
墨染の
―おしへを花に 1835
―袖にもけふは 1573
すみだ川 1842
住馴れし
―うき世の外は 960
―主はなけれど 385
住なれし
―松の下庵 1915
すみのぼる
―月は雲井に 1688 1715
―月もふるごと 1499
すみますや 1743
すみれ咲 328
住侘て 2033
すむ庵は 523
住とだに 689
住人の
―こゝろよいかに 1735
すむ人の
―ほだ焼ならし 1791
清る世は 1971
末いかに 1056
末遠く
―かけてぞ契る 1236
すゑとをく
―こえてたどらし 1229
末なびき 367

せ

せきかねて 1277
せきとめよ 185
瀬をはやみ 403

そ

袖にかへる 348
袖にけふ 1451
袖にしも 649
袖の色も 517
袖の露に 824
袖ふれし
―にほひは本の 1471
―にほひはもとの 1667 2062
園近く 645
その原や 269
そむくとて 1548
染いだす
―木々の紅葉の 915
そめ出す
―もみぢは山の 819
染かねし 1116
染にけり
―谷のもろ木の 705
―軒のもみぢも 813
空たのめ 1353
そらにおもふ 805
空にみつ 1263
それとしも 883
そをだにも 647

た

たえせじな
―のこす其名も 1564
―我日の本は 1157
絶〳〵て 1386
たえて後 2013
たがうへし 1896
高き名は 1834
たが琴の 620
たが里も 127
たかせ舟 464
たが谷□ 761
誰為と
―まだしら雪も 182
たがためと
―わけぬ御法の 1937
誰がために
―打やさごろも 742
たがために
―身をつくしてか

666 2119
誰為に
―身をつくしてか 1929
誰為の 1756
高野山 1413
誰筆に 1673
田がへすも 1150
誰が身にも 993
薫ものゝ 1605
たぐひなき 1950
たぐひなく 1829
たぐひなや
―雲の真袖に 2111
―此山水の 268
竹のはの 1024
只たのめ 1514
立いでし 1025
立かへり 1826
立かへる
―なにはゝふるき 1404
立帰る
―古巣や尋 366
立さはぐ
―袖のみなとの 1301
―浪の上なる 2064
立ぞよる 1744
たちつゞく 553
立ならぶ
―さくらもなびく 1920 2107
―ちさともなびく 199
たちならぶ
―それが中にも 448
たちのぼる
―けぶりの色も 1108
立のぼる
―けぶりを和歌の 778 2078
たちばなの 567
たちよりて
―見るまでもなし 1686
立よりて
―むすぶ清水に 412
立よれば
―袖ぞすゞしき 410
―わが袖ながら 287
たち渡る
―霞に見せて 33
たち渡
―霞に見せて 1137
立渡る
―心ぞつらき 1261
立わぶる 678
たちおしき 962
立霧に 751
立田山 584
立鳥の 296
たづね入 1940
たづね来て
―袖こそぬるれ 1707
―ともに音を 2004
―むかしをとへば 1620 1678
尋ね来て
―みぬ世を忍ぶ 1674
尋来る 1763
たづねても 1814
たづねぬも 217
田靍のすむ 279
七夕の
―あふせはなどか 671
たなばたの
―きのふのみそぎ 804
―こよひねぬよに 911
谷かげや 1961
谷川に 454
谷川の
―岩せ□□□ 969
―水のひゞきや 708 770
谷川や 293
谷の戸の 1914
谷の戸は 67
谷ふかく 473
種しあれば 525
たのしみの 1179
頼むぞよ 1904
たのむとは 1905
たのめしも 1762
たのもしな
―つれなき人も 1283
―法の道しる 1549
旅衣
―たちかへるとも 1402
―日数かさねて 1683
―日もはる〴〵と 1442
―紅葉ふみ分 1418
たび衣
―立やいまはの 1806
―ぬれつゝすゞし 1642
旅にしも 1621
旅寝して 1695
たびねする 1647
旅の空 816
旅枕
―粟かしぐまの 243 2077
たへせめや 486
妙なりし
―法の蓮の花衣 1213 2029
たへなりと 2010
妙なれや
―ひかりことなる 1579 2058
玉くしげ 1578
手枕に 1357
玉すだれ 240
玉つ嶋や 2147
玉椿
―名こそ飛鳥の 29
―名を聞からに 28
―八千代をこめて 1210

民の戸も 1970
手向する 2110
例しあれば 47
袂より 644
たらちねの
―むかしをかけて 2083 2128
たらちねは 1563
たれこめし 1717
たれこめて 88
誰もきく 713
たれも見□ 206
手折つる
―この一枝に 873
―この一枝の 814

ち

ちかゝらぬ 1601
ちぎりをかぬ 223
契をきて
―幾年なれし 2135
ちぎり置て
―とはるゝけふを 506
ちぎりをく 1697
契こそ 1295
ちぎりしは 1359
契りしも 1362
ちぎりつる 1315
ちぎるらん 596
千々の秋 1228
千年すむ 764
千とせてふ 363
千とせへん
―松にかならず 2158
千年経ん
―松の葉ごとに 1847
千とせ山 1201
血の涙 1502
千早振 2134
千町田も 641
千代かくる 893
千代かけて 730
千代経べき 1189
ちらば猶 447
ちりうかぶ 322
ちりうせぬ
―松の千とせに 1169
散うせぬ
―松やこたへむ 2126
散しるは 100
ちりそへて 1951
ちりてこそ 155
散ぬるに 820
ちりはてし 54
ちりはてぬ 1005
ちりもせず 137
ちるあとを 86
ちる花の 332
ちる花を 87
ちる迄は 747
ちればけふ 215

つ

月影も
―霜しろき夜に 1111
―みな紅に 921
つきせじな
―手にとる杖は 1182
―峰のもみぢの 630
月ぞまづ 146
月とひて 1352
月ならで 1057
月なりし 1528
月におもひ 1512
月にだに 687
月ひとり 866
つきもせぬ 1183
月もやゝ 625
月やとふ 867
月をそき 870
月□□□ 727
つくりなす 518
伝へ来て 1760
伝こし
―かしこき御代に 1178
つたへこし
―昔の人の 1992
妻こひの 837
妻こひは 836
つみたむる 50
つもりしは 1106
露置し 425
露きえし
―哀にそへて 1566
露消し
―あはれを人の 1467
露しぐれ
―あした夕に 872
露時雨
―ふれどもそめぬ 704
露しげき 889
露にふす 834
露のいのち 154
露の身と 1587
露はまだ 823
露ふかき
―こと葉も秋に 1597
―葎の宿も 2039
露深き
―軒のしのぶに 633
露みえて 853
露むすび 626
露結ぶ 1526
つらき夜の 1268
連て行 1087
つれなくも 141
つれなさに 1278
つれなさの
―人はあら鵜の 1280 1335
つれもなき 1907

て

手うへつゝ　2101
手にとらぬ　1808
手の跡に　2070
てらし見る　1786
照せ猶　2150

と

とがへりの
—花咲にけり　1944
十がへりの
—花見せそめて　1942
時ありて　826
説をくも　1876
時しあれ　2117
時しあれば
—いとひし浪に　1716
—花にもぬるゝ　103
時しぞと　191
時しるや
—関のひがしの　261
—千里にきくも　263
説とかぬ　1877
常盤なる　933
時を得て　283
とく法の　1857
とこしなへに　91
とこしへに　2160
とこしへの　239
常世には　621
所えて
—海士も小舟を　721
ところえて
—よはひをともに　1231
所から　900
としごとに
—色香そひける　218
年毎に
—見れどもあかぬ　1689
年ごとの　664
とし月に
—たえずもひろへ　1997
年月に
—なれしをあかず　1454　1469
とし月の
—過るにつけて　1513
年月の
—わがあらましも　1885
とし月も　1372
とし〳〵に
—猶いやましの　210
—なれ来ても猶　402
とし波も　767
年の内に
—かざれる門の　1092
—早咲出て　955
—春は来にけり　1093
年の緒の　1040
年ふりし
—みぬままばらの　364
としふりし
—深山ざくらも　1090
年ふれど　25
年へつゝ　1299
年経ぬる　1284
とだえして　1232
とぢはてし　691
とてもその　1235
とゞめえぬ　830
とゞめぬぞ　1993
とゞめぬる　781
とにかくに　2087
とはざりし　2055
とはゞやな
—ひとつこゝろに　1580
—ひとつ心に　2059
—むかしのあとに　1615
—むかしのあとの　1653
とはるべき　1095
とはれ来し　1733
とはれぬる　1845
問はれんと　635
とひきつる　1994
とひ来るは　247
とひ見ずば　1736
とひよるも　1110
とふあとの
—法の莚の　1521
とふ跡の
—法のむしろは　1592
飛雁の　1320
とふしかは　903
飛鳥の　1410
問人を　965
飛蛍
—てらす光を　455
とぶほたる
—波にもけたぬ　524
とへば世に　1608
遠ざかる　1285
遠つ人　607
ともし火の　1399
友とうへて　1781
外山には　1096
豊としの　1943
とよとしも　1941
鳥がねの　1347
とりそへて　809
鳥の音を　1381

な

長きねを　1290
ながき日の　548
ながき日も
—あかずぞかゝる　383
長き日も
—あかでくらしつ　342
ながき夜に　1341

ながき夜の 725
ながき夜や 724
ながすてふ 497
なかぞらに 904
なか絶る 1369
中つ瀬や 494
なかば猶 2141
ながめあれや 316
ながめ置し 1584
ながめ来し
—秋も心の 838
—千とせの人を 917
詠めやる 526
ながらへて 936
ながらへば 1906
流行 479
なきあとは 1524
なき影も
—うれしとは見め 1462
—さぞなしるらん 1478
なきかげも
—さぞなしるらん 1464
なきかげを 1534
なきことの 1545
なきてしと 680
なき人に 1516
なき人の
—いさめ置てし 1572
—みしは此ころ 1562
—わがあやまりを 1575
なき人も
—おもへ五十年の 1539
—心しあらば 1541
鳴雁の 772
鳴声に 428
なぐさめて 865
鳴蟬の 527
なげくなよ 1508
なす業も 253
夏来ても 456
夏来ぬと 505
なつ草の
—あれ行すへの 401
夏草の
—露を分くる 460
夏衣 446
夏ぞなき 554
夏にけさ 443
夏の来て 546
夏の日の 577
夏山の 417
など君 1496
などてわれ 1775
名取川 106
七十に 1208
七十年の
—けふより末を 1196
七そぢの
—後のよはひも 1168
七十の
—春をむかへて 1200 1204
名にしおふ 766
名にたかき
—此秋津洲の 604
—こよひの月を 1734
名に高き
—はつかの月に 1490
何となく 736
何ならぬ 2121
難波江の
—あしまのみくり 1297
—芦間を出て 578
なには江や
—芦間の浪に 595
難波江や
—掉さす舟の 606
難波津や 288
何人の 90
なにゆへに 734
名のみきく
—すみてふ山を 1748
—もろこしまでも 858
猶ぞうき
—とし月遠く 1495
—行ては帰る 1358
猶遠く 1500
猶ふかき 1737
波かけて
—袖こそぬらせ 882
—袖になるおの 1710
なみ風の
—かゝる所に 1672
波風の
—かゝるところに 1709
浪越て 1379
波こさぬ 457
波しづみ 1311
なみだ川 1350
泪にも 1274
波にふす 918
波のあや 3
浪の面は 932
浪枕
—うき寝の床は 1712
—月の御舟も 2063
波枕
—ひじき物には 862
南をとなへ 1861
名も高き
—立田となぞな 775
名もたかき
—軒端に匂ふ 92
ならしても 571
ならはねば 2044
ならべ来し 1342
なれて聞 2065
馴〳〵し 334
なれもせぬ 1692
なれもまた 230
なる鈴の 944

なをてらせ　1654

に

にぎわへる　51
にごりなき　2170
西の海　1720
西の海や
―こゝにいますと　2131 2168
庭垣の　822
庭桜
―今は青葉に　238 2076
庭の梅は　2009
庭のおもに　501
鳰鳥の　64
にほの海や　845
匂ひにぞ　235
にほふ也　257
匂ふより　140

ぬ

ぬぎかふる　492
主やさぞ　808
ぬれつゝも　281

ね

ねこじせし　231
寝覚して　1022
ね覚□□　740
ねながらも　415
ねにかへる　1956
音にたてぬ　419
ねもやらで　399
ねられずよ
―枕かる野ゝ　1628
―山田の庵の　1802
根をふかく　1651

の

遁来て
―くむ山陰の　686
遁れきて
―柴の庵の　2016
のがれ来し　690
のがれすむ
―この山陰の　1882
―深山の庵の　408
―み山の雪に　1003
のがれ住
―此山陰の　1918
のがれては
―いとふべき世の　1788（補）
―うきをこりつむ　2041
遁ては
―世のうき事を　1919
のがれても　1788
のきばうつ　1307
軒ふりて　639
軒をあらみ　121
残しをく　1503
のこすなよ　1406
残りぬる　1055
残るさへ　877
残る日の　310
残る夜は　2043
残る□□　1133
後の名の　810
後の世も　1323
長閑さは　183
長閑なる
―春たつた山　81
―春のあしたの　344
長閑にて　1429
のどけさは　1181
のどけしな
―色にめでける　46
―かしこもこゝも　369
―なれも胡蝶の　345
長閑しな
―今朝来る春に　190
法の師は　1751
法の花
―今やひらけて　1852
のりの花
―ひらくうてなに　1523
法の水　1785
乗駒に　771
野を遠み　298

は

はかなさを　886
はかなしな　349
萩はらや　710
初秋に　669
はつかなる　353
初かりの
―うはの空なる　672
初雁の
―音をだにきかぬ　1868
はつ桜　133
はつせ山　149
初花の　2048
はてなさの　922
花さかぬ　1984
花ぞなを　1771
花染の
―名残もけさは　472
―春のきぬ〳〵　536
花とだに　1604
花鳥の
―色香の外の　113 301
花にうき　450
花にをく　176
花にをち　1939
花に香は　1924
花に聞
―入あひのかねの　152
花にきく
―それならなくに　1306
花にけふ　1772

花にだに 98
花の色 248
花のうへに 153
花の枝を 1769
花の木も 449
花の後 608
花はいま 241
花はまだ 109
花はやゝ 1434
花もしれ 69
花もまた 307
花やしる 15
花山の 790
花をさへ 432
花をのみ 1773
花をもる 913
春秋も 2093
春秋を 2092
春がすみ
―しきつの浦半 145
春霞
―たちおくるとも 1414
―たちわかれ行 1412
はるがすみ
―八重にかさなる 79
春風の
―さそふはつらし 356
―さそふまに〳〵 169
―浪は吹ども 271
―匂ひ吹いる 228
―吹ともみえぬ 52
春風は 282
はるかなる
―昔の秋の 1525
―行あひ谷の 463
春来ては 70
春来ても 276
春来ぬと 388
春雨の
―しづくや花の 23
―ふりにし跡の 1583
春といへば 259
春ならで 966
春にいま 250
春にけふ 1423
春にさへ 1042
春の色は
―おなじみどりの 143
―東よりくる 242
―山のみどりに 264
春の色を 180
春の花 2112
春の日の 382
春の水の 358
春の夜の 20
春の夜は 294
春の行 336
春はけふ 162
春はまだ
―あさけの窓の 376
―浅緑なる 2099
はる〳〵と 1622
はれやらぬ 1817

ひ

日影さす 280
日数をも 1032
光なき 707
曳ことの 1784
引駒も
―日を□□雪に 988
―□たる 987
引芹の 167
彦星の 909
久にまつ 899
ひと足を 2116
一えだの
―梅をかざしの 254
―もみぢかしこみ 2095
ひとかたに
―思ひさだめぬ 667
一かたに
―みどりのけぶり 1770
人心 1276
一こゑは
―それと聞てや 542
―身にしむばかり 898
一声を
―ほのかに聞し 576
―夢に残して 515
ひとさかり 381
一しきり 471
人しれず 1244
一すぢに
―夏をわするゝ 469
―ふる雨にしも 1962
一すぢの 1058
一たびは 1241
一たびや 1684
一とせに 2046
一とせは 1774
一年の 935
一年を 733
人とはぬ 692
人とはゞ 1328
人と□□ 739
人の世の 1570
人の世も 1567
一日をも 2115
一ふしを 1175
一筆の 1644
一むかし
―めでし砌の 362 566
一村の 278
人めこそ 1747
一もとも 320
人や猶 1254
一夜明て 252
一夜ふた夜 1345
一夜松 2125

独りすむ 1967
ひとりねの
—床の□さに 1281
—夢に見えにし 1238
—夜半のなみだに 1336
人をわたす 1167
日にならふ 905
日の本の 2153
隙をなみ 1853
ひらけ猶 1822
ひるもよも 2030
ひろきより 1982
日をふれば 1267

ふ

ふえ竹の 1318
ふかき海 1161
ふかき夜の 954
ふかすよの
—うきさへあるを 406
ふかす夜の
—うきさへあるを 615
ふかみ草 564
吹送る 119
吹をろす 1115
ふきそへて 574
吹つたふ 1934
ふきはらふ 249
吹はらへ 558
吹音に 758
吹風に
—十市も□□ 618
—我身をなさば 214
—おれふすばかり 982
吹風の
—しづけき道に 192
—たよりしなくは 1813
吹風も 1180
吹からに 260
吹たびに 843
更る夜の 755
ふじのねも 148
ふしておもひ 1544
ふじといふ 1690
ふし見山
—一むら松の 1837
ふしみ山
—一むら松の 2060
二代まで
—伝ふる道は 2084 2129
藤かづら 160
舟人も 855
舟とむる 1718
舟とめて 1632
舟よする
—あら礒浪に 1679
船よする
—入江の浪に 144
文の道 1441
踏分て
—とはずばしらじ 1792
ふみ分て
—とはずはしらじ 2056
冬枯の 1964
冬来ても
—かはらぬ色は 1046
冬きても
—しほる、□□ 984
冬来ぬと 1078
ふゆながら
—春やこがらし 165
冬ながら
—春やこがらし 1135
冬にまた 946
冬にまつ 1725
冬は猶 1114
ふりつもる
—枝ふみならす 118
—軒端の松は 1088
降つもる
—今朝はとはぬも 972
—野路の夕ざれ 1123
ふる雨の 258
ふるをとに 1699
ふる音は 233
ふるかとよ 1846
ふるからに 1117
ふる霧に 748
故郷に
—かよふ夢路を 1721
—心よせめて 1957
古郷の
—秋の夕を 634
—春にけたれぬ 31
故郷の
—妹が軒端の 496
—つてぞまたる、 1437
古さとは
—梅の匂ひを 178
古里は
—けふをかぎりの 1419
故里は
—花ならぬはなは 1038
故郷を
—したふ旅寝の 1682
古郷を
—夢に見るめの 1974
ふる袖の 1411
ふる程は
—同じ御法の 1910
ふるほどは
—おなじみのりの 1990
ふる雪に 1004
降雪は 1134
経る世にも 1986

へ

へだてなき 317
へだてなく
—年のうちより 164

―年の内より 1139
―春は来にけり 110
へだてなく 2085㊓

ほ

ほしぬべき 1623
ほとけには 1983
郭公
―聞は旅とや 491
時鳥
―くべき宵かも 413
―これもつれなく 481
―まつよかさねし 451
―わが志津はたの 560
ほとゝぎす
―こゝにちぎりて 1646
―過行声の 411
―一声もがな 444
―またもみやまの 493
―折にあひてや 1491
ほどもなく 489
ほのかすむ 213
ほのかにも 1397
ほの〴〵と 888
洞の名の 1146

ま

真葛原 1326
まことある
―ことにひかれて 1390
誠ある
―道にならひて 949
まこととは 1559
真柴たく 2052
まだ浅き 947
まだきこぬ 500
またたぐひ
―あらしに月の 741
又たぐひ
―なみ路かすめる 62
またと見る 1436
また人も
―むすばゞ旅の 1703
又人も
―むすばゞ旅の 1803
まだふみも 958
またや見ん 1768
まち出て 1704
待ゑつる 512
待えても
―こゝろつくしに 908
―夢かこてふの 14
待しうさ 196
まちし間の 43
まち〳〵て 189
待もらし 435
待わぶる
―ねたさもそひぬ 511
―枕のちりの 1298
松が枝に 1217
松がえの 458
松が枝を
―青和幣とや 1071 2163 2179
松がえを
―もり来る影も 1049
松に竹 1
まつに身は 404
松の葉を 556
まつ人を 1377
まどはずや 1657
まなくちる 854
まなぶべき 994
まぼろしの
―尋ねしたまか 321
―つえだにあらば 1455
まゝならぬ 2006
守れなを 2172
迷はじな 1935
まれにあふ 897
まれに今 1234
稀にきく 1199
まれに来て 1738

み

見えわたる 370
三笠山 1083
三熊野や 272
みし秋の 1758
見し秋も 975
みし色も 1101
みじか夜の 716
見し花も 414
見しやその 890
見すてつゝ 586
見せばやな 1729
三十あまり 1480
御祓川
―麻のゆふしで 531
みぞぎ川
―夏と秋との 532
三十みとせ
―あとなる春の 1582
みそみとせ
―おもへば早き 1586
霙ふる
―さむき嵐に 1082
みぞれふる
―空もはげしき 1067
みたびてふ 377
道しある 1661
三千とせを 1186
道ならぬ 1938
水したふ 1091
みつしほに
―おのが□□□ 1021
みつ汐に
―つれて海辺の 1127
みつしほは
―いづこもおなじ 1014
水鳥の 535

水のあや　757
水の面に　1225
水結ぶ
―かたへ涼しき　487
水むすぶ
―かたえすゞしき　575
みではかく　731
みとせふる　1590
みどりそふ　508
水上の
―こほれる程も　1129
みなかみの
―すめる流の　1223
水かみの
―す□□□□　1222
みなと舟　1696
みなれ掉　720
身におはぬ　77
身にしむと　1871
身につもる　60
身になせる　476
身にも又　939
峯高き　754
みの笠も　1062
身は老に　2035
身はかくて　1321
三室山　585
みやこ人
―かへさわすれよ　135
都人
―花を名残に　313　1408
都より
―ちぎらぬ友も　1625
みやこより
―行□□□　990
みやしろに　1154
みよし野や　78
御代ぞいま　538
御代やけふ　170
見るうちに
―かさなる峯も　395
見る内に
―すゑ野ゝ道も　1086
見るからに　1077
見る月に　768
見るまゝに　656
見ればなを　205
身を秋の　1881
身をいかに　1380
身をかくす　688

む

むかしたが　636
むかしだに　773
むかしたれ　11
むかしへと　544
むかしみし　1975
昔世に　1903
むかひつゝ　311
むかひゐて　304
むかふぞよ　938
むかふより
―かげもさながら　2040
―心もともに　868
むさし野は　912
むさし野や
―霞もきりも　1796
武蔵野や
―末は千里に　514
虫の音も
―夕〳〵に　693
むしの音も
―よそになきそ　1531
むせぶには　1533
六十すぎ
―また一としも　1031
―また・年も　1068
むねの月　2106
むべなるや　1230
むまれつる　1594
むまれぬる　1603
むらさきの
―色しあせずも　1439
紫の
―ゆかりもよゝを　188
村雨に　537
むれつゝも　628

め

めぐみにて　2024
めぐりあひて　1346
めぐりあふ
―えにしもうれし　1723
―けふはみとせの　1591
―こよひだにうし　1253
―三とせの春を　1493
―むかしの袂　1460
めぐり来ぬ　1481
めぐれなを　924
めづらしと　1443
めづらしな
―月のかつらの　600
―不二のしば山　1639
―山はみどりの　1793
めでばやな　849
めにちかく　275

も

もえさしの　1394
もしほやく　1671
もてはやす
―心づくしや　163
―人を待えて　123
もとつ人　1519
もとよりも　2109
物おもふ　749
武士も　1844
紅葉さへ　1094
紅葉する　629
紅葉ゞの

―色もふかめて 1927
―にしきならねど 2166
紅葉ばの
―山路にふかき 874
もみぢ□□ 774
百草の 780
森の名は 181
もりやせん 1401
もろこしに 718
諸友に
―あはれと思へ 129
諸共に
―哀とおもへ 1954

や

やすらけく 1206
八十年に 1188
八十とせの 1205
八千とせも 1207
八千代へん 1191
やどとへば 1484
やどは世の 309
やどりてぞ 850
やどりとふ 1626
やはた山 1811
八重霞 117
八重雲を 919
八百万 786
山陰は 738
山颪の 841
山颪は
―いつしかたえて 1105
―うき世の外の 503
山賤の
―かこふかきねの 1922
山がつの
―わざぞくるしき 1901
山かづら 485
山川の
―氷れる水は 203
山河の
―道は越ずも 1856
山口に 1142
山桜
―梢に冬や 132
山ざくら
―咲べき花を 302
―ちりはつとも 201
山里に
―いほりならべて 2054
―すめる心に 1917
山ざとに
―宿のさむさも 2088
山里の
―庭の松がき 1745
―折かけ垣や 1854
山里は
―たれかこと、ふ 102
―はや露霜も 744
―春ならねども 1119
山里も 967
山里や 37
山高き 1899
山たかみ 800
山田もる 793
山路には 746
山づとは 355
山鳥の 2090
山ならぬ 973
山の名の
―あらしに雲は 592
やまの名の
―竃は春に 1680
山の名は 2071
山のはに 246
山人の
―あと、や道を 1124
仙人の
―ためしを菊に 1742
山姫の 701
山深き
―谷にならひし 111
山ふかき
―谷にならひし 1776
山ふかみ
―こと、ふたれを 1746
―なにまたるらん 974
―人は音せぬ 1764
―人もかよはで 1973
山〱に 373
闇に迷ふ 1588
やみふかき 429

ゆ

行かへる 1158
行かよふ
―心よいかに 1862
―袖には夏も 1665
―人のこころの 142
雪消る 266
雪さそふ 1028
雪霜に 956
雪に明る 177
雪にだに 312
雪ふりて 1118
雪間そふ 18
雪や霜 2114
行秋の
―名残なりせば 684
―虫の鳴音の 696
行雲に
―宿もとめてん 1163 2082
行末の
―生さき見ゆれ 225
―千とせもさぞな 1145
―ながれつきせぬ 1221
行末も 1190
行末を
―いそぐ旅路に 1702
―かけてぞいのる 2143

行袖に
―匂ひはをくれ　319 1446
行年の
―かへり来ぬとは　1969
―八十嶋かけて　1184
行としの
―名残わすれじ　1079
行春に　507
行春の　83
行舟の
―跡をへだて丶　1398
―須磨の浦半に　1080
行べきは　1589
行道も　436
行水に　547
ゆたかなる　1892
夕かけて　545
夕がすみ
―雨かきくらし　1799
夕霞
―里はそなたと　1809
夕風に
―千町の穂なみ　594
―穂波よりくる　643
夕風も　389
夕からす　265
夕ぐれの
―哀はなれて　1890
―あはれもはる丶　796
―月は霞て　285
夕ぐれは
―それそと荻の　892
―花の外なる　49
夕月の　1141
夕日影　528
夕より　610
夕まぐれ
―こや薄墨の　1609
―ねにゆくからす　267
ゆふまぐれ
―たが一ふでか　1711
弓の山　1932
夢さます　997
夢さむる　1098
夢と成る　1506
夢ならば　1344
夢にだに　1368
夢のまに　1557
夢も又　400
ゆらのとの　1547

よ

よしといひ　1850
よしの川　327
よしやしれ　847
よしやまた　1257
四十より
―千代のよはひを　1197
よそぢより
―千代のよはひを　1198
よそとても　195
よそにのみ
―しのびねなくは　434
―へだてし中は　1233
世と共に　2014
世にたえて　1655
世にたえぬ　1912
世にたかき　601
世に遠き
―山はこよみも　1794
世にとをき
―山はこよみも　2057
世にふとも　1955
夜のあけば　715
世のうきに　609
世のうさは　1459
世のおきて　1428
世のちりの　1732
世のちりを　1921
よのつねに　660
世中を　1887
世はさぞな　390
よばなれて　295
世は夢の　1550
宵ながら　453
蓬生の　1855
よもすがら
―色香にそふと　305
夜もすがら
―ながめあかして　920
四方に吹
―風もさはらぬ　58 1873
四方の海　80
よもはえな　465
世々あふぐ　2154
代々の霜　627
世丶経なん　1492
よりそひて　1081
夜の雨　1820
万代に　1216
万代の
―末もたえじな　1841
―春もかはらぬ　85
世をてらす　1838

わ

我が庵を　1440
わかえさす　229
我影ぞ　1947
わかゞへる　1156
わが心　1540
我こふる　1317
わか早苗　482
わがたのむ　2151
我ための　244
若菜つむ　12
和歌の浦
―たかきみちひの　1979
―玉の光の　1551
和歌の浦を　1407

わかれ来し 1356
わかれ路の 1243
別路は
―雲井はるかに 1445
わかれ路は
―十といひつゝ 1577
わかれにし 1485
わきかへる 423
わきてうき 1894
わくらばの 1289
わけ入し
―人さへみえず 1037
―人めも花に 124
わけ入て 1976
わけし身の
―身よりわかるゝ 2049
―身よりわかれし 2022
わけている 1952
わけてけふ
―とはずはしらじ 590
―問ずはしらじ 1977
分てけふ
―とはずはしらじ 1884
わけて行 1925
鷲の山 1931
わすられぬ
―春のかたみの 562
―夢の名残は 1595
わするなと 1242
わするなよ
―ともに旅寝の 1405
―又も契らん 1018
わすれぎの 1338
わすれじな 1870
わすれずば 1433
わすれては 783
わすれめや
―千里の外の 1403
―ちり行花に 1435
―名残もあかず 314 1409
―浪路霞て 1677
渡りなば 2038
われながら 1322
われのみぞ 116
我ひとり 1518
われもうし 421
我もうとく 1074
われもげに 379
我も又
―庵ならべて 2053
―音を社たてね 679
―待□□□つれ 1300

ゑ

絵師もやは 63
絵にかける 1310

を

荻原や
―もえしはいつの 831
―やけにしむかし 2091
おさまれる
―千代の恵みに 1002
―御代と夕の 642
―御代の道にし 157
―御代のめぐみに 1041
―世は浪風も 251
をさめをく 2167
をじか鳴 842
をしねつむ 2113
教へある 2023
をしへをく 1933
をしむとも 1120
遠近の
―色をわけつゝ 19
―梢をつとふ 926
乙女子が
―青ずり衣 930
―袖もゆたかに 394
小舟さす
―池水きよし 844
―入江の岸の 290
小山田に 835
折得つる 97
折えても
―なをさかりなる 96
折得ても
―のぼる麓の 95
折柴を 2097
折しもあれ
―今やとおもふ 597
―芝居すゞしき 559
―ながめ侘ぬる 350
折つるは 812
折残す 811
折ふしは 2067

初句索引（欠損歌）

初句が欠損の場合、①四句で示した。②四句も欠損の三首は四句の一部分を示した。

①四句
君が門出の 1693
くれなゐよどむ 702
ことしのけふの 978
今宵一夜の 991
たのしき 750
旅の行ゑの 1694
月まだをそき 760
つもるかひなき 1030
とこ世の国は 94
②四句なし
□□かつらの 728
□ともなへ 977
□□□の袖や 1011

人名索引

凡例

一、まず「歌の作者索引」を、その後に一字あけて「詞書や左注に登場する作者索引」を(詞)の下に記した。いずれも数字は歌番号を示す。

一、人名は漢字の表記で五十音順に記した。人名の読み方は、訓を主とする慣用のよみに従った。読み方の判然としかねるものも、名乗字などにより出来るだけ推定して、その位置に置いたが、俗名・道号（法号）の区別の判明しないものなど、便宜音読に従ったものもある。

一、原則として姓を（　）で、別称や通称等は〔　〕で、○○室などの説明は〈　〉で注記した。

一、歌の作者で、同一の作者が異なる表記の場合、同一者として並列した形で一字下げて掲げた（例、忠通のあとに月鑑を、直朝のあとに紹龍、茂継を記すなど）。

一、→は参照（捨て見出し）の意。

一、「詞書（左注）の作者索引」は全国的、また地方的な見地から重要と思われる人物のみを掲げ、全てを採録することはしなかった。

あ行

安芸(森) 102
昭武(山口)〔杢衛門〕 1582
朝日氏 1924 1926
尼君(上杉氏) (詞)2053
安迪(てき)(原) (詞)1470
安徳天皇 (詞)1619 1678
隠公(原氏) (詞)98
隠士(七浦)〔隠之〕 1032 1033 2054 2080 2081
上杉侯 (詞)2039
氏峯(酒見) 339 340 541 544 889 1128 2034 2065
嬉野氏妻→平馬妻
永春院〈直條伯母〉 (詞)1457
焉石法師 (詞)1864 1865
於市〈のち清子、直郷室〉 228 791 1212 2028
於近〈藤原通寛妻〉 2025
おさき 2044 2047
おしほ 2045 2046
於千穂 345〜350 536 537 886〜888 1228 1383〜1385 1702 2040〜2043
於照 790
於林 227
温照院〈直郷弟〉 (詞)1491

か行

魁麟禅師 (詞)1421
格峯〔格峯禅師・格峯大和尚・格峯老和尚〕 57 211 1505 1589 1865 1866 1872 1877 2106 (詞)1167 1199 1794 1876 2057
実外 (詞)1478
断橋〔断橋和尚〕 16〜19 1518 1903 1909 1949 2012 2013 (詞)1885
景通(稲葉) (詞)1576
主面(かずも)(萩原) 9
堅明 33〜44 73〜80 82 83 398〜403 411〜414 596〜609 662〜668 937〜951 992〜998 1137 1158 1169〜1173 1235 1236 1252〜1259 1494〜1496 1517 1859〜1863 1900 1901 2026 2119 2136 2137 2139
忠昭 687 695 703 1271 1923 1929 2144
堅忠(板部) (詞)1162
兼矩(久布白) 492
川原氏 2164
寛斎(織田) 222 384〜386 487 539 543 575 785 1076 1080 1090 1127 1332〜1334 1386 1398 1399 2023 2048 2102〜2104
観正 1018 1935
観礼〔観礼法印〕 183 192 223 224 241 437 460 463 472 475 619 641 735 752 753 954 955 963 967 979 1046 1115 1308 1311 1426〜1428 1438 1697 2037 2162 2171
義山→長露
木下氏→鎌山
遽伯玉 (詞)1900
金吾(矢野) 1034 (詞)1033
黒田故豊前守内室 (詞)1560
君承公〔綱茂〕 (詞)809
桂巌和尚 (詞)1207 1785
恵宗尼 (詞)1456
月鑑→忠通
月岑和尚 (詞)1991
玄栄法印 1858 1906
兼好法師 (詞)840 1879
鎌山〔謙山〕(木下氏) 92 94〜96 100 684 1919
見性院〈直條弟〉 (詞)1466
元政子〈深草〉 (詞)1834
源蔵(酒見) 490
玄徳法印 (詞)1146
其阿(ごあ)上人 (詞)513 1470
光厳〔幸福寺〕 1417
高源院 (詞)1945
香国禅師 (詞)1733
高達→重達
香誉比丘尼 (詞)1515
惟剛(犬塚)〔嘉右衛門〕 416 1581
是行〔是行法師・是行上人〕 503 504 (詞)502 1412 1735 1801

さ行

西行法師 (詞)1869
在五中将 (詞)1615 1653
作祥(川村)〔千衛門〕 1082 1092 1345
貞方(犬塚) 669
貞陣 351
貞正 582
貞良(犬塚) 540 890
幸〔さち〕 363 368 370 546 547 551 555 908〜910 2096
卿敬 914
卿成(さとなり) 359 360 371 375 563
実崗〔忠利〕 904 1946
実陰卿(武者小路) (詞)73〜80 1252〜1259

- 実一（林氏）　680 690 698 706 715 721 1009 1012 1021 1026 1178 1194 1264 1274 1915 1937 2004 2147
- 実辰（中野）〔忠衛門〕　629
- 実房（星野）　2 3 52 171 176 185 188 446 461 612 744 757 761 962 985 1053 1058 1064 1318 1968 1973 2172
- 此園→忠基
- 繁　556
- 慈圭→忠利
- 茂継→直朝
- 重達（南里・南里氏・豊嶋氏・藤原）〔高達〕　216 683 1007 1016 1029 1159〜1165 1180 1237〜1239 1267 1275 1503 1504 1682 1864 1878〜1885 1932 2082 2148
  - 高達（南里氏）　691 699 707 717 723 1193 1203 詞477
  - 豊嶋氏〈前後の関係から重達とする〉　1506〜1510 1867 1869〜1871 1873〜1876
  - 南里氏〈一八二番に重達の同一歌あり〉　1918
  - 藤原重達（豊嶋）　2138
- 重益　491
- 時春（瀬川）　818 1740 1741 詞817 1570 1739
- 止信　550 1393
- 実外→格峯
- 実春大居士　詞1545
- 周悦　詞1512
- 就宣（吉益）　詞1722 1724 1728
- 淳渓居士（犬塚氏）　詞1168 1539
- 寿性院〈直條母〉　詞1464 1478
- 春正〈木下長嘯子門弟〉　136
- 昌阿（原氏）〔愛利〕　86
- 昌安（板部氏）〈忠通の父〉　1296 詞1529
- 浄寒老居士　詞1503 1504
- 丈軒（松村）　詞1571
- 昌賢〈泰賢の父〉　詞2083
- 常照上人　詞1413 1518
- 定誠公　1806
- 浄雪〈月鑑妻〉　104 2118
- 正統院→直條
- 紹龍→直朝
- 如斯（立川氏）　1534
- 真乗坊　1196 詞1587
- 心空院　詞1581
- 新介（吉川）　詞1230
- 深龍（森田）　899 1436 2064
- 水石（井手・井手氏）　1213 2029 詞1557
- 瑞鷹〔瑞鷹上人〕　110 391〜393 1959 1961 詞1884 1958
  - 猶龍〔猶龍上人〕　7 172 180 186 432 433 448 459 465 471 473 588〜590 616 742 747 758 762 959 964 1049 1059 1065 1313 1314 1423〜1425 1692 1848〜1850 1974 1977 詞1975
- 崇勝尼　詞1792 2056
- 寿賀　573
- 資茂（日野）　876 1804 1813 詞1476
- 杉本坊　1958
- 須磨女〈八沢自的妻〉　1201 2133〜2135
- 盛庵（折田氏）　詞1541
- 整宇（林）　詞303
- 清真院〈直郷母〉　344 1227 2039
- 善右衛門（川村）　詞1524
- 善財童子　詞1987
- 全春　詞1481
- 禅梁　1951
- 宗極（武富）　352 558 892
- 宗月法師　詞1404
- 象山　114 115
- 蔵山〔蔵山和尚〕　434 587 727 1068 1847 1975 1976
  - 別露（石船）　1031 1492 1493 1978 1979
- 宗有（深江氏）　詞1536
- 染川氏　詞1144

た行

- 泰賢（志貴）　561 898 2084 2109 2129 詞560 2083 2128
- 高松氏　詞821
- 高庸　1568 詞1567
- 内匠（田中）　詞1523
- 武昭　806
- 武貞（島内）　詞1453
- 忠昭→堅明
- 忠重（藤原）　22 23
- 忠亮　182 466 476 759 1060 1066 1315 1319 1965
- 忠利（原氏）　97 101 681 1004 1005 1014 1023 1188 1199 1265 1277 1930 2150 詞1249 1889
  - 慈圭　1555 1556 2016〜2018 2021 詞1208
- 忠利妻〈原氏母〉　1195 1200
- 忠俱（原）　4 8 441 2074
- 忠長　373
- 忠栄（ひで）（田中）〔五郎兵衛〕　671
- 忠寛（武富）　545 549 1391 1599
- 忠通（原）〔忠道・板部杢衛門〕　84 125〜132 134 138 140 142 145 147 150

155 156 429 431 729 1001 1002 1036 1041 1138 1174 1285〜1288 1291 1293 1297 1298 1300 1303 1305 1691
月鑑（板部氏） 103 194 420〜425 686 694 702 1186 1187 1270 1593 1594 1911 1922 1925 1940 1989 2117 2143 (詞)1538
忠充（藤原） 26 28
忠基（原） 1 355 364〜367 372 376 377 442 610 611 766 905 906 912 913 1123 1129 1133〜1135 1140〜1142 1441〜1444 1587 1606 1713 2049 2068〜2072 2085 2086 2088 2089 2094 2095 2097〜2099 2140 2158 (詞)2066
此園 51 157 164 165 617 622 626 637 640 644 955 956 961 1139 1422
柳園 81 160 162 167 168 173 179 221 405 407 418 419 447 450 453 458 462 469 614 621 624 628 635 674 734 739 745 958 968 984 986 999 1000 1048 1054 1056 1307 1312 1497 1499 1528 1683〜1685 1908 2022 2141
忠康（酒見・菅） 169 174 341〜343 464 534 535 767 882〜884 895〜897 1069〜1071 1113 1114 1116 1125 1126 1217〜1220 1378〜1380 1439 2035 2036 2038 2166 2167 2179
秀実（菅原） 12〜15 187 394 395 404 438 467 591〜595 620 623 625 749 754 763〜765 807 808 929〜932 960 1061 1067 1130 1131 1157 1216 1232〜1234 1316 1498 1500 1693 1694 1852〜1857 1892〜1899 1966 1970 2163
忠行（唐嶋） 893 894 2169 2170
胤利〈人名のみの立項〉 195頁
胤元（藤原・朝日氏） 20 196 396 688 697 705 787 788 1003 1190 1273 1595 1596 2146 (詞)1250 1449
鉄叟（朝日氏）〔徹叟〕 193 197 198 426 768 769 1260 1280 1335 1336 1519 1980〜1988 (詞)1436
断橋→格峯
近元〔辻伯耆守〕 (詞)1473
沖庵（豊嶋氏・矢沢氏） 62〜69 91 93 199 200 202 203 205 206 208 209 212〜215 218 356 408〜410 477〜481 648〜658 660 679 692 700 708 714 720 770〜774 777 779〜784 970〜978 1011 1020 1024 1072〜1075 1166〜1168 1177 1192 1197 1202 1205〜1209 1240〜1251 1263 1276 1320 1321 1432〜1434 1511〜1516 1535〜1542 1544〜1554 1607 1695 1696 1886〜1891 1914 1920 1928 1936 1941 1942 1991〜1993 1995〜2000 2002 2003 2005 2007 2009 2079 2107 2149 2151〜2153 2178 (詞)247 778 1199 1506 1507 1723 1754 2008 2078
黙翁 217 219 220 2011 2014 2015 2019 2020 (詞)1509 2016
沖庵カ 1322〜1331
中庵 (詞)1588
長雅（平岩） (詞)1416 1447
長賢（鷺河氏）〔風絃堂〕 (詞)1497 1558 1597
長好（望月） (詞)1447 1475
長昌院 (詞)1165
長露 166 175 452 457 636 736 746 982 990 1527 1600〜1605
義山 191
通玄法眼 (詞)1215
常方（山崎氏） 903
常賢（中山氏） 89
常督（すけ）（大蔵） 24 29 32 933 935
常時（大蔵・藍野） 21 195 578 1990
良栄〔良永〕（愛野氏） 712 718 1175 1910 1962
常知（愛野） 10 11 53 72 184 449 456 474 639 722 740 750 755 981 987 991 1043 1052 1055 1062 1120 1179 1429 1430 1969 1971
常成 443 444
常令（のり）（木下氏） 201 713 719 724〜726 1132 1176 1191 1268
常房（西岡） 1081 1088 1089 2024 2033
常昌（愛野） 374 548
常正 1309
常如 436 627 1381 1851
常良（中山氏カ） 88
常順（木下氏） 207 1013 1022 1025 1543 1938 2006 (詞)206
常□（相良） 226
定家卿 (詞)1450 1490 1525
鉄叟→胤元
天瑞法師 (詞)1878
天龍 2087
東照大権現 (詞)1651
徳雲院 (詞)1502 1600
徳岸居士 (詞)1575
利永 (詞)144 1287
利長（田中） 225
俊実（志賀） 1388
敏亮（萩原） 613 952 1122
利常 583
利盛（田中氏） (詞)1590
俊村 584
衲堂 1421

朝清公　㊂1511
朝則公　㊂1516
朝英公〔中務〕　㊂1161　1589
朝良　70　189　445　454　743　980　983　989　1042　1044　1525
豊敬（犬塚）　1210　㊂1437
豊嶋氏〈重達の項と重複あり〉　54　55　58～61　631～634　965　966　1506　1867　1869～1871　1873～1876

な　行

直條〔直條公・直條朝臣〕　30　105～109　111～113　243～248　250～313　315～337　501　502　505～533　560　659　709～711　809～817　819～821　823～875　877～881　1030　1094～1112　1144～1154　1182　1229　1278　1279　1282　1348～1377　1402　1404～1408　1410～1416　1431　1435　1446～1489　1520　1521　1523　1524　1564～1567　1569～1580　1590～1592　1608～1681　1689　1703～1711　1722～1739　1742～1774　1776～1803　1805　1807～1812　1814～1842　1939　1955～1957　2050～2053　2055～2063　2077　2083　2108　2121～2128　2130～2132　2168　㊂649　658　965　1199　1495
正統院　㊂1518　1522　1545　1552
直堅公　㊂1496　1563
直定公　㊂1072　1941
直郷〔直郷朝臣・直郷公〕　50　177　229～240　249　358　361　369　382　383　389　390　415　482～486　493～500　552　554　559　565　586　618　751　786　792～805　822　885　891　1077～1079　1155　1156　1214　1215　1230　1337～1344　1397　1437　1490　1491　1502　1557～1560　1562　1563　1597　1699～1701　1716　1717　1775　1845　1846　2030～2032　2066　2067　2073　2090～2093　2100　2113　2154～2157　2161　2165　㊂1417　1438　1440　1692　1697　1978
雲垣　559
直告　2075　2076
直恒朝臣　㊂1156　1775
直朝〔直朝公・直朝朝臣〕　25　27　31　157　204　210　397　685　693　701　732　1181　1183　1185　1269　1306　1522　1686　1902　1904　1943～1945　1963　1994　2001　2142　㊂356　780　975　1072　1166　1199　1494　1691　1941　1992
茂継〔茂継公〕　117～124　133　135　137　139　141　143　144　146　148　149　151～154　428　430　675　677　728　730　731　1035　1037～1040　1283　1284　1289　1290　1292　1294　1295　1299　1301　1302　1304　㊂127
紹龍〔紹龍様・紹龍公〕　427　1588　2105　㊂209　218　784　1209　1555　2021
直英〔加賀守〕　㊂1559
直藤　2112
長時（酒見）〔浅右衛門〕　670
長盈（霜村）　71　163　170　362　378～381　406　468　553　562　564　566～572　615　644　647　748　915～917　953　1084　1124　1136　1143　1231　1310　1389　1390　1394～1396　1501　1561　1718　1720　2101　2111　2160　2176　㊂2048　2085
永春（江川）〔左衛門・永青〕　417　672
並木氏→昌純
南里氏→重達
信金　161　1964
宣勝（外山）　㊂1463　1482
信恒　387　388　576　577　919～921　1400　1445　2114～2116　2177
信之（田中）　1119
□□（納富）　90

は　行

白銀法師　㊂820
白水（林）〔白泉〕　㊂814　1743
林氏→実一
原氏　1916
磐斎（岡田）　㊂1155
東小路　1960
久(ひさ)儔(とも)（岸川）〔忠左衛門〕　926～928　1583
寿盛（嶋崎氏）　580
秀実→忠康
秀安（石丸氏）　661　778　1006　1015　1027　1931　2078　㊂775
秀安妻　775　776
弘資（日野）〈大納言〉　314　1409　㊂313　1149　1408　1460　1463　1477　1482
寛忠（山田）　1954
冬隆　1843
平馬（嬉野）妻　1419　1420
嬉野氏妻　1281　1687　1688　1714　1715　1950
別春（矢沢氏）　116　488　489　789　㊂1160
別露→蔵山
文光院　㊂1562　1601
平善（久布白）　㊂1220
宝春院　㊂198
宝善院〈直條室〉　㊂1520

ま　行

政（御厨氏）

682 1008 1017 1028 1198 1266 1917 1933 詞1197
雅章卿（飛鳥井） 詞141
昌方（並木） 574 918 2175
正勝（井田氏） 911 1598 詞1214
正茂 詞1148
正成（橘） 詞1670
昌純（並木氏・藤原） 56 689 696 704 1189 1272 1698 1921 1927 2120 2145 詞55 283
正孝（宇田川） 1204
真武 638 643 969 988 1047 2159
正俊朝臣（羽林） 詞1458
正視（福嶋氏） 詞1845
松尾局 1211 2027
萬子〈直朝室〉 5 6
　萬女 159 190 451 455 733 1045 1050 1051 1952 1953
　祐徳院 1224〜1226 詞1226
満堂 2008 2010
御厨氏→政
通寛妻（藤原） 1907
道房（青木氏） 642 646 737 741 1526
通順（秋永） 1117 1382
光茂（光茂朝臣） 1905 詞137 143 157 732 1306
満則（吉岡） 439 440
妙源（本久） 詞1519
宗量〔難波黄門〕 詞318
宗継 1844
宗秀 738
無能子 1529〜1533
明愚（愛野）〔久衛門〕 673
命政（原田） 詞1229
明友（加藤） 詞1572
黙翁→沖庵
以清（もち） 676 678

や行

安顕（川村）〔金左衛門〕 1586
安□（勝屋）〔利□衛門〕 1585
幽軒（鄭氏） 1868 詞1867 1870 1871
友元法橋 詞312 1566
祐徳院→萬子
猶龍→瑞鷹
行信（石丸氏） 579 581 585
良雄 936
喜澄（木庭）〔矢柄〕 1085 1091
義敬（宇都宮） 542 557 901 1083 1086 1093 1347 1387 1392 1712
喜龍（村嶋） 1118
洵美（よしとし）（永井） 45〜49
良長（立川） 1584
義道（松尾） 353 538 902 907 922〜925 1401 1719 1721
喜之（木座）〔喜一・僖之・又衛門〕 900 934 1087 1346
順恒 1184
読人不知〔よみ人しらず・作者不知〕 85 87 1010 1019 1221〜1223 1261 1262 1690 1912 1913 1934

ら行

立庵法眼 詞514 1796
柳園→忠基
了庵（中野） 詞1451
良栄→常時
亮海禅師 詞1579
梁山 338 357 1947 1948
了性 178 181 242 435 470 756 760 1057 1063 1121 1317 1967 1972
了然法師 詞1751
良幽居士（副嶋） 詞1164
亮有僧正 1403 詞1402
輪三〔蓮厳院〕 630 1418 2110
林堂〔善徳寺〕 1440
蓮台院僧正 詞1414 1415

作者不明

□□公 2173 2174
不明 98 99

あとがき

先ず祐徳稲荷神社蔵の「中川文庫」と私との関わりについて記すことにする。

佐賀大学の国文科の学生時代に遡る。当時、神社仏閣に所蔵されている古典籍に古典研究の目が注がれていた。それらの発掘調査に携わっておられたのが島津忠夫先生らのチームであった。特に全国でも屈指の蔵書をもつ「祐徳稲荷神社」蔵の鹿島鍋島家「中川文庫」に光が当てられた頃であった。

私たち学生もその蔵書整理に駆り出されて図書の出し入れを手伝うことになった。それが中川文庫との出会いである。その後、島津先生のご指導によって、その中の「直條の文事」の一端を紹介し発表する機会をも与えて頂いた。

今に思えば、全国指折りの蔵書群を擁する「中川文庫」がたまたま我が郷里に存在したこと、畏れ多くも藩主鍋島直條の蔵書を繙く契機を与えて頂いたことは島津先生とのご縁あってのことである。また定年退職後、祐徳稲荷神社の職員として奉職することとなり、再び、「中川文庫」の書籍を拝閲する機会を得た。

そしてこの度、直條を中心とし、そのゆかりの歌人たちの総集ともいうべき歌集『鹿陽和歌集』の翻刻を手がけることになった。その結果として、はじめ序文だけのつもりが監修までお願いすることになり、実に五十年ぶりに島津先生の手を煩わせるという教え子冥利の恩恵に浴する幸せに恵まれた。

こうした巡り合わせや縁を思うとき、半世紀前の島津先生との出会いに少なからぬ奇しきえにしを覚えるのである。

次に井上敏幸氏との出会いもまた奇しき縁によるものと言えよう。

退職後、神社に奉職することになったのが平成十三年十一月である。そこで当時、佐賀大学の教授であり、鹿島鍋島家「中川文庫」蔵書の調査とその目録作成の代表者であった井上敏幸氏（現在、佐賀大学地域学歴史文化研究センター特命教授・佐賀大学名誉教授）を知ることとなる。

井上氏は島津先生とも学究者の立場から研究対象を通しての交誼も深く、旧知の間柄でいらっしゃった。お二人はこれまで一地方に眠っていた「中川文庫」を世に知らしめ、伝播、発信されている面でも共通した功労者である。

それ以後、井上氏とのご交誼を得ることとなる。そのご交誼の中から直條の孫、直郷の歌集『西園和歌集』の翻刻と取り組むこととなる。やがて三年後に『鍋島直郷「西園和歌集」翻刻と解説』を共著で上梓できたのである。

まずその和歌の読み解きの基本である、くずし字を翻字する作業での指導、直條・直郷を理解する上での多くの示唆とご教示を頂いた師が井上氏である。

今回の『鹿陽和歌集』を翻刻するにおいてもその素地は『西園和歌集』翻刻時に培われたものであるといえよう。

こうした井上氏の恩恵を思うとき、やはり「中川文庫」がとりもつご縁を感じるのである。

また進藤康子氏（九州情報大学非常勤講師）にも本書の翻字作業の段階で、ご多用の中、不明字のご指導をはじめ、懇切な助言・ご指導を頂くこと度々であった。更に高橋研一氏（鹿島市民図書館職員）には直朝や直郷に関する資料はじめ、寿性院の『百人一首』『板部氏堅明詠草』の資料の提示や助言など多くの示唆やご教示を頂いた。両氏のご厚意に感謝申し上げる。

また江戸期に編まれた歌集で参考とさせて頂いた島津藩の代表的歌集とされる『松操和歌集』翻刻本の入手において残部僅少にも関わらず、田中道雄氏（佐賀大学名誉教授）を介してお譲り頂いた橋口晋作氏（鹿児島県立短期大学名誉教授）の両氏に心からお礼申し上げる（刊行当時、橋口氏は鹿児島県立短期大学助教授・田中氏は鹿児島大学教育学部教授）。

次の諸氏にも大変お世話になった。郷土史家峰松正輝氏が著された『鹿島史料集』の中で、歴代藩主の『御年譜』はすでに把握していたが『鹿島年譜』『鹿島鍋島家家譜略』の記述など参考とさせて頂いた。肖像画の掲載において峰松氏から資料のご教示、藪本公三氏から貴重な肖像画の掲載許可を頂いた。また、神社権宮司鍋島朝寿氏並びに、神社図書係の藤川耕一氏には図書利用や大部にわたる『御年譜』ほかの複写など特別のはからいを頂いた。

寺院関係で、次の方々にも何かとご教示・便宜を頂いた。付記して深謝申し上げる。

•福源寺　前の総代代表　福川清治・尚子氏ご夫妻。

•興善院　住職　光山良明・渚氏ご夫妻。

•普明寺　先代住職夫人　蒲原和子氏。

出版に際してはこれまた島津先生のお力添えとご指導を仰ぐこと多大であり、「和泉書院」への依頼や編集方針など先生の手を煩わせご尽力頂いた。出版全般については「和泉書院」社長の廣橋研三・和美氏ご夫妻をはじめ、スタッフの方々のご協力とご好意によって刊行できたことを付記して謝辞とするものである。

最後にわが上司であり、今回の翻刻本の出版に際し、草稿本の利用と翻刻、肖像画や原本の掲載許可ならびに出版の許可を頂いた祐徳稲荷神社の宮司鍋島朝倫氏に深甚の謝意を表する次第である。

■監修者紹介

島津忠夫（しまづ　ただお）

大正十五年大阪市西区江戸堀本通り五丁目に生まれる。大阪大学名誉教授。文学博士。佐賀大学・愛知県立大学・大阪大学・武庫川女子大学を歴任。和歌文学会・近世文学会・日本文芸家協会・現代歌人協会など所属。

著書『連歌史の研究』（昭和四十四年角川書店刊）『和歌文学史の研究』（平成九年角川書店刊）ほか多数。『島津忠夫著作集』全十五巻（和泉書院刊）に集大成。

■編著者紹介

松尾和義（まつお　かずよし）

昭和十五年鹿島市古枝通り山に生まれる。

島津忠夫先生は佐賀大学文理学部国文科の恩師。

佐賀県立高校定年退職後、祐徳稲荷神社「祐徳博物館」勤務、現在に至る。

歌誌「ひのくに」同人、運営委員。「鹿島短歌会」会長。

著書『鍋島直郷「西園和歌集」翻刻と解説』（平成十六年風間書房刊・井上敏幸氏と共著）

研究叢書439

鹿島鍋島家　鹿陽（ろくよう）和歌集　翻刻と解題

二〇一三年八月一三日初版第一刷発行（検印省略）

監修者　島津忠夫
編著者　松尾和義
発行者　廣橋研三
印刷所　遊文舎
製本所　大光製本所
発行所　有限会社　和泉書院

大阪市天王寺区上之宮町七－六
〒五四三－〇〇三七
電話　〇六－六七七一－一四六七
振替　〇〇九七〇－八－一五〇四三

ISBN978-4-7576-0674-6　C3392